U0946358

人物表

…·特纳
莎莉
（药剂师）
1637-1697
1664
结婚
雅各布·范德…
（医生）
1630-1670
红贝丝
（药剂师）
1665-1714
1688
结婚
摩西·斯…
1662-16…
塔沐馨
（药剂师）
1695-1754
1712
结婚
扎卡里·…
（医…
1687-1…
1732
结婚
所罗门·达西瓦
1692-1765
保罗
1720-1754
玛丽特
1721-1789
塞西莉
1722-180…
…摩根·特纳
1738-?
1782
结婚
若歆·坎贝尔
（药剂师）
1745-1798
…悦帕特里克·特纳
（疡医）
1782-?
1776
结婚
…坎贝尔
…师）
…0-?
瑞夫·戴维里
1740-?
安…
约 169…
…·戴维里
…剂师）
…778-?
莫莉·戴维里
（疡医）
1778-?
卡夫
1738-?

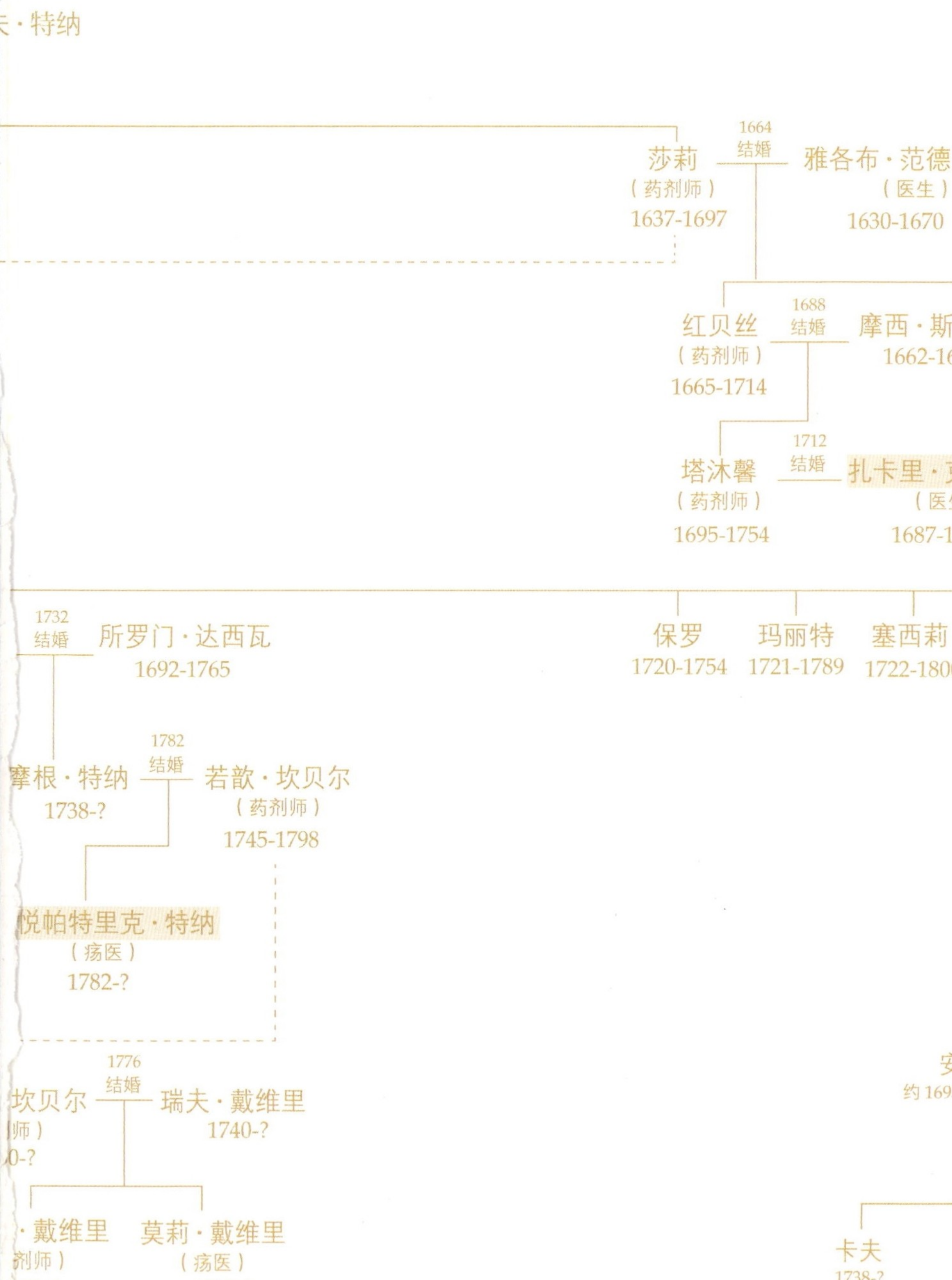

里斯

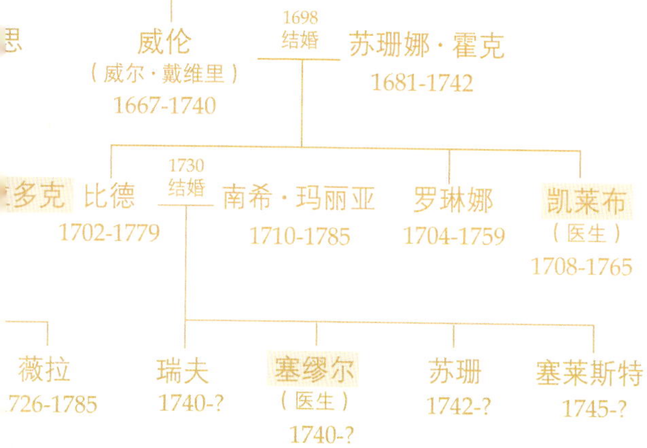

奴隶与仆佣

黑贞
1647-1719

卡菲
700-1759

雀西
03-1766

汤姆
584-1712

5

菲比
712-1774

雷曼
-1737

尼亚
58-?

赛尔玛
约 1659-1722

雪莉
1702-1746

罗宾
?-1712

金索瓦
?-1712

库瓦寇
?-1712

蒂尔达
1710-1777

芙萝西·欧图尔
1690-1770

布里奇特·黑根
1740-?

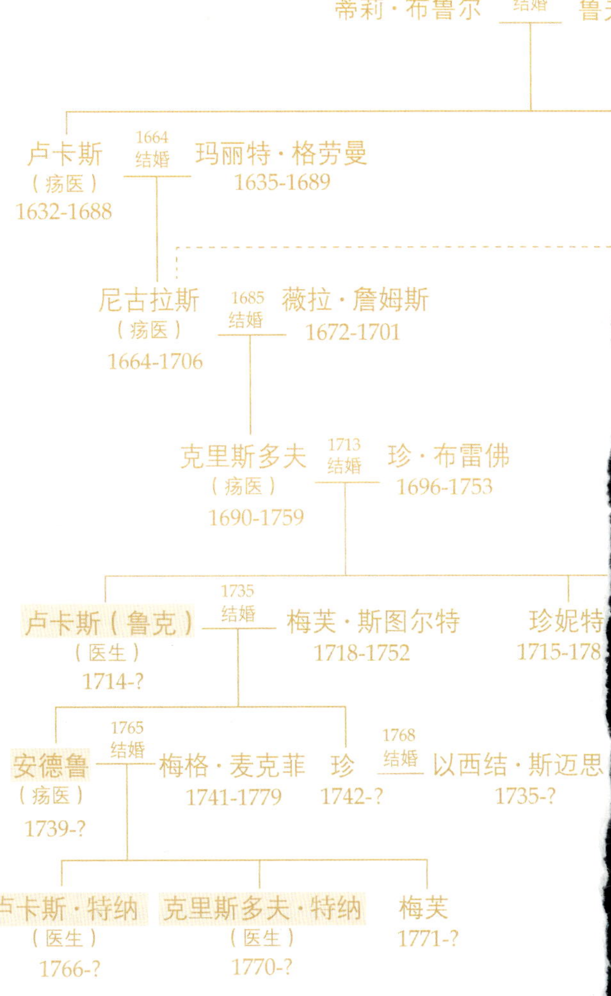

·活过婴儿期的小孩才列

·名字加底色表示曾在附属于大学的医学院学习

梦想之城

City of Dreams

[美] 贝弗利·斯沃林 / 著　王欣欣 / 译

江苏人民出版社

图书在版编目(CIP)数据

梦想之城．下 /（美）斯沃林（Swerling,B.）著；王欣欣译．—南京：江苏人民出版社，2012.5

ISBN 978-7-214-08190-2

Ⅰ．①梦… Ⅱ．①斯… ②王… Ⅲ．①长篇小说－美国－现代 Ⅳ．①I712.45

中国版本图书馆CIP数据核字（2012）第099185号

江苏省版权局著作权合同登记：图字10-2012-236

书　　名	梦想之城．下
著　　者	[美] 贝弗利 · 斯沃林
译　　者	王欣欣
责任编辑	曹富林
策划编辑	宋　甜
特约编辑	刘　婷
文字校对	陈晓丹
出版发行	凤凰出版传媒集团 凤凰出版传媒股份有限公司 江苏人民出版社
集团地址	南京湖南路1号A楼　邮编：210009
集团网址	http://www.ppm.cn
出版社地址	南京湖南路1号A楼　邮编：210009
出版社网址	http://www.book-wind.com
经　　销	凤凰出版传媒股份有限公司
印　　刷	北京瑞达方舟印务有限公司
开　　本	890毫米×1280毫米　1/32
印　　张	7.5
字　　数	246千字
版　　次	2012年6月第1版　2012年6月第1次印刷
标准书号	ISBN 978-7-214-08190-2
定　　价	30.00元

（江苏人民出版社图书凡印装错误可向本社调换）

目录 Contents

Part Seven 第七部分

战争小径（1776年8月—1784年3月）

尾声 梦想小径（1798年6月）

利爪挖眼小径

1759年9月—1760年7月

有时候，基于勇气与荣誉，酋长无法避免开战，因此卡纳西族多次面对敌人，奋勇杀敌。

若要抵御外侮，就得牺牲勇士。但争斗若起于族内，同胞相残，则无异于两只老鹰以利爪互抓双眼，彼此都会落得失明的下场。

人们应不惜任何代价，避免走上利爪挖眼小径。

除非血灵决意如此。

复仇的种子

1

九月的这一个夜里没有月亮，空中的云以很快的速度飘移，不时将星光也遮住。这艘斜桁单桅帆船长不过九英尺，船头上粗略地标着“马杰里迪伊”，船帆在风中绷得紧紧的。

老船长一手握着舵柄，一手控制绳索，那双盛满分泌物的眼睛盯着空荡荡的水面。纽约港大大小小的船很多，但只有“马杰里迪伊”号在这时候出海。

他今晚载的这个黑人挺怪，肤色像咖啡加鲜奶，大概是黑白混种吧，装模作样，当自己是个白人似的，至少在陆地上姿态很高，但是出海以后，就抱着那个该死的盒子蹲着，下巴抵在盒子上，傲气尽失。管他有多少白人血统，这黑人晕船晕得要命，一点都神气不起来了。

“不喜欢坐船是吧？”暗夜里的强风吹散了船长的笑声，“我从来没载过你们这种人，黑人通常只会有被抓来当奴隶的时候才会坐船，而且坐的是运奴船。”

卡夫知道这并非事实，却没回嘴，船晃得太厉害了，他很想吐。现在只有一件事要紧，就是赶快完成任务，赶快重回熟悉的陆地。

达西瓦夫人也是这么说的。大家都叫她达西瓦番婆，但对他来说，她一直都是“夫人”，因为他在她家长大，是她的所有物。有时候他会奉命去药铺办事，每个月大概一两次吧，可是菲比都不太答理，也不鼓励他喊她妈妈。他所知道的一切，都是达西瓦番婆教的。

这次也一样。她将这盒子和两先令船资交给他，要他去贝德罗岛，行前谆谆教诲：卡夫，千万别让人骗你，去程简单，回程难。你向来聪明，这次要特别聪明警醒。

听这话时，他望着那双蓝眼睛。打他有记忆以来，她就一直蒙着黑面纱，穿着黑衣服，外头还罩着黑围裙。那是寡妇的打扮。可是她丈夫明明还活着，住在楼上那个只有蒂尔达和欧图尔夫人才能进的房间里。

“到了。”老船长将舵柄向右舷转，让小船航向岸边，“贝德罗岛是受了诅咒的岛，我可不靠岸，顶多就到木桩那边放你下去。我不想得天花。别说两先令了，就算你付我两倍钱都免谈。你说要付两先令的，可不能赖账。”

卡夫凝视那片黑暗，什么也看不见。“别担心，钱我会照付。”

那两先令就在他破旧皮裤的口袋里面，是铁币，新英格兰铁匠打出来的铁币。据说在美洲做的硬币都不是真正的钱，可是大家都假装是。夫人每星期给他四便士零用钱，有时候是木钱，有时候是铜币，对他来说都一样。眼前这个白发无牙开破船的老头看来也不会介意。“海水会比我高吗？”

“不会啦，你是个黑人，又这么壮，虽然今晚浪比较高，可是……你会游泳吧？”

“不会，你不是说我用不着游泳吗？”

老人这回笑得比较大声了，“没事啦，我开玩笑的，不用担心。你从木桩那边用走的就可以上岸，所有不怕得天花的笨蛋都是在那边下船走过去的。不过你根本就不会得天花吧？人家说黑人都不会得，是真的吗？”

“潮水怎么样？”卡夫问。

他没回答问题，老头也不意外，大家都知道，黑人不会把他的魔法教给白人，他们很会保密。“潮水很低，现在正在退潮，可是过不到一小时就要涨潮了，小子，到时候我可不能等你。”

“我不会待那么久，一下子就回来了。”

老头眯起眼睛，前方一片黑暗。“你要拿这盒子去那该死的天花贝德罗岛？”

“不用你管，你拿钱办事就好。”

“你讲话给我放尊重点，小子，给我准时回来就是了，你去干什么狗屁事我才不管。”

不用怕那个地方，卡夫，你知道的，你不会得天花。

自卡夫有记忆起，大腿上就有个疤，他知道有这疤的人进纽约港前不用先停在贝德罗岛检疫，夫人的哥哥鲁克医生跟他说的。鲁克还说过，有时候当权者很无知，我们也没办法。“还要多久？”卡夫问，“木桩快到了吗？”

“再一两分钟就到了。你不瞎吧？现在就看得见木桩啦。小子，站起来，我不想让船撞碎，你得拿绳子套住木桩。”

卡夫要套绳索就得放下盒子，他把盒子放在老头拿不到的那一边，用自己的身子挡着。

“好，就去套左舷方向的那一根吧。快点，小子，要眼捷手快，这对年轻力壮的小伙子来说应该不难……嘿！你这个笨蛋，差点就没套到！”

差点没套到，但还是套到了。他太晚看见那根黑色的木桩，海浪太大，船差一点就过了头，他只好歪着身子把绳子抛出去，幸亏手臂够长，要不然还真难成功。

“拉紧绳子！小子，拉紧点！”老头将舵柄向他那边拉，海浪将船头举得老高，浪去船又重重摔回水面。

甲板湿漉漉的，那个盒子从卡夫双腿间滑了过去，他伸手去抓，可是顾得了绳子就顾不了盒子。小船疯了似的转来转去，给浪冲得忽上忽下。冰冷的咸水打在卡夫脸上，他什么都看不见了，只能一手抓紧绳索，一手伸出去乱抓，希望能抓到盒子。

老船长双腿一夹，紧紧夹住了那个盒子。“你给我把绳子抓牢，等我去拴。你们这些黑人真没用，盒子没掉，我救到了。”他放开舵柄，冲到船首。他们头顶上的船帆疯狂拍动，舵柄摇得像醉鬼跳舞。“给我！”老头夺过卡夫手中的绳索，动作麻利，一下子就把它紧紧固定在船舷边的铁栓上了，“好了，这样就安全了。结果你一点忙都没帮。”

小船摇晃得很厉害，卡夫低头看看海水，好黑，好冷，非常深。“盒子给我。”

“别急。”老头把盒子放在身后，船上很黑，只靠几点星光照明，卡夫觉得船长手中有什么东西闪了一下。是刀？“先把该给我的钱给我，我再还你盒子。说好两先令，对吧？”

卡夫从裤袋里摸出一枚铁币，“先给一半，回去再给一半。”

“免谈。要是你之后用不着我了怎么办？”

“要是你拿了钱不等我怎么办？”

两人在夜色中互相打量，老头手中的东西在星光下闪了一下，绝对是刀没错。“现在先付一先令。”卡夫沉着地说，“我办完事回来，上了船，再付余款。”

船长想了一下：“好，那钱拿来。”

“先把盒子给我。”

最后两人一手交钱，一手交货。

船长紧握着手中的钱，看着卡夫下水。水深还不到腰，但浪很大，举步维艰。

老头一直看着他，直到他消失在黑暗中。那盒子好轻，太轻了，里头放的不可能是钱。他原本以为那是一盒子钱，跟达西瓦那个番婆有关的事，多半都跟钱有关，她是全纽约最有钱的人。可是就算是最没用的纸钞，也不会轻到那样，也许里头是珠宝吧，也许是颗大钻石。

反正船泊在这里等，闲着也是闲着，就想想那盒子的事，省得无聊。风停了，船帆疲累地挂着，贝德罗这天花岛把风都给吞了。天气冷得像女巫的奶头，而且还越来越冷，他的长裤虽然厚厚涂了焦油防水，水手服和短外套也都是毛料，仍然挡不住严寒，这在九月来说，真是太冷了，不正常。他实在不该在这种天气驾“马杰里迪伊”号出海，如果那黑人不及时回来，他就要自己走了。少拿一先令固然是损失，保命更重要。

卡夫上岸以后向前走，向右看，沙砾滩走完以后，会是坚实的陆地，这时候你会看见一棵松树，被风吹得跟别针一样弯。

卡夫走得好痛苦，法兰绒外套和长裤都湿透了，冷冰冰。走起路来裤子沙沙作响，靴子嘎吱作响，除此之外，四下无声。贝德罗岛上没有活人。

不一会儿他就看见那棵树了，跟她描述的一模一样，达西瓦番婆不可能来过贝德罗岛，一定是鲁克医生讲给她听的吧，不然她怎么会知道有沙砾滩和这棵树？在岛上建隔离病院的时候，鲁克医生是委员会中的一员，他说那是所传染病医院，但大家都知道，它不过是个等死的地方，跟救济院很像，只是更糟。

树弯向西方，卡夫，就朝那方向走 33 大步，一步也别多，一步也别少。

卡夫紧紧挟着盒子，迈开大步，大声数，以免数错。“1，2，3，4……”33 步走完，已经远得连树形都看不清了。

走完 33 步以后，转身面向北方，走 7 步，再转向东方走 9 步。

他完全按照她的指示，每一步都跨到最大，以求长度精准，这很重要。

想出这种指示的人一定也像这样大步走过，才量得出步数。卡夫笑了，因为他想通了，他知道这主意是谁的了，达西瓦番婆不会这样想事情，这是摩根的想法。

小时候他们像亲兄弟一样玩在一起，完全不分谁是奴隶，谁是少爷，那时候摩根就十分热爱航海工具。

“卡夫，你看！”摩根要他看的是刚从汉诺威广场买回来的新书，“你看这张图，靠着图上这个东西，可以开船往任何方向航行，不管多远，都能知道自己在哪里，知道怎么回家。这东西叫做六分仪，卡夫，我们一定要学会怎么用。”

“我不用学，摩根，我又不会出海，我讨厌海。”

“为什么？”

“我也不知道为什么，就是讨厌。而且，我得留在这里，才能得到我要的。”

“你是说，自由吗？”

“对，你妈答应我了，她说等我 25 岁，就能自由。”

“既然她答应给你自由，就一定会做到，妈妈向来说话算话。可是在那之前，我们可以先跑到海上去啊，只要会用这个叫六分仪的东西就成。”

卡夫向东走完最后 9 步，黑暗之中，那棵树已经完全看不见了。他把达西瓦番婆的指示记得清清楚楚，就好像她人在现场一样。

那里有块大石头，卡夫，一块很大的大圆石，差不多有你肩膀这么高，在它左边有堆枯枝，下头藏着一把铲子。拿起铲子，头顶着大圆石北端躺下，用靴子在地上画个记号，然后起来，在做了记号的那个点上挖洞，洞的深度就是从你脚跟到膝盖的长度。

大圆石和铲子都在她说的地方，下过雨的地松软好挖。几分钟后，卡夫把左脚踏进洞里，高度正好。接下来他做的事不是达西瓦番婆叫他做的，可是她一定知道他会这么做。卡夫打开了盒子。

星光下，某样东西闪闪发亮。他拿出盒子里的东西，是个金马头，眼睛红红的，是红宝石。卡夫把那样东西翻过来覆过去仔细看。好美的工艺品，马鬃绺绺分明，马脸也十分精细。卡夫知道金工是种困难的手艺。银匠要有技术，做白镴制品也是，可是处理像金子这么珍贵的东西，手要不抖很难。他知道，因为他为那个期待已久的日子做了些准备。

再等三年。现在他得先把手上的事做好。他再仔细看看，那马头中空，马颈处用红蜡封了起来，拿到耳边摇一摇，没有声音。他把这黄金宝贝拿在手里想了一想。卡夫，放聪明点。

她太了解他了，所以盒子连锁都不锁，也没叫他别打开。她知道他会打开来看，满足一下好奇心，然后继续遵命办事。因为再过不了多久，她就会实践承诺，他绝不会在这个时候带着金马头逃跑，管它里头装的是什么。

卡夫把金马头收回盒子里，把盒子放进洞里，把洞填平压实，再用枯枝把动过的地铺成不会引人注意的样子。然后带着铲子回到海边。

他冷得发抖，很高兴那艘叫做“马杰里迪伊”的破船还在，如果到了早上他还没回去，达西瓦番婆一定会派人来接，可是他不想在这讨厌的天花岛上过夜，贝德罗岛上的夜冷死人。

船长一看见他，就起身扬帆。卡夫等他背对海岸，才将铲子抛入海中，然后不畏寒冷露齿而笑，涉水向小船走去。

鲁克舅舅总说他长得一点也不像爸爸。“你全身上下都像特纳家的人，摩根。”

挺公平的，反正他从没见过他爸，妈妈说那人是他父亲，但做儿子的选择不用父亲的姓。所有人都知道他叫摩根·特纳，包括恨他入骨的人在内。

码头街这两名躲在门口的男子并不恨他，只是拿钱办事而已，在没有月亮的寒夜里等这么久，需要很大的耐力，真是份苦差事。

“你确定他会走这条路？”个子较高的那个一直跺脚取暖。

“应该是啊，他们不都走这条路吗？这是从码头去酒馆最便捷的方式，那些水手下船头一件事就是喝格洛格。”

这酒的说法大概是将近20年前开始有的。1740年英国海军的朗姆酒开始限量，当时的舰队司令爱德华·弗农就叫人往酒里掺水。他老爱穿同一件外套，料子是一种叫格洛格兰的重磅丝织品，所以掺水的朗姆酒被称作格洛格。一般水手都嗜酒如命，但他们守在码头街苦等的对象未必如此。

“摩根·特纳不是水手，是私掠船的船长。”

“有什么差别？不过就是比较有钱而已，那些驾私掠船的有钱得跟海盗一样。”

“他们比海盗更有钱，而且不用藏起来，反正是合法进账。”

“这城里有谁会把钱藏起来？他们恨不得人人都看得到。”那人说得苦涩，“最好让我们这种人全都明白自己缺了什么。”

这在18世纪50年代确是事实，但在18世纪30、40年代，日子比较艰难，还有些人崇尚俭朴生活。当时费城是殖民地最重要的城市。后来环境变迁，宾夕法尼亚人很难接受纽约人取代他们的位置。本杰明·富兰克林就写出了宾夕法尼亚人的心声，他说，纽约积聚财富的速度，快到连他们挥霍无度的市民都来不及花。

这一切都是因为英国在欧洲向法国开战，又去招惹西班牙。在美洲，这意味着他们要跟法国和法国的印第安人同盟作战。威廉国王的战争、安女王的战争和乔治国王的战争规模都不大，造成的改变也不大。可是法国人一直是个威胁。1745 年，纽约人相信法国人即将自魁北克入侵，因此发行了彩券，募款兴建第二座东西向的围墙，在由曼哈顿底端算来一英里之处，以十四英尺高的杉木将人口稠密区围起来，有四处栅门和六座碉堡。结果法国人没来。

到了 1754 年，年轻的上校乔治·华盛顿和一支弗吉尼亚的军队在宾夕法尼亚边境附近被迫十分屈辱地投降。翌年，英国派爱德华·布拉多克将军去俄亥俄，要给没礼貌的法国人一点教训，赶他们走，结果几乎全军覆没，布拉多克也送了命。年轻的乔治·华盛顿是极少数的幸存者之一。

是可忍孰不可忍，英格兰人民要求将加拿大一次攻克，永绝后患。年事已高的乔治二世在舆论压力下，命令优秀的战略家威廉·皮特率兵前去，皮特调动大批兵马，派了 25000 名红外套前往美洲殖民地。大队人马去救山普兰湖走廊的威廉亨利堡和提康德罗加堡，行经纽约需要吃、穿、住、买武器，当然也需要女人和酒。纽约人从中大捞了一笔，但要说发财，真正发大财的还是私掠船。

挤在港里的几乎都是武装民船，也就是私掠船，七十几名领有执照的海盗在海中搜索敌人船只，每年为他们的投资者带回将近两百万镑的收益，内容除了棉花、糖、酒、染料和各种各样的食物，还有奴隶和钱币，大量财富就这样透过领有执照的海盗，落入纽约大商人的手中。

投资帮摩根·特纳建船的人最勇敢，获益也最多。1757年，他还只有19岁，就大胆募款建造了一艘漂亮的双桅窄身纵帆式帆船，命名为“奇想少女”。这船在无风的时候也有 11 节的船速，吃水不超过 5 英尺深，能载 75 个打手、8 座加农炮和 4 座回旋式枪炮。短短三年，特纳带回了 22 趟丰收，价值将近 10 万镑。但在第 23 次回港时，“奇想少女”船身伤痕累累，甲板血迹斑斑，舱内空无一物。

7 位股东中有 6 位坦然接受现实，他们打从摩根·特纳第一次出航就投资在他身上，这些年来已经回收了几百倍。第七位太晚加入，一入股就赔光，并将因此一贫如洗。

这个结果令摩根·特纳十分开心，同时也提高了戒备。

他走下木造码头，转进码头街，一只手始终握在刀柄上，那是把海盗常用的短弯刀。远方街上每七户就有一户二楼依照惯例悬着灯笼，但这边离码头太近，没有住家，只有仓库和空空的市场摊位，路就跟墨汁一样黑。

两个人中有一个看见他了，高高的个子，走起路来昂首阔步的那个神气样儿，不会错的。他推推另一个人，那人已经握好了枪。

摩根还没看见他们，就本能地察觉到了危险，颈后汗毛直竖。他将刀出鞘一半，脚步不停。过去36个月来，近身格斗早已是他的家常便饭，劫掠商船就得在颠簸的甲板上打架，把别人丢进海里。在纽约街上遇到危险，他才不逃。

黑暗中只听得喀哒一声，摩根蹲下身子，子弹呼啸在头上飞过。

他起身迎战，刚刚这一枪后，那人应该还来不及装填子弹，可是他看见另一名杀手在五码之外举起手枪。摩根站在原地不动，等他过来。手枪是世上最不可靠的武器，第二名杀手绝不会想重蹈同伴的覆辙，一定会走到近距离才开枪。

一秒钟，两秒钟。他听见那人的喘息声，闻到很久没洗澡的臭味。三秒钟，摩根心都揪起来了。够近了，可以瞄准了。

摩根举起弯刀，就算要死，也要带一个垫背。终于，他听见那微弱到几乎听不见的击锤声，紧握弯刀再等一次心跳的时间，然后奋力一击，发出既愤怒又得意的呼声。

那杀手的胳臂开了条从手肘到手腕的大口子，子弹射偏了，手枪和他的两根指头一起掉在石板地上，他大声惨叫，血尿齐流。

另一名杀手拿着短剑冲过来，摩根转身迎敌，将弯刀直接刺向他心脏，杀手重重摔在地上。

摩根弯腰拔出死人胸前的弯刀，之前受伤那人却趁机偷袭。摩根将弯刀向上一挑，本想劈开那人的喉咙，让他一刀毙命，可是两人身高差距太大，弯刀斜斜劈在他头上，把耳朵削了下来。那人又痛又怒，没受伤的那只手抓起一把刀就扑向摩根，这是不顾性命的最后一击。

那把刀刺伤了摩根的肩膀，而摩根的弯刀破开了对方的肚子。杀手哀鸣着踉跄倒退数步，跌坐在自己的肚肠、粪便和鲜血之中。

摩根胸口发烫，几乎喘不过气，汗流浃背，一流下来就冻成了冰。他强迫自己撑住，不能休息，现在还不行，不晓得还有没有别的杀手。他侧耳倾听，什么声音也没有。又过了一会儿，还是没有。一股得意从脚趾升起，直到头顶。两个混混，那浑蛋就只请得起这么两个不够格的混混。

真他妈的太棒了！虽然冷得要命，又累得要死，受伤的肩膀痛得像火在烧，可是想到那浑蛋的惨状，就比喝到最好的朗姆酒还开心，他放声大笑。凯莱布·戴维里，你变成穷光蛋了，就算还没光，也差不多了。你入股用的是别人的名字，以为我不知道。这正中我下怀啊，我很满意，不过，这还只是个开始而已。

地上铺满木屑，空气中充满汗味和兴奋的嗡嗡声。群众围成一个圈站着，有男有女，站在最后头的得隔着近十个人的距离往里看。这并不寻常。威廉街常常会有熊犬相斗、斗鸡或一只狗斗一打老鼠的戏码可看，但很少有女人家在，顶多有几个水手的情妇，不会有良家妇女。可是今天这个场子很特别，欢迎良家妇女到场参观。

“为了维持良好社会秩序，端正妇女品行，本着最仁慈的乔治二世国王陛下所赋予的权力，我们将给名声败坏的女子公正的处罚，请各位在旁观看。”站在场中央的念完手上的稿子，等了一下，才卷起卷轴，走到一旁，让执行鞭刑的人上场。

这工作是个肥缺，要给谁得看议会高兴。每执行一次鞭刑，可以拿1先令6便士，而且常常有工作可接，所以等着应征的人很多。这人霸着职位已经3年，看起来再做3年也不是问题。他是个大个子，皮肤黝黑，身材魁梧，手臂壮得跟小牛腿似的，穿着黑色的紧身毛裤，裸着上身，只围了一条皮制的长围兜，以免受刑人的血喷到胸上。

这些人全都是来看街头妓女受罚的，3个等着挨鞭子的流莺戴着脚镣，让铁链串在一起，手腕用坚韧的皮带绑在身前。

站在中间的那一个名叫若歆·坎贝尔，看见穿黑皮围兜的行刑者，腿都吓软了，只能拼命叫自己别怕。我不能在他们面前丢人现眼，不行，圣母玛利亚，请保佑我。

法官身穿红衣，头戴飘扬的白色假发，胸前挂着沉重的印信，朗朗说道：“本着万能上帝的慈悲与最仁慈的乔治二世国王陛下的荣耀，带第一名犯人上来。”两名红外套潇洒转身，向那3个女人走去。

他们走过来只要几秒钟，对若歆而言却好久好久，每一步都好慢好慢。快到了。亲爱的耶稣基督，请赐我勇气；圣母玛利亚，请赐我力量。我知道我得承受这些，但请别让我丢脸，也别让我丢教会的脸。“我不能丢脸，我是康尼马拉女人。”最后几个字她说得特别用力，仿佛那几个字能给她力量。

红外套从她右边过来，却没抓她右边那个女人。若歆的恐惧混着感激，一整天的祈祷终究生效了，她会是第一个，不用先看别人受罪。不知道自己会受什么罪，就能勇敢一点。可惜她误会了，红外套要找的不是她，是她左边的那一个。

若歆紧紧咬住下唇，才没尖叫出声。圣母玛利亚啊，我在他们脏得要命的市政府地牢里求了你一整天，只求让我第一个受刑，不要让我先知道会发生什么事，好让我能勇敢面对，不要丢康尼马拉女人的脸啊！

红外套解开那女人的镣铐，要带她上场了。若歆低声说：“要勇敢。”那可怜人头也不回。

她被带到场中央，群众吹口哨、喝倒彩、跺脚，个子比较高的那个士兵把她紧紧绑着的手举高，挂在柱顶的钩子上。

法官走过去，掀开她肮脏的粗布外裙和破烂的衬裙，检查她的脚有没有离地。鞭打娼妓的时候必须严格遵守规定，妓女得站在地上，不能悬空。法官说，英国的法律只行必要之残酷，不应过分。法官见犯人的位置合乎规定，便说：“可以行刑了。”

红外套拔出短剑，用剑尖在那女人背后衣服上划出一英寸长的开口，然后收起短剑，用双手把她的马甲扯开。群众见状用力吹哨跺脚，那士兵露齿一笑，把破到腰部的衣服剥开，那女人不但整个背都裸露在外，连乳房侧面都露了出来。

偶尔，在这个时候，法官会再点点头，脸上依然一本正经，但士兵懂得他意思，会再扯一下女人的衣服，让她腰部以上全裸。可是通常他们只对黑人这么做，今天的妓女是白人，而且有淑女在场。所以法官摇了摇头，红外套就没再碰她衣服，退了下去。

法官说道：“阿比盖儿·基恩，你犯了当街为钱与男人苟合之罪，现判你鞭刑 15 下，驱逐出境。行刑的，你得好好尽责，在场这么多观众，你可要使足力气。”

若歆不想看，可是转不开头。噢，亲爱的上帝，你看看，那皮鞭有八英尺长，鞭柄有四英尺长，光是空挥的声音就让她肝胆俱裂。亲爱的上帝，亲爱的上帝…… 鞭刑还没开始呢，他只是在试挥皮鞭。

如果是绞刑，刽子手行刑之前会跪在受刑人面前乞求原谅，可是执行鞭刑的人完全没那种负担，可以尽情哗众取宠。根据规定，此刑乃为巩固基督徒的品德，达到儆戒之效。

行刑者又举鞭一挥，这意思是要观众肃静，精彩的要来了。

穿着皮围兜的男人将手臂高高举起，重重落下，皮鞭打在女人背后柔软苍白的皮肤上。他们称这是“初吻”，背上没有旧鞭痕的最好，这个就是。

若歆面无血色，头晕目眩，膝盖发软。不！这些人全都下地狱去吧！她绝不让他们称心如意。她对自己说，不要看，假装这不是真的，看那些围观的，不要看场上的可怜人，看他们，恨他们，然后你就会坚强起来。

看那些围观的女人，她们跟男人一样兴奋地倾身向前，在扇子后头舔着嘴唇，全都是些异教徒贱人。至于那些绅士，穿着剪裁合身的丝绒外套和缎子长裤，得把那双新教徒的脏手藏在那些新教徒的口袋里，才能掩饰他们有多乐在其中。如果不是男人喜欢嫖妓，愿意付钱，会有流莺吗？为什么男人在纽约街上违法和女人苟合就不用挨鞭子？圣母玛利亚啊，那罩着黑面纱的是谁？她一直盯着我看，我看得见她的眼睛，可是看不出一点表情。

事实上，一直盯着她的眼睛有两双。

摩根·特纳站在母亲身后，他们在看台上有自己的小包厢。身处暗处，别人看不见他，他却看得见一切。是他让母亲注意那红发女孩的，但在这之前，他先向母亲报告了码头街那一架，“有两个，都死了。那个性感小妞是谁？红头发，站中间的那个。”

“不知道。我们该走了，你确定杀手就两个而已？”

“确定。”

“那走吧，你的肩伤要赶快处理。”

“等一下没关系，我想知道那个红头发的犯了什么法。”

“三个都一样，在街头卖淫，妨害风化。”

“跟你抢生意？”

达西瓦番婆没回答。这儿子没白养，完全符合她的期望，铁石心肠，比大他两倍的人还聪明。达西瓦家的财富有一部分是来自经营妓院，而且是全纽约最高级的妓院，这一点她从不瞒他。

下面刑场上挥到第七鞭了。那女人之前一直很安静，顶多在鞭子碰到背的那一刹那发出一点点呻吟。这一鞭下去，白色的皮肤上冒出了红色的血，鞭痕纵横交错，她再也忍不住，惨叫了短短一声。群众跟着发出满足的叹息。

“我要她。”摩根说。

“那个红发妞？”

“对，叫人把她放了，带来给我。”

“我们不能那么高调，摩根，高明的人只在幕后操控，不会张扬。”他的母亲说话轻柔，头都不回，声音让层层面纱挡着，听起来有些朦胧。

群众又鼓噪起来，那女人已经崩溃，开始大哭大喊求饶，而 15 鞭才刚过 9 鞭。“没人会注意我们的。”摩根说，“如果你不用你的办法帮我，我就要用我的办法自己来了。”

番婆回头，看见儿子正想拔出弯刀，连忙伸手阻止，然后立刻把头转开，不让他看见她脸上带笑。他果然完全合乎她的期望，如果她不出手，他真的会在众目睽睽之下去救她，说不定还会成功。那一定很精彩，她会看得很开心，但太不明智了。她举起手，站在看台后方门边的警察就跑了过来。

那人弯下腰听完番婆吩咐，就冲下窄窄的楼梯，穿过一楼拼命叫嚷的群众。那些人正在高声数着：“10！ 11！”受刑的妓女在痛苦地哀嚎。

摩根走到看台边估算了一下，跳下去大概有 10 英尺高，或者 12 英尺，对他而言很简单。法官的讲台后面有道门，直通大街，嗯，就走那里。弯刀才出鞘一半，他就听见母亲说：“等一下。”

警察跑到法官身边，弯腰凑在他耳边讲了几句话。法官抬头望向看台，番婆对他点点头。见他犹豫，她又点点头。你这个老蠢蛋，达西瓦番婆都开口说她要什么了，除非你不在乎每个月 10 镑的额外进账，否则最好赶快帮她搞定。

法官将脖子上挂着的印信握在手中把玩片刻，对警察说了几句话。警察接令便绕过刑场，沿途小心翼翼，生怕被鞭子打到，或被那妓女的血喷到。

“13！”众人齐声高喊，“她昏过去了！昏倒了！快把她弄醒，还有两鞭，昏倒没感觉！”

有人提着一桶水跑来，朝那女人的头和鲜血淋漓的背浇下去，水中有大量盐分，浇在伤痕累累的皮肤上，痛得那女人尖叫着醒来。鞭子夹带着风声又挥了过来。受刑人痛苦哀嚎。众人欣喜若狂，高喊：“14！”

那个警察跑到候刑区，怕群众的声音太大，红外套听不见他讲的话，只好指着若歆大喊：“帮她松绑，我要带她走。法官说，弄错了。”

红外套勉强把视线从受刑中的女人身上移开，望向法官，见法官点头，才从腰上解下钥匙。

几秒钟之后，若歆的脚镣松开了，那警察握住她手臂，拖着她向外走。

她不敢相信这是真的，可是冰冷的晚风打在脸上，告诉她这不是梦。她看见一辆黑色的马车，蒙着面纱的那个女人上车前回头看了若歆一眼。马车旁边站着一个男人，旁若无人地盯着她看，笑着等她过来。她从没看过有人长这么高，而且英俊得像上帝。或者是像魔鬼。若歆用拇指在掌心画了个十字，暗自祈祷。圣母玛利亚，看在我是康尼马拉女人的分上，请赐我力量。

2

纽约人发了笔战争财，总得找地方花掉。城里的猪还是到处走来走去，没人关也没人管，可是城里的居民已经超过了18000人，约有2000户，其中某些房子，比如说人人称羡的华顿家，就盖得跟伦敦的豪宅一样好。摩根去过一次，当年他17岁，在华顿家的舞会中做过不速之客（纽约舞会这么多，摩根从未受邀过），见到大理石地板和有橡木饰条的墙，让满屋子的锦缎和金碧辉煌迷昏了头，紧接着就给轰了出去。

华顿家的房子坐落在纽约最高级的地段，在城南，离堡垒和总督家很近，那一带可说是纽约的精华区，在全岛最窄的部分，土地很有限。有些十分有钱的市民还不得不将房子盖在略为靠北的地段，那边比较偏远，不算真正的纽约，叫做曼哈顿。

就拿老拉特格来说吧，他靠酿啤酒赚了大钱，因为红外套的酒永远不够喝，可是他百亩大的庄园就只能建在第二座城墙北侧、基普湾南侧的东河旁。摩根·特纳小时候很爱溜进拉特格庄园，栅栏和警卫都挡不住他。詹姆斯·德兰西家的产业和拉特格庄园只隔一条街，摩根也是爱去就去。

几年前易钦·德兰西的长子搬出老家，在乡间另建了一座三百亩的庄园，这不但象征了詹姆斯的独立，也显示出他远比城里那些汲汲营营的人更有水平。德兰西的宅第位于包立巷，自此向西一直到格林威治村，包括积水塘在内都是他的土地，一边有赛马场，另一边有狩猎森林。摩根·特纳最喜欢在詹姆斯·德兰西的私人土地上抓兔子和山鹬，还会告诉妈妈这是打哪儿带回来的。

“凯莱布·戴维里没有钱，要不是德兰西家的人帮他，他在城里根本混不下去。”摩根小时候妈妈就这么告诉他，“凯莱布·戴维里没有自己的钱，他爸死了，比德接掌戴维里船业，他没希望了，就连那烂医术带来的微薄收入还得分一半给卡德瓦拉德·科尔登。要不是他跟奥利弗·德兰西是好朋友，能间接攀上詹姆斯，要不然根本就没得混。”

“奥利弗·德兰西是有钱人吗？”

“没他哥那么有钱，奥利弗跟凯莱布一样是次子。”

“妈妈，我不是次子吧？”

“噢，宝贝，你当然不是。”她伸出手，轻轻摸他的脸，他觉得她藏在黑纱后面的脸笑了，“你会继承我所有的东西，但相对的，也有些责任要负。”

“什么责任？”

“你要负责让凯莱布·戴维里得到报应。”

“妈妈要我杀掉他？等我长大以后，要杀掉凯莱布·戴维里？”

妈妈很少对他发脾气，但那天她大发雷霆。“不！不！”她说得咬牙切齿，手指头像铁钳似的用力抓住他肩膀，“让凯莱布·戴维里一死了之太便宜他了，如果要杀我可以自己动手。摩根，你发誓，这件事你要完完全全听我的，你发誓！”

“我发誓，妈妈。”

她觉得这样还不够，“无论在任何状况下，绝不能让凯莱布·戴维里死，如果有别人要杀他，你还得保护他，无论如何都要让他活着，摩根，你发誓！”

“我发誓，妈妈，我发誓了，我发誓。”

她松开手，把他搂过来。“好，很好，这就对了。”她轻声说，“凯莱布·戴维里不能死得这么痛快，他得活很久，很久才行。他害我们受了这么多苦，自己也得尝个够。”

“怎么害的？妈妈，凯莱布·戴维里对我们做了什么？”

“这个以后再说，摩根，等你长大一点，懂事一点，我再仔细说给你听。”

如今摩根坐在马车上，身边有母亲和一个臭到他不确定还喜不喜欢的女人。他还是不了解故事的全貌，但那不重要，该知道的他都知道了，他刚刚才让凯莱布·戴维里付了分期付款的头一笔。

他有一阵子还担心这事不会成功。上一任从伦敦派来的总督在六年前上吊自尽，詹姆斯·德兰西当上了代理总督，自此之后愈发有财有势。幸亏他的财势依旧比不过达西瓦番婆母子，因此无法识破他们的计谋，凯莱布·戴维里倾其所有投资在他极有把握的事上，输到要脱裤子，都不晓得自己中了摩根的计。摩根想到这里，得意地笑了。

若歆以为他笑是因为发现她在看他，羞红了脸，转过头去。她之前没来过纽约的这一区，好多豪宅。坐私人马车也是头一遭，马车前后摇晃，令她反胃。

她双手叠放膝上，假装在看自己的手。那双手很脏……她全身都很脏，指甲裂了，流浪街头让她手变好粗。但至少现在手腕上没有手铐了。她不知道他是谁，也不知道罩着黑面纱的女人是谁，也不知道他们会对她怎样，可是没关系，怎样都比本来好。

若歆想到鞭子和群众的声音，忍不住发抖。那女人转头看了看她，没有说话。

马车在高高的铁门前停下，车夫跳下车，将门打开，再回到驾驶座上，将车驶向一栋大宅。她这辈子从没见过这么大的房子，黄砖建的，窗户多得数都数不清，入口宽到需要两扇雕花木门。

那个高大的男人先下，然后扶那位年长的女人下车，若歆注意到她小心翼翼拉着塔夫绸黑裙，唯恐碰到若歆的烂衣服。那男人就不同了，他扶她下车的时候，故意让两人大腿碰大腿，还温柔地说："小心，阶梯比你想象中高。"

"我没问题。"

"是啦，你一定没问题。"

说话时他又露出了魔鬼般的笑容，帅得让她喘不过气。她很想跟他把事实解释清楚，可是一直没有机会。那女人说："蒂尔达来了，让她带这姑娘去洗洗，摩根，我要跟你谈谈。"

幸亏他还拉着她，要不然若歆一定站不住。天啊，这人竟是海盗摩根·特纳！她来纽约才一个月，就已经听说过这对母子。大家都叫那个戴黑纱的女人达西瓦番婆，说她是只狐狸，比男人更冷酷、更残忍，经营全纽约最高级的妓院。政府之所以要抓街上的妓女来打，就是为了怕流莺抢她生意。圣洁的玛利亚，她现在是想怎样？

随便吧，反正不管怎样，都比被那个穿着黑皮围兜的人拿鞭子打好，不管怎样她都不想再回刑场，她真的没那勇气。

蒂尔达将这陌生女子全身上下打量一遍，摇摇头，叹了口气。转身对摩根笑说："你回家了，真好，摩根先生。"

"谢谢你，蒂尔达，回家真好。"

那黑女人又转身对着女孩叹一口气。摩根先生还是老样子，总是带些流浪的东西回来，从小就这样。不管是流浪狗、流浪猫、流浪儿，总要交给蒂尔达来打理打理才能见人。“来吧。”说着她就往屋侧走去，若歆只犹豫一下下，就快步跟了上去。

摩根看着她的背影，看着她的细腰和曼妙的曲线，想象那件又破又脏的粗布衣服里面会有怎样的身材，希望她有个大屁股，他喜欢女人有丰满柔软的屁股，好捏好亲又好拍。只有毛头小子才会喜欢紧紧的扁屁股。不过这些不脱衣服是看不出来的，就等着瞧吧。

“别急。”母亲扯扯他那只没受伤的胳臂，“我们得先谈一谈。”

铜制的浴缸立在壁炉旁边，年轻女佣提了滚烫的热水来，倒在里面。蒂尔达在旁监督。第四桶水加下去以后，蒂尔达说：“够了，她脱掉衣服之后剩不了几两肉。丫头，快把身上那些破布脱掉吧。”

若歆不想在那黑人和女佣面前脱衣服，可是更不想一直脏兮兮。她航行了九个星期才到纽约，又当了四星期仆佣，中间顶多用冷水冲过几次身子。现在这弥漫的蒸气令她想起妈妈的厨房，很想好好洗个澡。

她迅速脱去油腻的粗布裙、破旧的上衣和衬裙，踏进浴缸。闭上眼她就能假装这里没有别人，没人在旁边盯着她的乳房、肚子和膝盖，当她是市场上待售的马。

“丫头，用这个洗。”蒂尔达扔给她一小块用灰汁和牛油做成的肥皂。这种肥皂若歆也会做，这不算什么，她还会做更温和润泽，像乳脂一样柔滑，又带着花草香气的肥皂。那些知识在康尼马拉的女人之间代代相传，是祖先留下的财产。

这棕色的东西也不是不能用，她觉得有肥皂就很好了。但就在这个时候，来了一个年龄较长，体重较重，走起路来一摇一摆的女人。她的下巴少说有3层，帽子下头有几绺铁灰色的头发散在外面。她把一小块光滑又带着薰衣草香的东西交到若歆手里，“来，用这个洗吧。摩根少爷回家第一个晚上要睡的女人不香不行。”

若歆的胃搅了一下，原来她现在是在火上转动的烤肉，旁边的人帮她涂油刷酱，要烤到香酥软嫩，再送去让人大快朵颐。

“我是欧图尔女士。”胖女人说，“那位是蒂尔达。年轻的叫玛西，笨笨的不太讲话，所以知道她名字也用不上。丫头，往前弯一下，我要把这壶水倒你头上。很好，就是这样。你今年几岁？叫什么名字？在这屋子里我们要怎么叫你？”

“我今年 15 岁，叫若歆·坎贝尔。”

“若歆？这是个爱尔兰名字，但坎贝尔是个苏格兰姓，怪了。”

“我妈妈是爱尔兰人，家乡在康尼马拉。”若歆勉强偏过头去看她，希望在她脸上能看见什么反应。

芙萝西十指用力在那女孩头上抓啊抓，想把累积了好几个星期的脏污清干净。“嗯，康尼马拉是在爱尔兰没错，可是你妈没教过你吗？要卖也得在高级妓院卖啊，价钱会比街上好十几倍。好了，头歪这一边，我要洗另一边了。”

若歆听话照做，让她继续抓头，继续叨念，“你看看你，长得多好，哪一点输人了？这红头发等等我们去火边烘干以后，一定漂亮得很。堂堂爱尔兰人怎么这么傻？这里随便哪个老笨蛋都肯拿一基尼叫你舔屌，你干吗要为两便士在街上张腿卖？简直就是暴殄天物。”

“我没有卖淫，我……”

芙萝西和蒂尔达大笑起来，就连玛西也忍俊不住。“哎呦，你们这些街上拉客的每次被抓都这样讲。‘不是的，大人，街上那个屁股顶着墙，含着酒醉水手那话儿的人不是我，只是长得很像而已，您看见的说不定是我双胞胎妹妹，或者是鬼。’”

芙萝西笑得眼泪直流，掀起围裙擦了擦，继续为摩根·特纳整理若歆。“玛西，别愣在那里，再去提桶水来，我可不能让摩根少爷晚上睡到一个头发里有肥皂的女人。”

11！ 12！ 13！她晕倒了！快把她弄醒！不然下一鞭打下去没感觉！若歆咬紧牙关，没再说话。

达西瓦番婆亲自帮儿子疗伤，幸好只伤及皮肉，已经结痂，只要撒点止血粉、包上纱布就行了。“不用麻烦鲁克舅舅，这伤口用不着缝。”

“不过我还是想去看他，他好吗？”

“他很好，只是忙。你外祖父今天早上去世了。”她轻拍将纱布定位。

摩根十分震惊，他无法想象没有克里斯多夫·特纳的世界，更无法理解她为什么等到现在才告诉他。“刚刚为什么不讲？你派人叫我去刑场，可是没说…… 今天这种日子，你怎么还去刑场？”

“就算不去，我父亲也无法复生。”

“是的。”

“这件衣服报销了。”她把它丢进壁炉，“柜子里有件新的。你外祖父明天下午下葬。”

“那……”

“所有该处理的事情都处理好了，你不要担心，鲁克舅舅会把一切安排妥当。”

这是她私人的小客厅，但她没有脱帽，也没拿掉面纱，摩根并不意外。自有记忆以来，妈妈没戴面纱的脸他只见过一次，是在搬家那天，是在他们搬进纽约精华区的那一天，这间豪宅不但可以看见总督家，而且过个马路就是纽约上流人士下午散步的草坪。

那年摩根7岁，搬家当天一片混乱，没人顾得了他。他在家里到处跑来跑去，每扇门都打开来看，每个房间都瞧一瞧，心中暗暗希望能找到父亲。父亲比他们早出发，当时摩根靠在窗边，看见一个裹着斗篷的身影在别人搀扶下坐上一辆两轮轻便马车，离开了哈德逊河畔的旧家。

“搬新家他也不会有所改变，摩根，新家多豪华都一样。”芙萝西从身后搂住他说，“不要抱希望，不然会失望的。”

没错，摩根打开了新家每一扇门，每个房间里都摆满了新奇的好东西，可是没有半个人。只有一个房间例外。他原本打算跟之前一样，只开一个缝，看一眼就走。但那个二楼房间里有人，是他妈妈，没戴面纱，拉着裙子在拼花地板上漫舞，就像身在舞会中似的。

他把脸贴在门缝上，以为她没看见。过了一会儿，她却开口说道：“摩根，进来吧，门关好。”他进门后，她在他面前跪下，让他尽情看她的脸。

良久，他说：“妈妈，你好漂亮。我一直以为你很丑，有个下女说你得过天花，所以才戴面纱。”

“不是这样的，宝贝。”她拉他的双手按在她脸颊上。那张脸好光滑，像丝一样。他好骄傲，好开心，面纱底下他的妈妈是个美人。

“摩根，听我说，我们和别人不一样，我和他们不同，你爸也和他们不同，所以，你也与众不同。”

“所以他们才会讨厌我们？”

“你听谁说的？”

“旧家那些女人说的。她们说……”

“那些女人都是笨蛋，否则就不会当妓女。”“妓女”这个词之前他只说过一次，芙萝西听见了就拿肥皂洗他的嘴，可是妈妈讲这句话眉头都不皱一下。

“大家讨厌我们只有一个原因，就是他们比不上我们，我们比较好，比较聪明，而且比较有钱。他们叫我达西瓦番婆，是想羞辱我。你不用那个表情，摩根，不用低头。我早就知道他们背后这样喊，我不在乎。你知道我们怎么能在最好的区住这么棒的房子吗？因为盖房子的时候没人知道屋主是谁，现在我们已经搬进来了，爱住多久就住多久，他们拿我们一点办法也没有。他们永远斗不过我们，摩根，你和我要一起复仇，宝贝儿子，我发誓，我们一定会复仇。”

“妈妈，复仇是什么？”

“就是向别人讨回公道，恢复你的名誉和骄傲，让妄想把它从你这里偷走的人吃到最大的苦头。”

“有人要偷我们的名誉？”

“对。”

“是谁？妈妈，谁……”

“凯莱布·戴维里。”她凝望他的眼睛，把他的手从她脸上拿下来，但仍紧握在自己手里不放，“看着我，摩根，说‘凯莱布·戴维里’。”

他说：“凯莱布·戴维里。”又问：“戴维里家不是我们的亲戚吗？芙萝西说是。”

“是不是亲戚不重要。摩根，我的话才重要，跟着我说‘我对上帝发誓，要让凯莱布·戴维里付出代价’。”

“我对上帝发誓，要让凯莱布·戴维里付出代价。”

同样的誓言母亲叫他说过很多次，但只在那一次吻了他，然后要他把放在大理石壁炉前面的面纱拿过来。之后摩根再也没见过母亲拿下面纱。

几星期后，摩根向大家宣布，决定改姓特纳。母亲考虑片刻后，严肃地点点头，说他有权决定自己要姓什么。那天起，他就从摩根·达西瓦变成了摩根·特纳。

之后几年，凡是他想做的事情，她都支持，说他有权自己决定。其中包括他在19岁那年决定要当一名私掠者。她知道儿子对海的热爱挡也挡不住，不如由她安排，让他拥有一艘船，自己当船长。

第一个在摩根的“奇想少女”上投资的人是他母亲，其他人看城里最有生意头脑的人都下注了，纷纷跟进。虽然船长是个年仅19岁的生手，可是他是她儿子，大家都知道那戴面纱的巫婆绝不会冒人财两失的险。大家猜对了。

她对摩根出海的事只有一个要求，就是第一任大副要由她来挑。摩根答应了。她挑的是托比亚斯·卡特，卡特当过4艘私掠船的船长，全是自己的船，挣来许多钱，可惜大半都花在酒和赌上。“你身体已经不行了，打起架来撑不了60秒，可是年轻的时候没人能跟你比。酒只伤你的身，没伤你的脑。”她对他说，“我儿子年轻力壮又勇敢，其他的要靠你来教。”

目前为止，一切都照她的意思进行。“卡夫从岛上回来了。”她把摩根的伤包扎妥当了，“一切顺利。”

“我给你的纸条呢？”

“安全封在那个红宝石眼睛的金马头里，你爸的那个马头，记得吗？”

“记得。”他不看她，“但我想他不记得了。”她想说话，他不让她说，“马头埋在大圆石旁边？完全照我指示？”

“卡夫是这么说的。你也知道他很可靠。”

“我知道。”摩根从柜子里找出衬衫穿上，干净的白色亚麻布触感真好。他走到窗边，拿起茶几上的加纳利葡萄酒，倒一杯给她。她摇摇头，摩根就自己喝掉，喝得很快，享受那流进腹中的温暖。天啊，每一寸肌肉都在痛，他累死了，希望等会儿见到那女孩的时候还有力气。他甩开这念头，逼自己先处理正事，从小妈妈就教他，正事永远优先。

她知道他急着想走，“船员呢？”

摩根又倒了一杯酒，“我分他们一人400镑。”

番婆面纱后的眼睛眯了起来。船员分红的标准额度是60%，比例很高，但私掠是高度危险的行当，可能有一半的人出海后就再也回不了家。要有重赏，才有勇夫。

“75个人，一人400镑，也就是说，你一共付出去3万多镑，也就是说，这一趟……”她难掩声音中的震惊，“太夸张了，你从来没有一趟赚过这么多钱。”

摩根笑了，他很少有机会让妈妈惊讶。“我们抢了4艘西班牙商船。船上顶多19个人，3尊加农炮。那些贪心的笨蛋老学不到教训，老把空间都留着放货，结果就肥了我们做私掠生意的。”

“肥了摩根·特纳。”她纠正他的说法，面露得色，“可是，摩根，就算有4整船货物，还是……”

“第四艘是几内亚船，载满了黑人，一到巴哈马岛就整批卖掉，半个多小时内就拿到了钱。之后算我们运气好，港口恰巧有艘法国的东印度商船‘玛德莱娜’号，魁北克最好的代理商就在船上。”

“啊，”她声音中的笑意连藏都不藏了，“跟敌方做生意。”

“有何不可？我可是我妈的儿子呢，对吧？”

番婆大笑起来。听儿子说这些故事真有意思，如果她是男人，一定也要当海盗，不，当海盗不如领执照当私掠者，不用怕国王的海军。可是，如果她真是男的，想做的事可就多了，其中最想做的还是疡医，至少从疡医做起。“跟我说说那个代理商的事。”

“他很乐意买下我们的糖和染料，因为我可以用低于交易所的价格卖他，只要他肯付我金条就行。你说对了，盈余差不多两万，我没仔细数，毕竟那些律师、供粮的和代理商都得从咱们口袋里赚一点。”

那些她不想去计较。“这是当然，可是船员怎么办？如果有人走漏风声……”

摩根转身去拿酒瓶，因为他不敢直视母亲。“他们不会说出去的，又没好处。我一说‘奇想少女’要收山，大多数的人就决定留在岛上，不回来了。”

他之所以不敢看她，是因为想到了彼得勒斯·林克。他是“奇想少女”上唯一的德国水手，当时醉醺醺破口大骂还乱挥弯刀，要不是托比亚斯·卡特硬拦，摩根早就把那没礼貌的家伙杀了。托比亚斯说以前欠过林克人情，所以摩根卖他面子，没再追究。最后一次看见林克，他正蹒跚向巴哈马岛上的沼泽区走去，说不定后来就淹死了。他重复一遍：“他们不会说出去的。”

“那‘奇想少女’呢？”她看着他。

“卖掉啊，我们不是讲好了？”

“没错。我要问的是，如果船员都留在岛上，那船是怎么回来的？”

“大多数人都留在那里，只有一名舵手和四个水手陪我回来，我们一路上完全不像平日那样躲躲藏藏，反而大摇大摆，像海军似的，幸亏没有遇上攻击。”

“嗯。”她严肃地点点头，“托比亚斯·卡特也跟你回来了？”

“对，我建议那老头留在巴哈马养老，那边冬天不冷，挺适合安享晚年，可是他坚持陪我跑完最后一趟。‘小子，我发过誓，要保你平安到家。’”

他模仿卡特的口气惟妙惟肖。摩根真的很喜欢他的第一任大副，但她不能让计划因此受阻，这五个人知道“奇想少女”最后一次出航发生了什么事，不能让他们在纽约街上晃，必须处理，包括卡特在内。就由她来处理吧，不用儿子管。“做得好。”她温柔地说，“你做得很好。”

受到母亲称赞，他脸红了。

“领赏去吧。”她朝门点点头，“那个红发女孩给你当做奖品，可是肩膀要小心。”

她躺在床上等他，被子拉到下巴。

她这辈子从没见过布置这么精美的房间。欧图尔女士带若歆上楼的时候说：“他很累，不会想要什么花招。”洗完澡后她借了件丝袍给若歆穿，进了卧房就帮她脱掉，仔细折好，放在四柱床前，“你只要光着身子钻进被子里等，在他回来以前别睡着就好。”

她清醒得很，绿眼睛圆圆瞪着，看他走来。摩根脱掉衬衫，丢在地上，露出胸前卷卷的黑毛。他裤子里的东西挺了起来，可是整个人看起来很憔悴。

“你洗得真干净。”他笑起来就不那么憔悴，年轻多了，“好漂亮的头发。”他想伸手去摸，好痛，他忘了右肩有伤，右手不能动。

若歆从缎子被里伸出手来，轻摸他的绷带。就算他是海盗，她现在能睡在干净温暖的床上，背上没有纵横交错的鞭痕，还是该心存感激。“很痛吗？”

“一点点。”

“包扎得很好。”

“我妈弄的，她对这些事很在行。医疗是我们特纳家的老本行。”

“我也懂一点。”

“是噢，妓女会医术，挺稀奇的。”他随口说笑，坐进椅子里，伸长双腿，“来吧，姑娘，我不想让别人来打搅，你帮我脱靴子吧。”

若歆想拿那件丝袍来穿。“不。”摩根说，“不要穿，我想看看你洗干净以后什么样子。”

她犹豫片刻，决定抬头挺胸下床，背对他，跨站在他右腿上方，帮他脱靴。

“漂亮。”他很欣赏她的屁股，洗得红通通的，“这种屁股男人最喜欢了，今天晚上会很棒。你叫什么名字？”

“若歆。”右靴脱掉了，换左边，“若歆·坎贝尔。”

“若歆。”她名字的发音很少人念得对，但他念得很正确，“名字很美。”

“谢谢。可是大家老是拼错。”

她跨站在他左腿上方，天啊，他在海上梦寐以求的就是这种屁股。“你会拼自己的名字？”他扑哧一笑，“我居然找到了一个识字的流莺？”

"是的，我会读书写字，我妈妈教我的，可是……"

她放开脱到一半的靴子，回头有话想说，可是摩根挥挥手要她继续，"快点，快把那靴子脱掉。"

他喜欢她弯腰时乳房侧边鼓鼓的样子，也喜欢她洗澡后散发出的花香味。"你的专长是什么？"

"我……我没有专长，我不是……"左边靴子也脱掉了。她把两只靴子一起拿到房间另一头，放进柜子里。

"没有专长？"摩根说，"太可惜了，可是没关系，我们就在今晚把它找出来好了。转过来吧，我想看你正面。"

若歆转身面对他。

"过来一点，靠火光近一点。"她乖乖向前几步，"天啊，我真有眼光！你太漂亮了，在街上卖太可惜了！有这种长相，只要本事别太差，我就保证你能在全纽约最高级的妓院工作。"

"我……我不知道要怎么谢你，可是请听我解释……"

"不用谢，你这个奶子跟屁股都完美、还会读书写字的若歆·坎贝尔，什么都别再说了。我累到连上床的力气都没有了。过来吧，只要能让它撑两分钟，妓院的工作就是你的了。"

若歆向他走去，她背着光，所以他看不见她脸上的泪。

摩根松开长裤，伸手搂住她的腰，把她放到腿上。她往他膝盖的方向退。他笑着说："不是这样，你要骑我。我是个好坐骑哟。"

他扭动身体调好姿势，然后刺了进去。她倒抽一口气。他带着笑意说："别，你不用装。我是在妓院里长大的，很清楚这些花招，而且讨厌。所以你不用装，只要动就好，不，不要一开始就上下动，先用摇的。对，就是这样。啊，这就对了，很完美。若歆·坎贝尔，你那里真紧，可以做很久的生意，但今晚，它是我一个人的。"

芙萝西耳朵贴在门上，听见摩根呻吟，满意地笑了。这小子出门这么久，就该像这样好好放松一下。洗澡的时候她仔细检查过那个女孩，私处没疮也没疹子，上帝保佑，她可不能让宝贝摩根染上法国病。要想阻止22岁的年轻小伙子去碰人家碰过的女人是不可能的，与其在外头乱搞，不如芙萝西先帮他检查完处理好，再让他在家里做。

天堂里所有圣人都知道，她这辈子一直都在帮达西瓦家的男人做这种事。如果她今晚死掉，见到救世主的时候会说："耶稣基督，我还有什么选择？

难道要躺在街沟里等死？”她向来对自己也就是这么说的。

家中某条走廊尽头有通往四楼的回旋梯，除了她和蒂尔达以外谁也不许靠近。楼梯很窄，芙萝西有点担心她再胖一点就要上不去了。他在做什么呢？从恐怖的野人将他丢在哈德逊河边那个家的晒衣场到现在，二十多年过去，这么长的时间里，他什么也没做。

亲爱的上帝与所有的圣人啊，她原本以为那天已经糟透了，再也不会更糟，但她错了。

她站在门边，调整一下心情。这太难，她始终做不到，看见他变成这个样子，她实在没办法不心碎。

芙萝西打开门，看见所罗门坐在壁炉旁边，枯瘦的手上拿着空酒杯。她走到他面前，他不用抬头就知道是她。所罗门把酒杯递给芙萝西。

“还要酒？”芙萝西看见蒂尔达几小时前送来的晚餐全都掀在地上，分量看起来跟离开厨房时一样多，“你这么久没饿死还真是奇迹，根本就营养不良啊。”

亲爱的上帝和所有的圣人啊，你在那可恨的林子里夺走了那么多，就不能把脑子留给他？

达西瓦穿着睡衣，头上盖着一块布，遮着眼睛和牙齿掉光的嘴，你要是想拿掉那块布，他就会大声尖叫，用葡萄牙语骂你，现在他正挥着杯子这么做，葡萄牙语是他目前唯一肯说的语言。

“好啦！看在耶稣基督和圣母玛利亚的分上，放轻松。”她接过杯子，拿起床边茶几上的酒瓶，帮他斟酒，“你这样简直就是要喝死自己，所罗门·达西瓦，你今年67岁，再这样下去搞不好活不到68。”

她现在对他讲话毫无顾忌。有什么好顾忌的？他们之间向来有话直说，从当年开始就是这样。当年她那么爱他，即使后来他厌倦了她，她还是爱他，只要能留在他身边，怎样都好。现在他虽然摆出一副什么都不在乎的样子，但她并不相信，她没办法相信，所以无论如何她都还是一直跑来跟他讲事情，他没反应，她还是要说。

“既然你还活着，还在呼吸，我就要告诉你，你儿子安全回来了。”

达西瓦咆哮一声，把杯子重重在桌上敲了一下，酒都溅出来了。

“他是你儿子。”芙萝西不受影响，继续说，“你别傻了，她从没偷过人，一次也没有，要是有的话，我会不跟你说吗？”

他不但不说话，连看都不看她，可是她不肯放弃。

“你儿子就在楼下，平安健康，正在享乐。”她一一拾起地上的东西，他常默默发脾气，在椅子上扭来扭去又用力跺脚，最后不但撞倒东西，连人都累晕摔到地上，“正在搞一个超漂亮的红发妞，才15岁，她妈是康尼马拉人，也就是说，她是半个爱尔兰人。”

她停下手，闭上眼。“她让我想起当年，我在她那个岁数的时候……所罗门，你还记得吗？”芙萝西轻声说，“那时候你每天只想要我，我们只要抱在一起，就像在天堂。”

他没回答，她知道他不会回答，叹口气说：“待会儿你自己上床睡觉，好吗？”他一动也不动。“那么，晚安了。”

芙萝西转身向门走去，在门边停了一下，“你爱过、在乎过的东西全在这间房子里，全在你家。所罗门·达西瓦，男人到了晚年，还想怎样？你够幸运的了，你要会想，不要钻牛角尖。”

芙萝西走了。所罗门等她脚步声远去之后，才从壁炉旁的椅子上站起来，趴到地上。

他知道珍妮特就在下面，第一天搬来的时候，他就发现自己的房间在珍妮特房间的正上方，他很满意。他可以像多年前在床上一样，趴在珍妮特上面。所罗门的耳朵紧贴地板，听得见珍妮特私人小客厅里所有的对话。他依然拥有她，就和从前一样。

到了早上，摩根发现裤子上有血，以为那是跟凯莱布·戴维里的杀手搏斗留下的。“在这里待一两天吧。”他对若歆说话很温柔，因为昨晚他虽然累到没什么要求，但她确实让他很爽，“之后我会要我妈给你工作，这么可爱的女孩实在不该再流落街头。”

送葬的队伍相当壮观，集结了一打以上蒙着黑布的马车，市政街太窄，容不下这许多车。克里斯多夫的松木棺材由6个人抬出家门，经过90年前卢卡斯·特纳在门口竖立的理发师标志，走向汉诺威广场。众人都在那里等着。

“天可怜见。”其中一名等着送葬的邻居说，“以后城里就没有可靠的疡医了。”

“不会的。”旁边的人说，“我听说鲁克的儿子安德鲁遗传了特纳家的本事，天生就会拿刀。”

之前那人哼了一声，仔细看看那扶棺的小子，又高又帅，和摩根分执前方两侧。“这表兄弟还真是一对。”他说，“个子一样高，而且做的都是乱劈乱砍、让人流血的生意。”

克里斯多夫葬在三一教堂旁边，他是特纳家第一个葬在这里的人，城里的重要人士全都到齐，詹姆斯·德兰西总督还上台致辞，毕竟克里斯多夫是纽约最受敬重的疡医。

“算是还我们一个公道了。”鲁克低声对妹妹说。

“还差得远呢。”珍妮特望向人群后方，戴维里家的亲戚来了两个。比德·戴维里和扎卡里·克拉多克，并肩而立，脸上都挂着合乎场合的阴郁神色，也都小心翼翼避免和恶名昭彰的达西瓦番婆寒暄。

比德已经成了富豪，战争之前戴维里船业就已交由他掌管。她的旧敌扎卡里·克拉多克就没那么有钱，不但年事已高，而且虽然身为城中第一个在爱丁堡受过训练的医生，对看病却没对政治那么有兴趣。最后两方面他表现得都不好。

她在面纱后笑了。扎卡里年逾70，老弱无力，多亏娶了红贝丝的女儿，继承了药铺，才能过活。如今城里药铺多了，珍珠街的药铺不再是金矿，药铺里制药的工作也全靠菲比。塔沐馨五年前和母亲一样得了乳癌过世，她的孩子对制药既没兴趣也没天分。

厨房里的八卦说，塔沐馨过世前曾找过克里斯多夫，求他切除她的乳房，他拒绝了。番婆认为那是不可能的事。这种手术对父亲太有吸引力，他不可能忍得住不做。再说，他对过去并不像她怀恨如此之深。“他们排挤他那么多年，这公道还不了。”说这话时她没看鲁克，眼睛依旧直直瞪着比德和扎卡里。

“珍妮特，你真严厉啊。”

就像有滴冰水流下背脊似的，她打了个冷颤。爸爸死了，以后除了鲁克还有谁会这样叫她？妈妈六年前就离开人世。弟弟保罗四年前在斗狗场看一条狗和20只老鼠相斗，和人赌博起了冲突，被杀死了。当年她帮着妈妈带大的三个妹妹，一个远嫁波士顿，两个始终未婚，住在市政街家里，从来不来找她，很多年没见面了。就连今天都还故意站在坟墓另一边，假装不认识姐姐。所罗门呢？别说喊她名字，他将近二十多年没跟她讲话。现在除了摩根以外，她真正的家人就只剩下鲁克一个了。“需要严厉的时候，我绝不容情。”是的，谁都别想小看她。

大约一英里之外，在城市西北角，有一座六年前设置的贫民公墓，这里的尸体入土没有仪式，挖坟的人是唯一的见证。

“看来他们都得了水手专属的瘟疫。”一名挖坟的倚着铲子说话。旁边躺着六具待埋的尸体，全都刚死不久，穿着防水裤和格子衫，一副水手打扮，脖子上各有一道从耳朵到另一边耳朵的刀痕。

“动作快一点，不要拖时间。”另一名挖坟的催他，“我可不想在这里待到天黑。你跟他们非亲非故，用不着难过吧？”

“是啦，可是我知道这个人是谁。”他拿铲子指着其中一具尸体说，“他叫托比亚斯·卡特，很久以前有自己的私掠船。这几年在摩根·特纳的‘奇想少女’上当大副，有钱得要死。”

“做私掠生意没一个有钱的，赚多少、花多少，全都留不住。就算真的发了财，到头来还不是免不了像这六个，让人像杀猪一样杀掉。”

“也对。不过这一个不是私掠船的。”他指着最后一具尸体说，“这人只要有钱就跑去狗头酒馆喝酒，跟我一样。他有艘小船，载酒往来港湾内的小岛，他叫那艘船‘马杰里迪伊’。”

“现在他再也不能叫啦。”掘坟人伸出靴子上有干泥块的脚，把老水手的尸体踢下洞去，砰的一声落入坑底，“死人是没法说话的。”

出逃

1

“你没出席丧礼，我很惊讶。”代理总督詹姆斯·德兰西递给客人一杯白兰地，把穿着鞋子的脚和酒瓶一起搁到桌上，“毕竟是血亲，我以为你会去。”

“我讨厌那傲慢的浑蛋，大家都知道。”凯莱布·戴维里将白兰地一口喝掉，再倒一杯，“我恨不得他下地狱。”

“我始终没搞懂，克里斯多夫·特纳到底哪里惹了你？事情变成这样并不是他的错……”德兰西看见戴维里沉下脸，“就当我没说吧，没有比家人失和更糟的了。”

“说到家人，奥利弗叫我来见你，说你要找我商量一件对双方都有好处的事。”

“是的，没错。”

“希望跟特纳家无关。”

德兰西给自己和客人各倒一杯酒，借机打量一下对方。男人上了年纪多半发福，戴维里却越老越瘦……精确点说是“枯瘦”，而且脸色灰白，看起来不太健康。全纽约只有他一个人四季都穿黑色燕尾服，好像永远在服丧似的。

最近他的确有理由心情不好。听奥利弗说，戴维里凑了200镑去买“奇想少女”最近这次出航的股份。他和达西瓦番婆长期交恶，以自己的名义入股一定会遭到拒绝，所以还不敢具名，委托别人代理。依照预期，戴维里的

200镑应该要变成1000镑，甚或2000镑才对，可是他押错了宝，连本都赔光，也难怪现在一副僵尸样。“这个嘛，戴维里，我找你来是因为……”

有人敲门。“对不起，总督大人。”有个仆人不等主人叫他进来就把门推开，“我进来添柴，一下下就好。”

“好，菲利普，动作快点。”

戴维里看着那人把抱来的柴先放进壁炉旁的篮子里，再给炉火添上几根，手脚十分利落。他是白人，大概是签定期合约的仆佣。上一次黑奴造反是在20年之前，之后政府就说白人合约工比较安全，凯莱布并不这么觉得，白人仆佣有白人仆佣的问题，他们太傲慢，一旦跟到德兰西家这么有权有势的主子，就会狐假虎威。这个菲利普就是。菲利普没有额头，黑发发根几乎要和眉毛连到一块儿，神气得像他尿得出葡萄酒似的。倒也不是说他做了什么不该做的事，就是态度不好。

仆人干活儿的时候，戴维里和德兰西都不吭声。火旺了起来，总督和他的客人都靠过去取暖。好一会儿菲利普才起身问：“总督大人，还有没有别的吩咐？”

“没事了，菲利普，晚安，出去的时候把门关上。”

“是，总督大人。两位晚安。”

门关上之后，德兰西靠到火边暖暖手，喃喃地说：“今晚真冷，这个季节怎么会这么冷。刚刚话还没说完，戴维里医生，我有个提议。”

“我知道，我以为那个话题已经结束了。”

凯莱布如此不假辞色，让德兰西傻眼。这人真没礼貌，搞不懂奥利弗怎么会喜欢他。不过无论如何，戴维里现在有用处。“克里斯多夫·特纳死后，医院的位子空了出来。我在考虑继位人选，正规医生可能会比庸医适合。”

凯莱布眯起眼睛。管理那间医院的薪俸是每年200镑，正好够付日常开销，可以解决住的问题，可以雇几个仆人，小心点用说不定还能养一辆车和几匹马。虽说他不太可能省着花，可是这是份闲差，每周只要在医院出现几次，给几个生病的乞丐灌灌肠，用不了多少时间。平日的私人看诊还是可以照常，那半份薪水加上新职位的收入，应该够他勉强过上像样的日子。比德最近也说，弟弟早该搬出去了。如果能当上救济院附属医院的院长，他当然要，只不知道德兰西的条件是什么。“不是该鲁克·特纳接手？”

“一般人大概都会这么以为，可是这个职务要派给谁由我决定。”

凯莱布倾身向前拿起酒瓶，把擦得亮晶晶的玻璃瓶塞拔出来。

德兰西冷冷地说："请自便，不必客气。"

"谢谢，我不会客气。"凯莱布倒了半杯白兰地，"只是在想，谢礼不知道我付不付得起。"

"先别谢，我还没把职位交给你。"德兰西的薄唇泛起一丝微笑，"只想先了解一下可能性。"

"好。"凯莱布长期胃痛，刚刚灌下一堆酒，胃痛缓解了许多，现在可以慢慢喝了，"你想了解什么？"

"卡德瓦拉德·科尔登。"德兰西说。

"他怎么了？"

"我有兴趣要……用法国人的说法好了，虽然法国人是笨蛋，但他们的语言不错。我在寻求一条途径，想进入科尔登的心。"

"进入科尔登的心？噢，我懂了。"天啊，他脑袋坏了吗？一听奥利弗说他哥要找他谈事情，就该想到了。詹姆斯·德兰西找他还能有什么别的事？当然是因为他和那个自大的浑球科尔登还有关联。科尔登现今依然是督察主任，也依然是境内唯一一股与德兰西抗衡的势力。"寻求途径……"凯莱布重述他的话，"那应该不是问题吧，科尔登的女儿嫁给你弟彼得了，不是吗？"

德兰西耸耸肩膀，"是啊，可是彼得住在西彻斯特，我和他们一家子很少见面。再说，小心谨慎一点总是好的，对不对？"

"对，不过你也知道，小心谨慎并非我的长项。"在他面前凯莱布用不着掩饰，他很清楚凯莱布是个挥霍的浪子。而且凯莱布也早就认清现实，知道舔权贵的屁眼只会吃到屎，"不如打开天窗说亮话，关于我亲爱的朋友兼合伙人科尔登，我能为您做什么？"

"什么都不用做。至少现在什么都不用做。我只单纯希望，将来若有一天和科尔登意见不合，能靠你来劝他同意我的看法。"

凯莱布断然回答："不可能。"办不到的事情没必要硬答应，否则最后搞到和詹姆斯·德兰西结仇就惨了。虽然胃痛，又一脑子酒精，可是这点心思他还有。"我对科尔登毫无影响力，完全没有。"

"这不如由我来认定吧。"德兰西轻声说，"你能……我们在英文里面找个合适的说法好了，你有机会和我们可敬的督察主任有所接触，虽然他在城里的时间不多，可是总得找时间和你讨论账务问题，对吧？"

凯莱布点点头，天啊，所有人都知道他得分一半收入给科尔登。父亲为了利益和科尔登作出这种协议，让他吃亏，如今获利的人却不是他，而是比德。他想到就发火。“没错，他确实会进城来处理看诊的收入，每个月至少一次。”

“很好。”德兰西说，“非常好。有必要的时候我就会请你帮忙。”

凯莱布瞪着他，把杯子里的白兰地喝光，然后又伸手去拿酒瓶。德兰西轻轻把瓶子踢远一点，不让他拿。总督大人精美的黑皮鞋擦得闪亮亮，上头还有金扣，烛光仿佛在鞋上跳舞。“戴维里医生，我们算是说定了吗？”

凯莱布手伸到一半，悬在半空，该死，他哪有办法影响科尔登在政治上的决定？要想劝服他，还不如直接把他杀掉。可是他不想杀人，至少犯不着为区区一年 200 镑杀人。“我不认为我能……”

“我不是说了吗？这些不用你担心，时候到了自然就知道，绝对简单，我保证你一定办得到。现在只要回答我，戴维里医生，我们说定了吗？”

凯莱布还在犹豫。一年 200 镑，每周只要去一两次，帮乞丐看看病，基本开销就有了，别的收入可当零用。免去基本开销以后，他那一半的诊疗费爱怎么花就怎么花，也不嫌少了。至于德兰西的要求，到时候如果他提出的要求太过危险……就到时候再说吧。奥利弗和他那个犹太老婆以及她娘家的事凯莱布清楚得很，法兰克斯家和奥利弗·德兰西跟军中的补给官勾结，在军需品上大捞了一笔。奥利弗在他面前炫耀过很多次。必要的时候凯莱布还握有这个把柄。

凯莱布喝完这杯酒，把杯子放到桌上。“好。”他坚定地说，“有何不可？总督大人，我们就这么说定了。”

“很好，我很高兴。”那只闪亮亮的鞋轻踢，把酒瓶踢近凯莱布，“请自便，戴维里医生，夜里太凉，多喝点酒暖和暖和。”

2

“特纳医生，一点办法都没有了吗？您确定？”说话的是个制烛工，手上长满厚茧，身上穿着粗布衣和皮裤，看得出他付的一先令看诊费得来不易。他和妻子走出安街的医生家，又自己走回门边，再向医生问问。“您十分确定？”这简直是哀求了。

医病生涯中，鲁克最恨的就是这个部分，他实在很不会安慰人，尤其是在宣判人家死刑之后，要怎么安慰？他摇摇头，喃喃说：“很遗憾，没有办法。”他伸手按住对方的手，一方面表达同情，同时顺势将他往门外推。

那人竭力挺直背脊，走到在不远处等候的妻子身边，拉起她的手。鲁克关上门，深吸一口气，让头脑清醒些，然后头也不回地说：“安德鲁，你可以出来了。”

不算早夭的孩子，安德鲁是鲁克的长子。他有特纳家的身高，但是其余部分长得都像来自苏格兰的母亲，结实的身体、卷曲的头发和淡褐色的眼睛。可怜的梅芙6年前在生鲁克第十个孩子时过世了，那女婴是个死胎，梅芙后来的5个孩子都是死胎，前面5个也只有两个长大。其余3个，一个死于黄热病，两个被马车意外碾死。梅芙承受不住这么大的打击，也早早去了。鲁克很想念她，可是在儿子安德鲁和女儿珍的面前说不出口。

父亲已经发现，安德鲁只好乖乖从柜子后面走了出来。“你让我想起你姑姑珍妮特小时候，她逮到机会就偷看你祖父帮人看病。”

安德鲁掸掉外套上的灰，“达西瓦番婆那个时候就蒙黑纱了吗？”

“不许乱叫，她是你的珍妮特姑姑。人家用这种下流话讲她，我都气死了。当时她当然没蒙黑纱，连婚都还没结，怎么会当寡妇。”

“她现在也不是寡妇呀。”

“唉，跟寡妇有什么两样，日子过得很苦啊。”

“我可不觉得她日子苦，她和我那传奇的海盗表哥都有钱得要命。”

鲁克叹口气说：“私掠完全合法，小子，别以为你满20岁就什么都懂了，其实你什么都不懂。至少还要再过一两年，你才会懂事。来吧，跟我去诊疗室，把你快要憋不住的事说给我听听。”

“我哪有快憋不住！”

“有，都写满脸了。来吧。”

安德鲁跟着父亲走进书房，鲁克不去病家的时候，就在这个房间问诊。父子隔着一张松木大桌对坐。鲁克说：“好了，把握机会，有话就说吧。”

“说什么？”

“拜托，小子，特纳家的人都太聪明，讲话拐弯抹角，今天咱们就学苏格兰人有话直说吧。你是不是觉得我不该什么也没做就放那个可怜的女人回家？”

“她会死的。”

“当然，我们全都会死，那又不是新闻，你知道，她当然也知道。”

“爸，你明知道我不是那个意思。她还年轻，却活不过几个月了，说不定再过几星期就会死。”

"对。"鲁克心情沉重了起来，"没错。她腹部积水，这会致命，我们没有办法救她。"

"至少应该要尽力啊，您连试都不试就放弃。"

"看在万能上帝分上，安德鲁，你没看见她的肚子吗？鼓得就像怀胎九月似的，可是她没怀孕。产婆说她没怀，我也确认过了。你刚才有没有听见我敲她肚子的时候发出一种空洞的声音？像鼓。小子，那里头全是有毒液体，你我都知道这是不治之症，她已经给判了死刑。"

"爷爷认为腹部积水是因为肝脏癌化。"

鲁克白了脸，沉默片刻才说："肝脏癌化？你是说，爷爷切开病人的肚子，看见……"

"不是啦，爸爸，当然不是。爷爷不是在活人身上看到的，是做解剖的时候，我们好几次都……"

鲁克深吸一口气："天啊，小子，你吓坏我了。我居然不知道你跟着爷爷解剖尸体，到底有几次？10次？20次？"

"多到我都数不清了。"

"噢，也对，当然数不清，你还不到11岁他就开始带你进鬼屋了。"

"解剖室不是鬼屋，爸爸，爷爷不是那么想的。他很尊重死者，每次解剖完毕我们都把东西放回原处，把尸体缝合以后才让人收去安葬。"

"是啦，但在那之前，你们将人开膛破肚，把肝脏什么的都拿出来看。"

天啊，看看这孩子，满怀热情，我却没东西可教他。爱丁堡教的多半是理论，实务课很少，大部分时间都在研究文献。不过无论如何，我的儿子终归得认清一个事实，那就是：疡医拿看不见的东西没办法。这时候得靠我们正规医生来用催吐剂和泻药。如果这些药有效，就能治好，如果治不好，也只能认命。"不管病因是什么，总之是没救了。"

"不一定，动手术还是有机会的，爸爸，我最后一次跟着爷爷解剖尸体的时候，那病人就是腹部积水，我做了笔记，在房间，我拿给您看。"

鲁克举手阻止，"不用了，不用去拿笔记，我相信你笔记一定做得很好，也相信爷爷和你都观察得很仔细。可是又怎么样呢？那可怜的女人来寻求奇迹，安德鲁，我不会创造奇迹，你也不会。如果你将来想行医，不管要当医生还是疡医，都得接受这个事实，上帝并没有给我们行奇迹的天赋。"

安德鲁深吸一口气，如果现在不说，就再也没有机会了。"我知道人无法创造奇迹，可是癌化的肝脏不见得需要神迹，疡医既然能切除癌化的乳房，为什么不能切除肝脏？”

鲁克太过惊讶，一时说不出话来。父子俩四目相对，过了好几秒后；鲁克才吐出一口气，开口说道：“为什么不能？因为乳房在人体外面，在可以动手术的位置，在你看得到的地方。更重要的是，我们知道女人只有一个乳房也能活下去，却不知道没了肝脏人会不会死。”

“如果不试试看，就永远不会知道。”安德鲁好像根本没把父亲的话听进去，语气比几个月前和祖父争论时更为坚定，“如果病人横竖要死，何不试试？就算不成功，也不会更糟了，不是吗？”

“小子，你疯了吗？你知不知道那会让病人受多大的苦？你到底知不知道动手术是怎么回事？你爷爷教你那么多，可不是要让你去折磨人的，我们的工作是要减轻病人的痛苦，而不是创造出更多痛苦。你怎么会以为有人能禁得起开肠破肚？你怎么敢……”

“请别这么生气，爸爸，我只是要跟您说，并不是真要做，我只想跟您好好讨论一下。”

鲁克勉强压下怒气，回复平日的镇定，“够了，这种野蛮的事情不用再讨论下去，出了这个门，你也不许再去跟别人提。你祖父的名声好不容易才建立起来，不能让你毁掉，你不许跟任何人说他容许这种事情。”

安德鲁在原地呆坐了一会儿，心中又怒又悲，他每次和父亲讨论医学话题都会生气，但今天感到特别难过，因为爷爷走了，再也不会陪他聊这些了。他好想念爷爷，爷爷思想开放，不像鲁克保守封闭。“好，爸爸，抱歉打扰您了。”

“儿子，你没打扰我，至少不是你想的那样。创新并不是不好，你也知道，我用管子来帮小孩治白喉，有时候有效，有时候没效，常有人借此批评我，怪我不用传统方法。创新很好，有时候甚至是必要的。可是千万别忘了你治的是人，是活生生的人。”

鲁克起身走到窗边。这小子的手太灵巧了，判断力却还不够成熟。“安德鲁，我知道你很会用刀，你爷爷这么跟我说，就不会错。但病人有他的限度，你要是做得过了头，就很难在纽约立足，无论技术多么高超，都无法行医。这一点你爷爷最清楚了，希望你不用亲身经历就能学到。”

安德鲁站起身来，“爷爷确实吃了亏，但他并没有错，他当初决定输血是对的，我主张切除肝脏也是对的。”

“住口！我刚说过，这件事别再提了。”

“是，爸爸，对不起。”

“我接受你道歉，小子，你的未来我想过了。我预计在几周内就会接下救济院附属医院的院长职务，你要不要每周去值一天班？”

安德鲁一听此话，整个人亮了起来，“爸爸，您是说真的？”

“当然是真的，每周一天，让你增加些经验，不过那些是活人，而你的工作就是要让他们继续活下去。”

“谢谢爸爸，我会让你为我感到骄傲的，我发誓。”

“我相信你会，安德鲁，你爷爷也是。”鲁克打开抽屉，拿出一个用麻线裹得紧紧的油布包，“拿去吧，这是他的遗产，留给你的。”

安德鲁一看见油布包就知道里面放了什么，伸出手，止不住颤抖。“这是卢卡斯·特纳的日志。”他太激动了。

“是的，这是你高祖卢卡斯·特纳的手术日志，以及你祖父多年来的笔记。这是宝藏，安德鲁，这是无价珍宝。”

安德鲁脸色沉了下来，迟疑不接，“卢卡斯·特纳并不是我真正的高祖，对不对？我们是莎莉·特纳和那个强暴她的印第安人的后代。”

“都一样，莎莉是卢卡斯的妹妹，他收养了我爷爷尼古拉斯，我们不光是卢卡斯的继承者，更流着特纳家的血。”

这些事情安德鲁从前就听过。他从父亲手中接过那个珍贵的包裹，“我拿生命作担保，一定好好珍惜这些日志和爷爷的笔记。我发誓。”

年轻人这么容易就发誓，鲁克笑了，“不要随便拿命担保，生命是世上最珍贵的东西，”

天气不合时宜地冷了几天之后，就开始变坏，气温虽然比之前略高，却刮强风，雨里夹着雪，平扫而过。卡夫穿着法兰绒外套，缩着脖子，快步走向珍珠街那栋老房子。

从外头看，药铺里好像没人。卡夫推开门，门铃一响，蹲在长形木造柜台后面的菲比就站起身子，“噢，是你啊。”

“是的，是我。”

“你来干吗？”

“夫人派我来的。”

是喔，菲比心想，又找借口派他来了。她以为只要一直规律地见面，我就会渐渐当他是儿子，就能忘掉他身上流着白人的血。不会，永远不会，我23年前就告诉她了。当时珍妮特挺着大肚子，看见襁褓中的他，还对我说："别担心，我问过安芭，她说你们部落里的女人有时候会生出肤色比较浅的小孩，再过一两个月，颜色就会变深。"

妈妈对我也这么说，她一直等着孩子变黑，到死也没等到。他永远也不会变成黑人。所以就算妈妈说她是皇后，我是公主，而我的儿子在星期五出生，照部落习俗取名卡夫，又怎么样？卡夫根本不是我们的一分子，不是杰斯洛的儿子，我的期待落了空。他的父亲是那些日夜凌虐我一整个月的邪恶白人，若不是杀死杰斯洛、抓走我的家伙，就是囚禁我的那些守边界的红外套。

所以我对我儿子连看也不想看一眼，我恨这个白卡夫，恨到生不出奶水。所以他刚满月珍妮特就把他带回去养，让摩根的奶妈连他一起带。我的儿子和摩根一起喝白人奶水长大，越长越白。我无所谓，我不在乎，只要她别再叫他来，我就不会心烦。"夫人这回又要什么？"

"滋补药水。"卡夫指指那千年如一日站在柜台尽头的木桶，将达西瓦的水壶递上，"要这么多。"

菲比摇摇头，"一整壶？几星期前她不是才买过一壶？她是怎样？拿药水配早餐？"

"她都让那些小姐喝，说可以保健。"几分钟以后，他带着满满一壶药水，走出药铺。雨停了，但卡夫没注意。

他注意的是停在珍珠街上的一辆豪华马车，这么棒的马车他这辈子还没见过几辆，后轮快有他肩膀高，车体漆成金黄色，每根饰条上都画满天使、花朵和卷轴。车夫是个块头很大的黑人，穿着猩红制服，不坐在驾驶座上，却站在药铺门前。

卡夫在他身边停步。"你这马车真不错，拉车的也是好马。"那是两匹阉过的栗色马，鬃毛和红色丝绒饰带一起编成辫子，辔头上高高插着红色羽毛。两匹马都低着头，蹄子在地上扒来扒去，好像急着想快点尽情奔跑。"是伦敦来的吧？纽约做不出这么高级的马车。"

"是伦敦来的没错。"车夫说话的时候眼光集中在卡夫后方某处，让他不禁想回头看看背后有什么，但他知道背后什么也没有。黑人多半不愿直视卡夫，那浅棕色的皮肤对他们是种冒犯。可是，肤色岂能由他自选？车夫依然回避他的视线。"我家老爷要见你。"

"你家老爷是谁？"马车有块玻璃车窗，但窗上覆着红色的丝绒帘子，看不见里面。

“我家老爷要我告诉你，他是个老朋友。”

“老朋友见面有什么见不得人的，不用躲躲藏藏吧。”

这下子车夫终于直视他了。两人差不多高，但车夫比卡夫壮一倍，他不耐烦地说：“你不是白人，讲话却跟白人一样傲，我不知道你算我们这边的人还是他们那边的人，可是你如果不想吞下几颗牙，就给我上马车去，我家老爷找你。”

卡夫照做了。他不怕车夫的拳头，车夫虽壮，但卡夫知道自己也很能打。真正吸引他上车的，是这辆车子华丽的装饰，他想看看这样的外观里面，会有怎样的装饰。

他把那壶滋补药水塞给车夫：“嘿，帮我拿好。”然后大步走到车旁，打开车门。

在车上等他的人身穿浅蓝色织锦缎燕尾服，里面的衣服是金色的，还绣金线，高级亚麻衬衫的袖口有层层蕾丝，长裤是深蓝色丝绒做的，配上白丝及膝袜，黑色皮鞋上有夸张的大银扣。他坐在这辆豪华马车的红丝绒座位上，双脚够不到地。

“哈啰，卡夫。”杨恩·布凌克说，“上车来坐我旁边，门关好，别让人听见我们讲话。”

卡夫瞪大眼睛，不敢相信，好一会儿才开得了口：“是你？真的是你？”

“是啊，当然是我，你认得几个侏儒？”

“只有你一个，可是 …… 好久不见。”

“16 年了。但是卡夫，你没忘记我，对不对？”

“没忘，从来没忘。”

怎么忘得了？卡夫这辈子最初 7 年，杨恩·布凌克经常出入哈德逊河边那座妓院。后来卡夫跟着夫人搬到百老汇大道，杨恩·布凌克忽然就人间蒸发了。卡夫听蒂尔达和芙萝西女士说，布凌克和达西瓦番婆大吵过一次，之后她把他轰了出去，之前答应要给他的救命谢礼一毛也没给。卡夫不知道他们为什么争吵，也不知道杨恩·布凌克后来去了什么地方。

“查帕阔。”杨恩·布凌克好像看得出卡夫的心思似的，“我被那个骗子老鸨轰出去之后，就去了查帕阔。查帕阔是西彻斯特凡科特兰农场北边的一个湖，湖边林子里面什么人都没有，只有一些贵格会的人。湖水清凉，很适合酿酒。”

“你这段时间都在酿酒？”

矮子点点头，理了理缎子做的衣服，“没错，成千上万的红外套行军经过西彻斯特，成千上万啊，卡夫，每一个都渴得要命。”

卡夫笑了。这侏儒对他和摩根向来很好，他俩不到 6 岁就比杨恩·布凌克高，可是不管长多高，他总觉得布凌克跟他们比较像。“布凌克先生，我很高兴你过得这么好。这辆马车很豪华，你看起来也 …… 很豪华。”

杨恩·布凌克点点头，“没错，这套衣服我付给裁缝 30 镑，马车是从伦敦运来的，花了我 300 镑。”

贵得吓人啊，可是，这马车的华贵也有惊人的程度。

丝绒窗帘遮住了阳光，车里由一个小灯笼照明。侏儒靠近卡夫，眯起眼睛细看，仿佛想看清楚当年的小孩长成了怎样一个男人，几分钟之后，他下定了决心似的，拿起身旁折得好好的报纸。那是最新一期的《邮差周报》，下午刚出。“卡夫，你看不看报？”

卡夫摇摇头，不看杨恩·布凌克，也不看那份报纸。

“在我面前不用装。”布凌克低声说，“你识字我知道，摩根教的。”

卡夫冷静地说：“就算识字也不会在纽约大街上看报纸。”

这是常识，他还没学会走路就知道了。1741 年，卡夫 4 岁，第二次奴隶谋反东窗事发，大家称这次谋反为黑人大阴谋，说他们打算烧毁全城。想到 1712 年发生在纽约和不久前发生在卡罗莱纳的奴隶暴动事件，城里的人现在什么都信。

当时达西瓦番婆所有的黑奴都被关在家里不许出门，包括蒂尔达和卡夫在内。他们晚上全都得睡在地窖里面，那里以前是金库。达西瓦番婆把他们锁在岩石凿出的门里面，门外还堆上一大堆东西，好让士兵找不着。

芙萝西女士说，绝对绝对不会有人笨成那样，就算是红外套也不至于会笨到认为沙色皮肤的 4 岁孩子跟烧掉纽约的阴谋会有什么关系，可是达西瓦番婆说红外套什么都信，更糟的是法官也什么都信，所以卡夫每天晚上都得跟其他人一起锁进去。

他无所谓，可是打从那个时候起，他就知道，国王陛下的法官说你有什么罪，你就有什么罪，他们甚至可以用“脑子里想杀白人”的罪名整你。

黑人大阴谋时期，有好几个星期城里一直弥漫焦肉的臭味，就连哈德逊河边那么空旷的地方都闻得到。纽约大概有 2000 名奴隶，近 200 名被捕，吊死 17 人，烧死 13 人，其余被送去巴贝多的甘蔗园，过生不如死的日子。

"我知道你识字。"杨恩·布凌克又说了一次。

"我说过了，在大街上我是不会承认的。"

"没错，可是这里很隐秘，而且我的车夫鲁道夫是个壮汉，我们十分安全。"

原来那个车夫也当保镖用，也对，如果你身高只有三英尺，光头，还打扮成要去总督府参加舞会的样子，确实很需要保护。卡夫问："你要我看什么？"

"这一篇。"

卡夫接过报纸，就着灯笼的微光看字。那条新闻报导的是不久前在加拿大魁北克北方亚伯拉罕平原发生的一场战役。"虽然伟大的沃尔夫将军战死，但蒙卡尔姆将军也身受重伤。"报上的语气相当得意，"英勇的英国军队所向皆捷，光荣获胜，加拿大有如囊中之物。"

"战争即将结束。"杨恩·布凌克说，"英国人打败了法国人，就跟多年前打败荷兰人一样。卡夫，你知道这意味着什么？"

"加拿大会变成英国殖民地，跟我们一样。"

"没错，应该会。可是重要的不是这个，小子，用点脑子！战争结束，我们赚大钱的好日子也就结束了。我的查帕阔啤酒，你家该死的夫人和她的妓院，摩根的私掠执照……大家全都玩完了。那些红外套要回家了，要回欧洲去打别的仗了。"

卡夫瞪着那一身花俏的侏儒，他外表夸张可笑，可是眼中有智慧的光芒。"关我什么事？我是奴隶，何必在意时局是好是坏？"

"别当我是傻瓜，孩子，我一直在观察你，虽然离开这么多年，可是我一直在注意你的事，我知道那该死的番婆答应25岁就给你自由，也知道你想开家小店，卖些好东西，金器银器之类的。"

卡夫心怦怦乱跳，开店的事没别人知道，那只是他的幻想。锻工课的事也是秘密，难道这侏儒看得透他的心思？

小时候他听外婆安芭讲过哈普托的事，也知道妈妈深信她和她的杰斯洛逃跑当晚，这侏儒在她身上下了咒，奥比的恶咒。菲比认为他们因此被抓，杰斯洛因此被杀，她也因此生下半黑半白的混血儿。

卡夫向来不太相信这些神话故事，可是杨恩·布凌克正笑着看他，而且……该死，他说得件件都对。"你确定战争结束后就是苦日子？"

"没错，不会像之前那么好了。还有，你居然会相信达西瓦番婆那个女巫？她会不会遵守承诺，没人比我更清楚。”他说得咬牙切齿。

卡夫深吸一口气憋住。最好别跟懂巫术的人作对，无论黑魔法、白魔法，你都最好跟他站同一边。“如果真的是这样，那你看该怎么办？”

“小小改变一下。”杨恩·布凌克低声说，“你的计划还是照常，只是比预计的快一点点。”

芙萝西拿了一件黄色的棉布衣服和几条像样的衬裙给那女孩，还给她一顶家里戴的白帽子，让她把红发塞进去，“在这里你可不能穿粗布破裙子，一半苏格兰血统、一半爱尔兰血统的若歆·坎贝尔，在这里穿衣服要得体。”

她进百老汇大道上的这间豪宅一星期了，这些衣服可能是某个妓女淘汰掉的，可是能有得穿还是很开心。晚上她总是一丝不挂让摩根骑在身上做那些她想都没想过的事。若歆从来不知道男人脑子里有这些，更别说做了。比如说，昨天晚上他把她翻过来，从后面进去，虽然事前在老二上涂了油，但她还是痛到咬住枕头才没惨叫出声，到现在坐下还会痛。

没关系，这种痛和挨鞭子的痛比起来轻得多。而且一开始虽然痛，但后来……不，她不能这样想，她是正经女人，是康尼马拉女人，不是摩根·特纳和其他人以为的那种女人。现在不需争论，反正她也已经不是处女，那件事由不得她，可是她至少可以拒绝从中获得乐趣，至少可以不要堕落到那种地步。摩根对她来说，并不是秘密享乐的同伴，不是的。

她对摩根充满谢意，不管他在床上要她怎样，她总记着刑场上众人高声数着鞭数，记着穿黑皮围兜的男人将皮鞭高高举起，重重落下。只要记着那些，她就能忍受摩根的任何变态奇想，忍受自己不顾贞操犯下罪行（而且有时候还忍不住乐在其中），因为能跟摩根在这里就已经值得感谢，就已经算是圣母对她的祈祷有了响应。如今让若歆烦恼的事并不是那些，而是无意间听见了蒂尔达和欧图尔女士的对话。

“记着我的话，蒂尔达，夫人一定会把她送走。”

“你怎么会这样想？”

“摩根少爷太喜欢她了。夫人不可能让妓女当儿媳，更不可能让妓女帮她生孙子，所以迟早会把若歆·坎贝尔送去别家妓院，不会让她留在这里，你等着瞧好了。”

这段话若歆铭记在心。她知道如果这件事真的发生，之前的悲剧就会重演，免不了又得上刑场。她签工作契约当做船资，一到美洲，船长就把她的契约卖给一个独居的驼背老太婆，那老妇不信任黑奴，只敢用白人仆佣。

她一带若歆回家，就拿鞭刑吓她，让她每天工作 18 小时。“我说什么你都得照做，贱人，要是不听话，星期四就送你去救济院挨鞭子，挨了鞭子你姿态就低了，就懂得感激我让你有地方住，没让你流落街头了。没错，你就欠打。”

某个周四，老妇看她的眼神带着算计，甚至舔了舔嘴唇，然后披上斗篷要她跟她一起出去。若歆知道女主人心里打什么主意，她一定想让她挨鞭子。1 先令 6 便士虽然很贵，可是只要在旁边看得过瘾就很划算。

若歆乖乖走在女主人旁边，等候时机。路上遇到有车翻覆，压到路人，旁边一堆围观群众，看的倒不是人，而是马。那匹马在意外中断了腿，躺在路上痛苦哀鸣。过不了多久，就会有人带毛瑟枪来了结它，然后屠夫会来将它肢解，这种状况下买到的马肉会很便宜。

老妇转头去看，若歆趁机用力推她一把，将她推进人群之中。“喂！别挤！”某人喊道，“你这个老太婆，凡事得有个先来后到啊！”老妇气得一拳打在他脸上，若歆就跑了。

重获自由的第一个晚上，她在码头旁边水手去的低级酒馆过夜，流莺收容了她，让她分享用碎木头和树枝生起的火。

“丫头，有两件事情你一定要注意。第一就是别让警察抓到，你现在是违约逃跑的仆佣，被抓到可不得了。嘿，别那副表情，我们一看就知道你是逃出来的呀。你是白人，所以不是奴隶，当然就是仆佣了。别发抖，丫头，你不用怕，咱们都差不多。”

“对呀，这边的女人命都一样苦，可是你知道吗，被主人抓回去送救济院挨皮鞭还不是最惨的。”

“噢，没错，那还不是最惨的。”

“不。”若歆说，“没有比那更……”

“别傻了，丫头，你在纽约待得还不够久，你不知道，上刑场比去救济院更惨。”

那是她第一次听说威廉街上有那么个地方，铺着木屑，围观的人比在救济院还多还凶，你被打到皮开肉绽以后，还有可能绑在马车后头沿街拖行示众，然后驱逐出境。

“当然，在驱逐你出境以前，红外套要先用你，不管你身上有多少地方流血淤青，他们都不在乎，反正是免费的，不用白不用。他们不但不会感谢你让他们白用，还会把法国病传染给你。”

她知道所谓的法国病就是梅毒，几乎无药可救，连康尼马拉女人都拿它没辙。得病的人小便时痛得像有火在烧，臭水流出，一次比一次更痛。“既然在街头卖淫这么危险，你们为什么还要做？”若歆的声音里有掩不住的绝望。

“因为我们要吃饭呀，丫头，你难道不吃饭？凡是人都得吃饭呀。”

“你可别因为长得漂亮、有头红发，就想进达西瓦番婆的高级妓院，那绝对是大错特错。一旦踏进那个火坑，身体和灵魂就全是番婆的了。达西瓦番婆的妓女可得跟狗跟马做呢！”

“不！我不相信……”

“你不信的东西还真多。进了番婆的妓院，你就知道我说的都是实话。男人想上那些妓院，就得花大钱，至少一基尼吧，也许更多。如果光是一般的干法，谁肯付那么多钱？”

有个女人之前一直默不做声，这时凑近若歆身边，伸手到余烬上方烤火。“我听说达西瓦番婆那边有个妓女，一边吸驴子的屌，一边让狗干她屁股。”那女人看见若歆大惊失色、众人点头附和，甚为得意，“男人想在旁边看，就得付两基尼。”

“我绝不做那种事，绝对不做。”若歆说，“上帝为证，我绝不……”

“你不肯做，就得去刑场挨这个。”那女人弹了弹手指，发出啪的一声，“鞭子比这还快。这事也是达西瓦番婆搞出来的，从前鞭刑只在救济院，后来番婆建议在威廉街公开执行，打给大家看。她觉得我们这种人会影响到她的生意，任何妓女胆敢跟达西瓦番婆说个‘不’字，就会被送上刑场。”

“对，挨完鞭子以后，番婆的海盗儿子摩根·特纳会把打脱一层皮的可怜虫丢上海盗船，叫什么‘奇想少女’的，出海之后就只有上帝才知道那些妓女下场如何了。”

“一定被干到死。”若歆身旁那女人很权威地说，“这哪用问上帝？用屁股想也知道。”

两天后若歆就面临了抉择，而且她知道她只能作一种选择。这些女人的食物是冒险赚来的，她不能期待她们一直和她分享，自己却什么也不做。

那天晚上，她和另外两人一起在街上找客人，她不敢说自己是处女，但希望第一次能遇上和善一点的男人。她在恐惧和寒冷下不停颤抖，还没遇上嫖客，就遇上了警察。

如今她在达西瓦番婆家中，虽然衣食无忧，又温又饱，可是想到之前的事，她还是会吓得发抖。群众的叫嚣、黑皮围兜男人手中的皮鞭、受虐女子哭喊求饶的声音，那些原本都会发生在她身上。所以就算摩根·特纳真的如那些流莺所说，要干她干到死，她也没有怨言。但如果达西瓦番婆要收她当妓女，那她宁可回刑场去，因为她宁死也不要跟狗和驴……

“你在干吗？”卡夫问。

若歆抬起头来。她在厨房里。“我在热这个锅。”

“这我看得出来，可是你热这个锅要干吗？”

“等锅子热了以后，放这些玫瑰花瓣进去。”有一篮花瓣在炉子旁边。

“我还以为玫瑰花茶是用花苞做的。”

“没错，可是我要做的不是茶。”

卡夫在她身边蹲了下来，“那你要做什么？”

“你关心这干吗？”

“我关心的事可多了。为什么要煮玫瑰花瓣？”

“不是要煮，只是要加热，取得精油。这是高卢玫瑰，又叫做药剂师玫瑰，能提炼出最好的香气。”

“哪儿找来的？”

“后面。”

“夫人的花园？”

若歆点点头，“长得不好，可是多少开了一些。”

“居然敢任意摘花？若歆·坎贝尔，你胆子真大。”

“我只是不得不。说到大胆，你才大胆吧，卡夫……你姓什么？”

“达西瓦，我跟着夫人姓。”

“因为你是属于她的？”他没回答，若歆也不用他回答，“人怎么能拥有另一个人呢？我觉得这是不对的，就算他们买下你的雇佣合约，或者你是黑人，也不能‘拥有’你。不过，你好像不怎么黑？”

“我不会当一辈子奴隶。”卡夫急忙说，“我很快就自由了。”

若歆抬起头：“真的？你怎么会有这种想法？”

卡夫迟疑了一下，转头看火，不看她：“因为夫人答应过我。”

若歆知道那不是实话，他回答得太慢了。

3

摩根骑着黑色骏马转进安街，停在最后一排小而美的砖房前面，跳下马背，把缰绳往拴马柱上一拴，大步走向舅舅家的大门，猛敲黄铜门环，“鲁克舅舅！是我！安德鲁！珍！有人在家吗？快开门让我进去！”

“摩根先生，他们都不在家。”开门的是黑奴莎拉，打从摩根有记忆起，就在鲁克家为奴。她一边说话，一边在围裙上擦手，脸上还沾着面粉，“鲁克医生去救济院，安德鲁先生也跟着去。珍小姐去 ……”

“不用管珍，我舅舅和安德鲁什么时候走的？”

莎拉想了一下，“好像是一个钟头以前，那时候玉米饼正要开始下锅，我做了 30 个，一个大概要花 ……”

摩根不等她说完煎一个玉米饼要花多少时间，转身离开，解缰绳上马，莎拉还没关门，他就已经策马向北飞奔而去。

“每周三下午鲁克都会去医院。”妈妈说，“今天你绝不能让他去。”他很少见她这么激动，她只有在心情特别烦乱的时候才会这样紧紧抱住自己的身体。“一定要在他去医院之前告诉他，不能让他见到凯莱布之后才知道。”

“我会去，我当然会去，可是你怎么知道凯莱布一定会得到任命？”

“别傻了，摩根，我付眼线的钱难不成是白花的？”

“可是如果这是戴维里和总督私底下的协议 ……”他一边说话一边穿鞋，还把弯刀也带上，虽然今天应该用不上，可是不带刀就好像没穿衣服，“你是说，总督府里有人通风报信？”

“当然，总督府里有我的人，包立巷也有。”菲利普·托马斯 10 岁就卖给詹姆斯·德兰西当合约工，接着很快就被她买通，成为番婆的非正式员工。起初周薪 2 便士，然后年年加薪，现在菲利普才三十出头就有 2 先令的月薪了。这钱花得值。“快点，摩根，快去。”

“你确定德兰西真的让凯莱布·戴维里掌管救济院附属医院？”

“我确定。前几天就听到风声，但刚刚才确定正式任命了。”

母子俩匆匆下楼，母亲在前，摩根紧跟在后。“既然前几天就知道，为什么不 ……”

“我不是说了吗？我也没想到事情会演变得这么快，还在思考要怎么利用这个消息，以为 …… 噢，别管我怎么以为了，赶快去拦住鲁克，别让他跟凯莱布对上，否则天晓得会有什么下场。”

摩根骑在马上，向北急驰，想追上舅舅和表弟，心中忽然想到，妈妈真正担心的，是鲁克会和凯莱布·戴维里决斗，而且鲁克会赢。达西瓦番婆的仇还没报完，戴维里不能死。

他觉得自己这念头很可耻，为什么不相信妈妈只是单纯想保护心爱的哥哥，不想他受羞辱？答案他心知肚明：因为她和其他女人不同，其他女人心软，对家人有爱。而她，她为达目的能不择手段到什么地步，做儿子的再清楚不过。

该死，她这一点他向来佩服，多亏了她，今天他才能将全世界踩在脚下，也才会有那么漂亮的女人可睡，醒着的每一分钟他都在想新方法干她。可是现在当务之急是不能让凯莱布·戴维里伤害到舅舅和表弟的尊严，还有，托比亚斯他们的事。

过去一个多星期以来，他一直找不到最后陪他驾“奇想少女”回来的那5个人，全纽约所有大小酒馆都找遍了，就是不见踪影。他们最后一次出现，是在祖父下葬的前一天晚上，也就是他们上岸当天的晚上。

太奇怪了，可是这不关妈妈的事，他不该胡思乱想，她为什么要……

因为她不信任任何人，因为托比亚斯他们知道内情，因为“奇想少女”的最后一趟航程其实抢到了大批财物。可是天啊，他不是跟她说过吗，这些跟他回来的人非常可靠，他跟她保证过了呀。就算她要动手，也该先问他……

她做事几时问过别人？

他要当面问她，但那要等晚上，现在他没空想，他要专心赶路，追上鲁克和安德鲁。

黑马跑在通往波士顿的国王公路上，它平日在拥挤的城里只能慢慢走，难得可以恣意奔驰。摩根放低身子，平贴着马鬃，让马跑的速度能够更快。

万能的救世主啊，这跟在海上迎风扯紧船帆的感觉好像。

风声和速度令他血脉贲张，十分快意。可是摩根之所以能够畅行无阻，是因为这条宽广的大路上没有别的车，也没有马，舅舅和表弟的身影始终没有出现。

如果莎拉给的信息正确无误，他们真的已经出发整整一小时，那么现在早已抵达救济院，无论母亲要他去拦人的目的为何，都要落空了。

“你要采取任何激烈手段之前，都要先问过我。安德鲁，你得保证。”

“我早就保证过了，爸爸，一再保证好多次了。”

“我知道，抱歉，只是我还没获得正式任命，就让你来代班，有点不安，所以头几次先陪你来，以防万一。”

救济院和附属医院近年来扩充过好几次。战争虽能让人发财，但那些为国王战死在法国人枪下的男人，身后有许多无法自己养家活口的寡妇孤儿，受伤的士兵也从此失去打仗和工作的能力，他们最终的下场都是进救济院，因此救济院增建了两侧厢房和新的入口，以收容更多的人。

鲁克脱下斗篷，挂在前门的钩子上，另一个钩子上也挂着斗篷，他认不出那是谁的，想必来了访客。他环顾四周，想找人问问，可是附近没人。不要紧，这不重要，现在最重要的是别让这小子乱来，切掉指甲分叉的手指或趾甲长进肉里的脚趾。

“好，安德鲁，我们上楼吧。记住，病人的状况一定要问清楚，不要怕问太多，还有，不要只想着用刀，要考虑病人的福祉。”

“那不是普通的刀，是手术刀。”安德鲁低声自言自语，不想让父亲听见。上帝啊，请别让他失去这个机会，每周一天能够拥有一间十几个病人的病房，拥有治疗方法的决定权，这真是太令人兴奋了。

鲁克向医院走去，安德鲁紧跟在后。鲁克突然停住，儿子刹车不及就撞了上去。“对不起，我不……”

鲁克不予理会，注意力全在病房正中央那个高个瘦子身上，那人身穿灰扑扑的黑衣服，猛一看就好像死神来造访。“你来这里干吗？”

凯莱布·戴维里转身面对他，半点也不想隐藏心中的欢喜，没想到他能亲眼看见鲁克·特纳得知噩耗的样子，太棒了。“我来赚纽约市每年要付我的200镑呀，他们已经任命我管理这间医院了，特纳医生，你又来这里干吗呢？”

“任命你？我不信。”

“那就让你看看证据好了。”戴维里从燕尾服口袋里拿出一张纸，“这是我的任命书，由总督大人詹姆斯·德兰西签署，你要检查一下吗？”

鲁克一把抓过那张纸，看了一眼，就松手让它落下。“莫名其妙，你根本就没有能力接这个职务。”他一字一句都充满了鄙夷不屑，“我要去向议会投诉。”

凯莱布耸耸肩膀，“随便。反正议会也得听总督的，总督要让我当，谁也挡不了。当年你爸不也是总督任命的吗？那个贪得无餍的考斯比恶形恶状罄竹难书，这也算其中一件。”

鲁克发出怒吼，忍不住就要扑过去。安德鲁抓住父亲，“不！爸爸，这时间地点都不对，病人……”

鲁克听他这么一说，冷静下来，屋里所有还坐得起来的病人全都坐起身来看他们吵架，这种街头无赖式的吵法对他这种绅士来说实在不体面。鲁克还没完全丧失理智，除了面子，他也得顾及议会将来听见的说法。

“儿子，你说得对，在这里吵架对病人不好。戴维里医生，这事儿还没完，只不过正如我儿子所说，现在时间地点都不对。”他转身离开，安德鲁也跟着要走。

“手里没有毛瑟枪，就没胆了？”

鲁克楼梯正下到一半，停步转身大声说道：“我的胆子比那个只敢在人家男人不在家的时候去烧房子的懦夫大多了。”

“你敢说我纵火？”凯莱布又急又气，声音越来越大，“特纳，我要跟你决斗！”

“没问题，方式由你决定。”鲁克也用喊的，恨不得将凯莱布·戴维里一剑穿心，“时间地点也都让你选。”

“爸！”安德鲁低声劝阻。天啊，决斗有什么用？德兰西总督不会因此改变主意，重新任命。而且城里医生那么多，就算凯莱布·戴维里死了，总督也不会笨到找相关人等来接任。安德鲁知道自己11岁起就怀抱的希望将会因此破灭，“求求您，爸爸，不要用这种方法解决。”

“别吵！”鲁克咬牙切齿，“就这么说定了，我同意决斗。”他继续往下走，故意要背对戴维里。

“别走！”凯莱布知道自己在做蠢事，可就是忍不住，他积怨太深。一切都从克里斯多夫·特纳坦承凯莱布的未婚妻是半个野人开始，后来珍妮特完全无视于他的存在，特纳家又重整家声……这一切的一切都太不公平，他积怨将近30年，熊熊的怒火再也压抑不住，“你这个杂种特纳！回来！是男人就回来跟我打！”

鲁克一阵得意，戴维里在挖洞给自己跳，八成是喝得半醉了，不，可能有三分之二醉了吧，鲁克只要忍住别向他挥拳就成了。自制力是最利的剑，他拿定主意继续下楼，只回头说了一句：“我同意正式决斗，戴维里，或者你想请议会评理也成。”

“爸，干得好。”安德鲁低声说，“您赢了，现在扰乱公众秩序的人是他。”

到了救济院门口，鲁克拿起斗篷披上，打开门，知道救济院院长夫妇和一堆人都聚集在前厅，听见了刚才的对话。很好，这样德兰西和议会问起来的时候他们都可以作证。

门一开，安德鲁就抢先出门，去牵他们拴在几英尺之外的马。这场戏若想好好收场，特纳父子就得快快进城，抢在戴维里之前让议会听他们的说法。

有辆运货马车在这时候载了6块大圆石来，安德鲁要去牵马就得绕过马车。奉派服劳役的贫民接下来会花上好几周时间用比体重还重的大锤子把石头敲碎。

安德鲁绕过马车，靴子在破旧泥泞的铺石路面上嗒嗒作响。快牵马，快牵马，快在出事以前离开救济院。

“你这个番种，特纳，我叫你回来！”戴维里冲出门从背后扑向鲁克，他疯了，一步两阶，手像爪子一样伸出去。

鲁克转身把他推开，凯莱布又扑过去，这下子两人缠作一团，在救济院门口的泥地上滚来滚去。

安德鲁骑在马上，牵着另一匹过来，那是匹老母马。“爸！别跟他打！”他用力踢马，催它走快点，“求求您，爸爸，听我的，打架不……”

那匹母马很少被人家这么用力拖着走，忽然向后一仰，想要反抗。“该死，快走！”安德鲁使劲拉缰绳，“爸，我求您！”他的坐骑被主人急切的声音吓到了，鼻子用力喷气，脖子扭来扭去。母马发出哀鸣。

拉货车的是匹老灰马，早就给打乖了，所以不用拴。马夫正试图绕过打架的人，进救济院找院长，他如果想准时3点钟回家吃饭，就得赶紧卸货拿钱。

安德鲁想要控制住坐骑，却越弄越糟。那匹马立起来，差点伤到旁边的母马，在此同时，一匹黑马以惊人的速度冲进院子。

这下子拉车的老马再也受不了了。太多陌生的气味和冲突的声音，让那匹灰马想要转身逃跑。马车歪向一边，失去了平衡，倒下去裂成了两半，车上的大圆石一个个滚了出来，向救济院门口滚去。

摩根这三年来身经百战，练出了敏锐的直觉，能在最短的时间内察知敌友的位置。托比亚斯说，这是一种“连你都不知道你知道什么”的能力。这是种特殊的能力，天生的领袖都有这种能力，你知道你该做什么而且想都不想就行动，比妓女张腿还快，不啰嗦。

最大的那块石头越滚越快，就朝着鲁克舅舅和凯莱布·戴维里滚过去，两人打得太专心，完全没意识到危险。摩根站起身来，脚跟夹住马腹，逼这累了一路的马儿作最后冲刺。

黑马闪电一般冲向前去，摩根身体侧向一边，靠单手与马镫来稳住身体。在大石就要撞上两人的那一瞬间，他一把推开凯莱布·戴维里，然后听见鲁克舅舅在大石碾过身体时发出的惨叫。

“无论在任何状况下，绝不能让凯莱布·戴维里死，如果有别人要杀他，你还得保护他，无论如何都要让他活着，摩根，你发誓！”

“我发誓，妈妈。”

“两条腿都断了。”安德鲁说，“两条腿膝盖以下都让大石头碾碎了。”他脸色苍白一直发抖，无法直视妹妹的眼睛。

珍坐在父亲身边，鲁克躺在安街家里诊疗室的躺椅上。安德鲁已经勉强把血止住，用两块弯曲的桶板撑在鲁克伤腿上方，以免伤口碰到被子会更痛。

鲁克呼吸短促，每一次吸气胸部都沙沙作响，他眼睛闭着，皮肤发蓝。“我不懂。”珍一直重复说着，“摩根表哥怎么可能去救凯莱布·戴维里，不救……”

“我跟你说过很多遍了。”安德鲁望着父亲，不看妹妹，不耐烦地说，“我不知道为什么，但他就是那么做的。”

“不可能，不可能，你一定……”

鲁克微弱的声音打断了他们的争论，“安德鲁，孩子，你在吗？”

“我在，爸爸，我在。”安德鲁在躺椅旁跪下，“多休息，别费力说话。”

“不行，你得……”他有话要说，却喘不过气来。

珍靠过去，轻轻擦掉鲁克冰冷额头上的汗水，“爸爸，安德鲁说得对，您应该好好休息。我们都在这里。”

“安德鲁，你过来。”

安德鲁把头靠到父亲嘴边听，“我听得见，爸爸，您有什么话要告诉我？”

“我的伤……”鲁克用轻得不能再轻的声音说，“有多……”才说几个字，他就干咳起来。珍拿一杯薄麦酒凑到他嘴边，鲁克喝了几口，不咳了。“伤有多重？”

安德鲁用力咽下口水，说不出话来。他不能说伤势不重，说伤会好，说父亲也许会跛会瘸，但不会死。说谎也许较为仁慈，但他身上流着苏格兰母亲的血，没办法做这种事。“很重。”

“骨头…… 都碎了？”

“膝盖骨以下都碎了。”安德鲁觉得喉中仿佛有肿块，吐字艰难，“对不起，爸爸，都是我的错，要是我留在你身边没去牵马……”

“这不是任何人的错，孩子，这是命。生死有命，不是我们所能控制的。不过…… 不过……”

安德鲁心想，父亲大概是想说些要他好好照顾珍之类的话吧。“爸爸，您有什么吩咐只管说，我一定做到，我发誓。”

“我的腿……”鲁克说，“我要你切断我的腿。”

安德鲁没抬头，但感觉到珍瞪着他看，知道珍一定听见了。他张开嘴，挣扎了一会儿，才说：“不行，爸爸，求求你，别叫我做这种事，我没有经验，而且那种痛……”

父亲受伤太重，禁不起这种手术。不动手术，碎骨碎肉又会生坏疽让感染扩散。两种状况他都死路一条，可是安德鲁若是动刀，父亲会经历更大的痛苦。如果换作像祖父那样技术高超的疡医，也许锯两条腿只要一小时。可是安德鲁需要两三倍的时间，说不定还更久。结果又会如何？只有上帝知道。

鲁克抓住儿子的手臂，安德鲁看见父亲指甲都发蓝了，耳边仿佛听见祖父的声音。“孩子，要持续观察指甲和眼白，如果变蓝，就表示病人快要休克，时间所剩不多了。”

安德鲁不忍心拉开父亲的下眼皮，检查眼白，用想的都知道状况会是怎样。“我办不到，爸，我不要你受那么大的苦，又……”这话他讲不下去，受这种苦没有意义，而且你可能连手术都挨不过去，“我没经验，爸，我从来没有单独动过截肢手术，每一次都有爷爷在旁边看着。”

“爷爷现在也在你身边。”珍低声说，“如果你照爸爸的话做，爷爷一定会引导你的。”

安德鲁不耐烦地摇摇头。他想大喊，爷爷已经死了！克里斯多夫·特纳要是还在，就能救儿子的命，可是他死了。只有你们女人才会相信什么天使啦、永生啦、上帝慈悲之类的说法。珍爱怎么想就怎么想，如果信教会的说法能让她好过些，就信吧。他不理会妹妹，只对鲁克说：“爸，我去找赫齐卡亚·杰克逊，他是爷爷训练出来的，爷爷说他是个称职的疡医。虽然他住在扬克斯，可是我立刻出发的话，天亮以前应该就能带他回来。”

“到时候伤势早就恶化，说不定我都死了。”鲁克哑着嗓子说，“你才是爷爷最好的学生，他每次都说……”说到一半，他又咳了起来。

珍喂父亲再喝点酒，但这次他把酒推开，靠意志力忍住咳。“安德鲁，听我说，你非做不可，我只能靠你了。”

珍转头望向哥哥。他瞪着父亲看了一会儿，然后问珍：“你同意吗？这不一定……”

“我知道，这不一定有用，可是爸爸说得对，你得试试。”

安德鲁把手放在鲁克心上，心跳微弱而且不稳定，这是垂死的人灌下许多朗姆酒后的反应。天啊，他办不到，又不能不做，他已经许下承诺了。

一切就绪，珍喂父亲喝了很多酒，让他失去知觉。安德鲁将他稳稳绑在躺椅上，地上还铺了油布，以便清理落下的血肉。

工具都已备齐，全是这些年来爷爷一样样连着知识技术一起给他的。四支有凹槽的探针，三根不同大小的弯曲缝针，还有大量精心制成的羊肠线。六把各种尺寸的手术刀都磨得很利，两把锯子也都涂好了油。卢卡斯日志里与截肢有关的指示他也都读熟了。

> 枪伤、复杂性骨折以及所有意外导致需要截肢的状况，越早动手，成功的可能性就越高。腿部截肢的方法如下：由助手抓住腿，你用一条半英寸宽的坚韧布条在膝盖下方四五英寸处捆三四圈……
>
> ——引自卢卡斯的笔记

“珍，你能不能当我助手？”

她咽口唾沫，深吸一口气：“如果需要，我就尽力。”

“当然需要。”他常在祖父身旁扮演助手角色，很明白什么状况下该怎么做，“你得抓稳这条腿，保持水平。举得太高我会不好锯，要是不小心松手让腿掉下去，骨头可能会裂开，那就糟了，因为切口一定要干净，而且……珍，你还好吗？”

“当然不好。”她拿手帕擦擦额头，“拜托，安德鲁，你就动手吧，需要我做什么都等到时再说，你要我怎么做，我就怎么做，我会尽力的。”

“好。”

该死的女人。不，这样讲并不公平，生为女子又不是珍自己的选择。他呢？他又有什么借口？他的手抖个不停，两只手都抖。他看祖父施行截肢少说十几次，所有步骤和说明都记得清清楚楚。可是当真亲手来做，锯的还是受伤的父亲 …… 天啊，他真的很难控制住自己的手。

安德鲁先做几次深呼吸，然后掀开桶板上方的被子。鲁克呻吟一声，又再度陷入无知觉状态。安德鲁把桶板移开，凑近检查那双伤腿，伤口附近已经开始发热，接下来就是致命的感染。如果不要迟疑，早点去扬克斯找赫齐卡亚·杰克逊说不定还来得及。

祖父总说："赫齐卡亚诊断的能力很弱，可是执刀很稳。"这种状况根本不需诊断，而且赫齐卡亚有 15 年的经验。祖父说自己的孙子是他最好的学生，只是为了家族的面子，现在这点面子就要害死父亲了。天啊，他刚刚答应了一个垂死的人，现在却没有能力实现承诺。

大腿上要先绑止血带，那是条坚韧的皮带，中间有条裂缝，他将皮带一头穿进裂缝，用力拉紧，鲁克又呻吟起来。

珍喃喃地说："你弄痛他了。"接着又说："对不起，说这种话很蠢。"

"为了止血，我必须绑紧，压住动脉。"

"是的，我知道。你可以两条腿一起处理吗？"她努力想让语气自然，可是声音不但拉高了，还会发抖。

"不行，我想分别处理比较合理。"

"你想？天啊，安德鲁，你不确定？"

"我当然不确定！我怎么会确定？珍，我从来没做过这种事。"

"不要吼，会吵醒他，我不过问问而已。"

"别再问了，手术结束之前，什么都别再问了。"他没说的是，无论他们多安静，第一刀下去病人都会醒。每次都这样，从无例外，酒精只能减缓痛苦，无法让人完全无痛。

> 第一刀要下在布条下方，从腿下方开始，刀朝自己的方向拉，切口长度超过半圆。
>
> ——引自卢卡斯的笔记

鲁克发出第一声尖叫就让珍松了手，她放开父亲的腿，向后退开，高喊："住手！你这是在要他的命！安德鲁，住手！"

可恶！他就怕会这样！"出去！"安德鲁吼道，"给我立刻出去！"

"不要，拜托，别赶我走。"珍双手捂胸，像是要用力压住心跳，"对不起，刚刚只是吓到了，我没事，请让我留下来帮忙。”

安德鲁忙着擦拭第一刀流出的血，头也不抬，“出去，叫莎拉来。也许她比较坚强，能做该做的事。”

幸亏大腿上绑了止血带，所以流血不多，不至于遮蔽视线，擦一擦就可以下第二刀了。

> 第二刀要接着刚才那一刀继续划完一圈，两刀都只能切开脂肪组织，不能切到肌肉。
>
> ——引自卢卡斯的笔记

从此惨叫声就没停过，像海浪不断拍打海岸，安德鲁头痛欲裂，那叫声简直就在剥他的头皮，再这样下去他没法工作，可是他知道等会儿开始锯骨头的时候，父亲会叫得更惨。

手又在抖了，病人又在扭了。如果用来固定的绳子松开或断掉，病人就会移动，手术刀或锯子就会下在不该下的地方，这种事并不是没发生过。不行，没有助手他不能继续。该死的珍！所有女人都该死！她们为什么那么脆弱，那么愚蠢？可恶！莎拉怎么还不来？

他身后有人开门进来又把门关好。感谢主。“莎拉，过来，把血擦干净，我得看清楚才能做事。你抓稳这条腿，拉直，我会告诉你该怎么做，你只要照着做就好了。”

脚步声近了，安德鲁没抬头，那人伸手摸摸病人的额头，安德鲁看见黑色的长袖子。

正在擦拭伤口的他住了手，抬起头，“你来干吗？”

“送这个过来。”达西瓦番婆手里拿着一个棕色的小玻璃瓶，“这是鸦片酊，质量最好、效果最强的鸦片酊，从菲比那里弄来的。我只是想来减缓他的痛苦，并不知道你在动手术。”

安德鲁点点头：“喂他吃吧。我一时烦乱到忘了这东西。”

他看着姑姑打开瓶塞，一点一点将鸦片酊喂到父亲口中，等他本能地吞下去，再喂一点。“安德鲁，珍说你需要人帮忙。”她轻声细语，眼睛专注地看着哥哥，不看侄子，“能不能让我帮你？”

“您不会昏倒，不会大叫？珍本来也想帮忙，可是……”

“我保证不会昏倒，也不会大叫。”

她隔着面纱讲话，语气严肃，可是他敢发誓她唇边有一抹笑意。你姑姑珍妮特小时候，逮到机会就偷看你祖父帮人看病。那是爸爸5天前才讲过的话。“如果您愿意的话，就麻烦您了。”

她轻声说：“噢，当然愿意。”接着低头检视哥哥大腿上的止血带、缠在上面的亚麻布和安德鲁刚才那完美的圆弧状切痕。她柔声说话，声音中却带着安德鲁只在爷爷的声音里听过的某种确定感。“现在，拿掉布条，由助手拉开皮肤……”她嘴边说手边做，手很稳，很像爷爷，也很像他，“然后切肉至骨，动作要跟刚才割开皮肤时一样又快又准。”

“那是卢卡斯·特纳写的。”他说。

“对，我小时候读过那些日志，铭记在心。”

安德鲁盯着父亲右膝下那片模糊的血肉，刚才割皮肤那一刀的血已经止住了，鸦片也已发挥效用，父亲的呼吸沉稳多了。可是，安德鲁还在迟疑。

“手术过程中，我会在旁边提醒你卢卡斯书中如何指示。”他姑姑说，“如果你愿意的话。”

安德鲁喉咙紧到无法回答，只能点头。他拿起最大的那把三角手术刀，切开肌肉，深及见骨。

鲁克又开始惨叫了。安德鲁不断对自己说，现在爸爸并没那么痛。爷爷说过，鸦片酊能在病人和痛苦之间建立一道屏障，身为疡医，必须关上听觉，专心做该做的事。

姑姑的声音低沉冷静，安抚了他的心，有助于抵挡父亲的惨叫。“你应该站在腿的内侧，才能同时看见胫骨与腓骨，避免骨头碎裂。”

安德鲁换个位置，站到躺椅的另一边，挑了把锯子，有点踌躇地摸了摸锯齿，脑中再度响起克里斯多夫的声音。记住，孩子，骨头没有感觉，产生剧痛的是锯子在伤口上的来回摩擦与拉扯。因此，你的动作越稳越快，病人的痛苦就越少。快快锯完，病人就快快解脱，所以绝不能拖。他低头看着那腿，抓准了位置，就动手锯了。

鲁克仰起头大声尖叫，叫得像受虐的动物，鲁克的动作瞬间冻结。

“你不能停。”达西瓦番婆说，“鸦片酊已经让他失去了知觉，尖叫只是反射动作。”

“我知道，可是……”安德鲁看看她，看看父亲，再看看手中的锯子。

“快点。”她催他，“你别无选择，安德鲁，想救你爸的命，就非得继续不可。”

安德鲁弯下腰，继续锯。孩子，要使上全身的力气。克里斯多夫仿佛就在他身后监督。你是特纳家的传人，你一定要做到！

特纳家的传人。“腿锯掉之后，下一个重点是止血。”姑姑说，“最保险的办法就是用弯针和羊肠线缝两针，将血管末端扎紧。”

父亲的惨叫声安德鲁再也听不见，耳中只有姑姑的话，她的意志力撑住了他。

“每一条血管都必须扎紧，因此助手必须一次又一次放松止血带，让你找出血管的位置。”她的手很稳很巧，他每扎紧一条血管，她就放松止血带一下，让血流出一点，让他找到下一个开口。

扎了六条吧，说不定是七条，他已经数乱了。几条血管不重要，重要的是血已经完全止住，止血带也拿掉了。她的声音依然是他的支柱，他的向导。

“现在，你得将皮肤卷下来，包住伤口。刚才之所以要缠布条，不光为标出下刀位置，也为防止皮肤收缩。如果你照指示，先切皮肤，再切肌肉，那么现在就可以干净利落将皮缝好，不至于引起溃烂了。”

右腿结束，左腿得从头到尾照样来一遍。

止血带、布条、小手术刀、大手术刀、惨叫、锯子、更多惨叫、姑姑的声音……

终于，安德鲁缝完最后一针，把第二条腿的皮肤也固定住了。他喃喃地说：“好了。”

“做得很好。”现在她说的是自己的想法，不是卢卡斯的。刚刚她一直在当卢卡斯的代言人。他问：“花了多少时间？”

她看一眼小诊疗室壁炉上的钟。“从我进来起算，1 小时又 27 分钟，你动作很快。”她摸摸哥哥额头，之前他晕了过去，但现在睡得很正常，皮肤也凉凉的。她说：“他很快就会发烧，我会叫菲比送柠檬附子糖浆来，该用多少剂量也会跟珍讲。”

“随便你。”他累得站都快站不住了，举起染了血的袖子去擦额上的汗，“1 小时 27 分钟，这不……”

“那是从我进来的时候算起，之前你开始很久了吗？”

“没有，才开始几分钟，珍开始乱喊，我就住手了。”

“那就算一个半小时吧，新手这样很不错了，安德鲁，你爷爷要是知道，一定会很高兴。”

他也这么觉得，甚至觉得他老人家的手就搭在孙子肩上。

“干得好啊，小子，你说不定救了他一命。”

“还不一定吗，爷爷？”

“这种事永远都说不准，小子，你要记住，医学……尤其是手术……永远没有‘一定’。”

他们把病人留给珍照顾，去厨房洗掉手上的血。莎拉从街上的抽水站提了三桶水回来，问：“你们要不要喝点什么或吃点什么？家里有麦酒，还有我自己酿的麦根啤酒。噢,还有今天才做的玉米饼。刚听里头那么多声音，你们应该又饿又渴了吧？”

这黑奴声音中带着一丝好奇，要吃喝就得掀起面纱。达西瓦番婆并不意外，但也不会让她得逞。“谢谢你，莎拉，什么都不用，车夫还在外头等，我要回家了。你别给鲁克老爷的叫声唬住，那是手术中正常的反应，安德鲁少爷做得很好，我哥应该会顺利康复。”

安德鲁再也压不住满腔怒气了，“如果你那该死的儿子对家族有点向心力，我爸就根本不用动手术。”

番婆头也不回，对他的话听若罔闻。“谢谢你，莎拉，我确实很需要这块擦手布。”她用那块熨得极为平整的亚麻布仔仔细细擦干每一根手指头，擦完以后才说，“安德鲁，你爸和凯莱布·戴维里打架不是摩根引起的，院长让谁来当也不是摩根决定的。凯莱布跟德兰西谈条件，抢走了鲁克院长的位子，我派摩根去通知你们，不幸他到得太晚。”

她说得没错，摩根抵达的时候，他们已经打起来了，而且戴维里……天啊！

他在干吗？安德鲁甩甩头，要自己清醒点，别做梦。这可恶的女人根本就在说谎。“不是这样的，摩根有机会拉开其中一个人，他选了戴维里。”

“我确定你弄错了，安德鲁，摩根他只是就近救了其中一个人。”

“我没弄错，整个过程我看得清清楚楚，如果摩根想救我爸，就救得了，可是他没救。他选择去救那个黑心浑蛋凯莱布·戴维里。现在我爸两条腿没了，都是摩根的错。”

“你现在心里烦乱才会说出这些话，安德鲁，我不会跟你计较，你太累了。等你冷静下来以后，我们再谈吧。”

“可恶！你敢拿掉面纱面对面跟我谈吗？不敢！因为你在说谎，你明明知道自己在说谎！”

"你该歇会儿了。"她冷静地说，"莎拉，你看着安德鲁先生吃点东西，好好睡一觉。我一小时之内会叫人送充足的食物和日用品过来，鲁克先生的药也会一并送来。你先赶快帮这位年轻的疡医把衣服换一换。"

安德鲁的衣裤都染满了血，她自己的衣裳也好不到哪里去。提起裙子离开哥哥家的时候，她清楚感觉到那份湿黏。

"你怎么跟他说的？"摩根躺在母亲对面的椅子上，目光望着光亮皮靴后的火光。昨天的手术成了纽约最热门的话题，而他当时只能闷在家里一间换过一间盯着每一个壁炉看，仿佛那跳跃的火光能解答心中那个苦苦折磨他的问题。

"我跟安德鲁说，他误会了。"

"这不是事实。"

"这是事实。"

"该死，这不是事实。安德鲁没误会。"

"你们这一代的人还真爱在女人面前说粗话，摩根，你表弟也是，这样很不好，淑女在场的时候嘴巴放干净点。我说我对安德鲁说的是实话，它就是实话，不要质疑。"

他像看陌生人似的瞪着她，"你到底是什么怪物？躲在黑纱后头的到底是谁？"

他跑进房里质问她的时候，她正在写注意事项给珍，听他说出这种话，她就放下笔，站起身来。"我的人生把我变成了现在这个样子，我还以为你最懂。"

"不。"他瞪着她说，"我什么都不懂。我本来可以救我舅舅，我爱他、尊敬他，可是我没救他。因为我的耳朵听见了你说的话，所以我没救舅舅，却救了最厌恶的人。"

"正是，就是厌恶他才要救他。"她双手撑着桌面，倾身向他，仇恨的酸臭味强得压过了她惯用的匈牙利香水，"难道你要让凯莱布·戴维里这么简单就解脱？他害你没了爸爸呀！"

"拜托！我爸卖枪给印第安人，最后被印第安人阉了。这也能怪凯莱布·戴维里？"

"我辛辛苦苦把你养大，教你懂事，怎么现在变这么蠢？复仇的甜美果实近在咫尺，你不知道吗？我给你看过那条裙子，沾满……"

“沾满戴维里带暴民去烧你房子留下的油灰。天啊，你叫我看过十几次了，那场天杀的火是我小时候的床边故事，可是你看看现在这座房子！”摩根起身大步在屋里走来走去，激动至极。

“这个！”他用带鞘的弯刀挑起镶金边的织花窗帘。“这个！”他用弯刀敲敲窗边精美的檀木桌。“还有这个！”弯刀扫过华丽的大理石壁炉。“这地方难道不比那懦夫带着恨犹太人的暴民所烧掉的房子豪华1000倍？”

“你以为我在乎的是房子？再多的财富，补得了我被偷走的人生吗？你原本应该会有的弟弟妹妹谁来赔？我亲爱的丈夫被……”

“害你丈夫的是休伦人，看在上帝分上，别弄混了！你硬是要把所有的仇都记到你想记的人头上，达西瓦番婆说了算，谁有异议就是找死。”

她没注意到他跟别人一样用那个难听的称呼说她。二十多年来这是他第一次这样说妈妈。她的指头在大理石桌面上以同样的节奏不断敲啊敲，旋律只有她自己明白。“我没准凯莱布·戴维里死，他就不许死，摩根，别的事情你都可以不记得，把我教你的事都忘掉也可以，可是这件事绝对不能忘。”

母子二人站在那里互瞪了几秒，两人都很明白自己正站在黑洞边上，一旦失足落下，就再也爬不出来了。摩根感受到巨大的压力，她是妈妈，打从他有记忆起，就陪他一起面对世界。他哑着嗓子打破沉默，问道：“我只想知道一件事，你得发誓说真话。我怎么找都找不到托比亚斯·卡特和那几个跟我一起驾‘奇想少女’回来的人，他们不见了，你发誓和这事没有关系。”

“我发誓。”

回答得太快了，他知道她在说谎。

他强自压抑住心中的愤怒。“你连发假誓都不怕，只要能达到目的，一点也不在乎用什么样的手段。愿上帝原谅我，我前半辈子都在帮你，以后不会了。”说完，他转身就走。

“摩根！你去哪里？等一下，你听我说，我解释给你听。”

“不用解释了，我全都明白，虽然太迟，但我已经懂了。”

若歆躲在走廊上的暗处，贴着墙偷听，一个字也没漏，手里还握着原本想拿给达西瓦番婆看的一小块肥皂。那甜美强烈的香味刚刚还让她好开心，她相信它能向达西瓦番婆证明她除了卖淫还有别的用处。现在同样的香气却令她想吐。

摩根昨晚表现得像只野兽，当她能吸收他所有愤怒似的，想借着在她体内爆发来治疗心中的伤痛。

她实在不知道要如何赶走他心中的恶魔，最后只好假装睡着，听他站在床边自言自语：“我们要离开这里，若歆，像你这么漂亮、这么可爱的妓女就算当船长的女人又有何不可？我的‘奇想少女’要再度出航了，我要带你一起走，去哪儿都好，只要离她远远的就好。”

当时她没多想，以为他只是因为救济院的事太伤心了，说些胡话。她躺在被褥中，身上带着他做爱时不经意留下的淤痕，想起了妈妈的话：“天亮以后，男人就会把黑暗中的耳语通通忘光。”昨天晚上他说的胡话中还包括了“爱”这个字。真的，她听见了。噢，若歆，你这丫头，别傻了。现在不能指望别人，只有你自己能保护自己。

她贴着达西瓦番婆私人小客厅的墙，听见摩根走向门边，知道他是认真的了。他真的打算出海航向天晓得有多远的地方，而且想带她一起去。可是迟早有一天他会对她厌倦，到时候怎么办？圣母玛利亚，看在康尼马拉女人的分上，请保佑我。

若歆把肥皂塞进口袋，提起裙子快步走向几码外的后梯，只听得达西瓦番婆的门打开又用力关上，摩根·特纳皮靴踏在家中主梯上。她快了一步，没让他瞧见。

在厨房打杂的玛西前几天请若歆帮忙一起搬芜菁去储放蔬菜的地窖，如今她一时之间也想不到别的地方可躲，摩根·特纳应该根本不知道有“储放蔬菜的地窖”这种东西吧，躲在那边应该很安全。

那道门是用一整块槭木加上锻铁铰链做成的，几乎平贴地面，对若歆来说太重了，但她使劲向上拉开。

她没带蜡烛，只能靠触觉慢慢下楼，她手不够长，再往下走，就得放开头顶上的门了。咦？不对，洞里虽暗，但尽头处有光，而且那光不闪，不会是蜡烛，是灯。

卡夫的脸在光下看着她，“别怕，尽管松手让门关上，不管你在躲什么，这里很安全。”

若歆松手让木门盖回原处，地窖里虽然有灯，关上门后还是很暗，眼睛要花一段时间才能适应。卡夫坐在地上，面前铺着一张毯子，毯子上有一堆白镴做的高脚杯和盘子，擦得闪闪发光。“你在这下面干吗？”她问，“那些是什么东西？”

“我的东西。不关你事。”卡夫用毯子把他的宝贝包起来，“你在躲谁？

蒂尔达还是芙萝西女士？”

她摇摇头：“都不是。”

“那还有谁？”他拿出一条绳子，把东西捆好。

“摩根。”

卡夫笑了：“你不早就是他的人了？”

她很气他知道，气他们全都知道。“事情不像你想的那样，你们全都不懂，我不上他的床就得上刑场。”

“我知道，又没怪你，比当妓女更糟的事多了。可是现在怎么了？你活像见鬼了似的。”

若歆摇摇头：“他要出海，想带我去。”

“不，你搞错了，他的船要拍卖。”

“你才搞错了哩，摩根·特纳为他舅舅还有什么船员的事跟他妈大吵了一架，所以又要出海了，还想带我一起走。”

“太扯了，战争就要结束，也就是说，私掠船的时代也要结束了。”

“那他就会做海盗吧，我觉得他现在什么都不在乎。”

卡夫问：“他想带你一起走？”若歆点点头。“但你不想去？”她又点点头。“为什么？留在纽约你会怎样？”

“番婆要不就会让我在她妓院工作，要不就会把我送回握有仆佣合约的老太婆家。”

“对，我也这么想。那你为什么不跟摩根出海呢……如果他真的像你说的那样，想带你一起去的话。”

“他确实那么想，可是我会有什么下场？”

卡夫起身，拎起那袋宝贝。“在我看来那比当妓女或回雇主家都好。”

“才不哩！等摩根不想要我的时候，会把我随便丢在经过的地方，说不定是某个岛。”想到加勒比海诸岛的那些传说，她不寒而栗，听说如果你出身不好，在那里就连猪狗都不如，“丢掉我之前，他还会先让他的船员蹂躏我。”

卡夫摇头，“摩根不会做那种事，他很正派，我们是一起长大的。”

“正派？正派的人怎么会听那头母狼的话，让自己的亲舅舅丢掉两条腿？”

“事情不是那样的。”

“不是那样？那是怎样？人家说错了吗？难道特纳医生不久的将来还能在百老汇大道上走路？”

卡夫无法面对若歆坚定的眼神，他刚听说这事就觉得想吐，鲁克·特纳向来对他很好，想到那高个子现在只剩半截……手术后还不见得活得下来。他只能说："人家没说错。"

"我就知道。噢，别那副表情，又不是你的错。"

若歆坐在最下面的台阶上，冷得抱住自己，想决定接下来该怎么走。

之前也是这样，她变成身无分文的孤女以后，想到美洲的殖民地来求发展，没钱付船资，就和船长签下十年的卖身契，让船长到了纽约再将契约转卖别人。当时她对自己说，那不过是暂时失去自由，10年后她才25岁，还有大好人生等着。而且妈妈教了她那么多。我心爱的若歆，只要身上带着康尼马拉女人的本事，你就永远饿不死。这话没错，可是妈妈不知道会有可怕的鞭刑。

"别哭。"卡夫看见她苍白的脸颊上眼泪缓缓滑落，"别哭，若歆，这些都不是你的错。"

"是谁的错有什么差别？我终究会变成她旗下的妓女。"

"你如果不想做，就不必做。"

"我当然不想，随便哪个男人只要付一个木便士就能用你……你根本想象不到……噢，算了，你根本不懂，你生下来就是奴隶，根本没法想象自由是什么。"

"你错了。"卡夫说，"对于自由，我想得可多了。"

摩根的船停在那里。船帆整修过了，放在船内。没了船帆的桅杆像木头兵，守护着他的船。这艘船现在还是他的，但就快要不是了。

"奇想少女"已经整修完毕，准备拍卖。船身补过，甲板用沙刷过，接合处都新上过焦油，黄铜部分擦得在秋日夕阳下闪闪发光。他走过船边的时候还闻到新麻绳的味道。

摩根爬上桅杆检查，没有半条裂痕。他在心里听见风鼓动船帆的声音，像一首歌。可是从船上望向曼哈顿林木茂盛的山丘和岛南端的纽约时，船的歌声就渐渐停歇，岸上的城市以另一种旋律召唤他，那旋律他听过不知多少遍，无比熟悉，带有另一种力量，她的力量，他是她的传人。

但他也可以不要，她不能逼他接受。要不要继承家产和母亲复仇的计划，他可以自己选择。

嗯，他凭什么怪她，过去三年来他自己也杀过不少人。不，他的战斗向来光明正大，不像妈妈，竟能冷血杀死和他一同出生入死、把他的命看得和自己一样重的人。

生下他的那个女人真的是人吗?

30 码外，有艘 8 名桨手的小船正划近皇家海军的大船。摩根看见他们拿枪逼着征召来的新兵爬上大船,不肯爬就挨枪。这套剧目摩根见过很多次，每次都很不以为然。他才不跟这种要受威胁才肯做事的人一起出海。水手是天生的，不靠后天养成。这也是托比亚斯教他的。

小子，他们跟你出海为的不光是钱，还有对海的爱。对待他们要公平，让他们相信你能带大家打收获丰硕的胜仗，只要让他们服你是老大，就用不着拿惩罚来吓唬大家。

可怜的托比亚斯，那真是他最好的忠告，摩根听他的话，努力赢得尊重，所以后来大家都抢着要跟“奇想少女”出海。现在他只要去附近的酒馆转两圈，就能招到全城最优秀的新船员。

天啊，托比亚斯真不该有那种下场。

等会儿除了找新船员，他也想去找若歆。又一艘小船划过，只有两名桨手，经过“奇想少女”旁边时摩根看见船上坐着五个妓女，显然是要上军舰服务皇家海军。照规矩，妓女上船有吊床可用，每人每次收取两便士，一次不可超过 7 分钟。

小船划过旁边时，“奇想少女”随波摇晃了一下，几秒之后就归于平静。

离家的时候,摩根只花了两分钟找若歆,没找到,就走了。当时对他来说，离开才是要务。可是现在想到她的红发绿眼和鲜奶油似的肌肤，他又好后悔当初没有多找一下。

军舰上的人看见妓女来了，欢天喜地到甲板上聚集。依照规矩，频率不能超过每周三夜，由船长斟酌，只让水手得到必要的纾解。

要不然船上的男人会搞出鸡奸的事，或拿桶子上的洞来用，长途航行难免如此。他没做过，但他了解那种需求。

至于那些女人，卖淫是为生活所迫，若歆也是，不能怪她。是不是妓女并不重要，总之他对她还有渴望，要不然，为什么一想到从此再难相见，心就好痛?

林中的妓院几年前烧掉了。马莎·金凯德搬到三一教堂西边，住在一间叫做“小提琴与木鞋”的酒馆后面。

“小提琴与木鞋”坐落于一片新兴小区。这块地长100英尺、宽25英尺，地主是三一教堂，承租的住户多半是工匠，每年要付两镑给教堂财产的管理人。工匠的工作现在多到做不完，所以才付得起地租，可是这些房子不是砖造的，而是用木头凑合着盖的，野猪、野狗在泥泞的街道上钻来钻去，街上不但有垃圾，还有人的排泄物。不过没关系，在马莎·金凯德眼里看来，这个新家有如天堂。“一整个房间都是我自己的。”她拍拍杨恩·布凌克的手臂，“多亏有你这个朋友，你对我真照顾。”

“没错。”布凌克被她捧得暖洋洋，“以前对我好的人，现在我都会好好照顾。”

若歆看看侏儒那身精美的绅士行头，看看卡夫的皮裤和法兰绒外套，看看皱皮老妇裹着的披肩，再看看自己身上那件妓女穿过的亮黄棉裙，很后悔出来时没带外套或披肩，好冷。这四个人站在一起像群疯子，若有人听见谈话内容，更会深信不疑。达西瓦番婆神通广大，他们躲在纽约，还想不被番婆发现，怎么可能？若歆觉得这真是疯了。

“这不算躲。”布凌克对此相当坚持，“你们对番婆来说不过是小跳蚤，不见了她根本懒得找。她原本一心只想报复凯莱布·戴维里，现在要担心失去宝贝摩根，还要挂念断了腿的哥哥，我们这些人在她眼里就跟跳蚤一样啦。”

“跳蚤会被人捏死。”

“没错，跳蚤如果咬人，就会给捏死，可是如果你不咬人，悄悄跳走，就没人会注意你。”

若歆不信。“卡夫是她的财产，我想她认为我也是，因为我是她跟摩根从鞭子下救出来的。我们就这么逃走，不算咬她？”

布凌克摇摇头。酒馆里挤满了玩骰子和纸牌的男男女女，屋顶主梁上挂着铁制的枝形吊灯，照亮了整间屋子。每隔一段时间，就会有人被吊灯滴落的蜡油烫到，高声大骂，然后众人纷纷下注，赌下一个烫到的是谁。

“他们什么都能赌。”布凌克笑着说，“我不介意，反正谁赢我都抽百分之十，这是我的地方，规矩我订，他们想在这里喝酒就得照我的规矩。”

若歆知道这酒馆是侏儒的，卡夫说过，但她真想不到酿酒这么好赚，更想不到杨恩·布凌克人长这样竟也能赚这么多钱。

“全纽约就数他长得最怪了。”卡夫在地窖里跟若歆说过，“但杨恩·布凌克是我朋友，他想帮我。”

“你信任他？”

“是啊。”

“好，可是他又为什么要帮我？”

“为什么不帮？如果你真的很会做药，就很有价值。再说，我想只要是能报复夫人的事，他都肯做。”

“她到底对他怎么了？”

“我听说当年他从暴民手里救了她，可是却没拿到说好的报酬。现在他当然很有钱，但并不是她给的，所以他很气，想向她讨回公道。”

“那你呢？卡夫，你想要什么？”

“自由。”他平静地说，“如果你也想要自由，就跟我走吧。”

直到目前为止，她所做的选择通通都错。这一次看起来跟着卡夫离开番婆家似乎赢面最大，她只后悔出来的时候没带条披肩。

“卡夫说你会做药。”布凌克看着她，心想她长了这样的头发和眼睛，也难怪达西瓦番婆会想把她放进妓院。耶稣基督哟，不知道她两腿之间的毛是不是也这么红、这么卷……

“是的，我会做药，我妈跟我外婆学来，又教给我，爱尔兰自古以来代代相传的药方我全都会。这些药方的起源很早，克伦威尔那个恶魔血染波恩河，把幸存者全变成英国人的奴隶，都是后来的事。”

“噢，原来你是他们的一分子。”马莎轻声说。

若歆吓了一跳，想不到这个纽约老妪居然也知道康尼马拉女人的事。“你听说过我们？”

马莎摇摇粗糙的老手，柔声说：“孩子，那些事别在这里讲，也不该今晚讲。”

“快拿那块肥皂给布凌克先生看。”卡夫对这两个女人的悄悄话很不耐烦。

若歆伸手从裙子口袋掏出那块奶油色的卵形香皂，强烈的玫瑰香顿时盖过了酒馆里的酒臭汗臭。

若歆问：“你确定躲在这里她找不到？”单支蜡烛朦胧的烛光微微照亮“小提琴与木鞋”后面的小房间，马莎暂时让她同住。

“确定？世上的事谁说得准。”马莎坐在床边，边揉腿边说话。她那双瘦腿上穿的是针织条纹袜，而床只不过是两个架子撑着几块木板，再铺上麦草做的床垫而已。“地板你尽管睡，很硬就是了。珍妮特小姐很凶，可是我想她现在要操心的事太多，应该顾不到你。”

“珍妮特？那是她的名字？”

“对啊，我刚认识她的时候，她还住在娘家，后来嫁给一个犹太人，才成了达西瓦夫人，至于人家叫她番婆，是很多年以后的事。她从前很漂亮，用刀的技术几乎跟她爸一样好。不过要是让男人知道她拿手术刀，恐怕会抓她去坐浸水椅，别的事就更不用说了。”

“别的事是什么？”小房间让马莎的窄床占去了大半，若歆在床旁边铺块帆布躺下，用手肘撑着，抬头跟马莎说话，“她怎么从珍妮特变成番婆的呢？”

“从前我脸上有个很大的黑色肿块，很丑，你绝对没见过那么丑的东西。”马莎·金凯德说，“我先生讨厌它讨厌到把我赶了出去。克里斯多夫·特纳，也就是珍妮特的爸爸，帮我切掉了那个肿块，再也没长，现在我老到脸皮都皱了，它都没长回来。你看他有多聪明。她当年可跟她爸差不多聪明呢，如果她不是女人，应该不输她爸。”

“她动手术的时候被人抓到了？”

“没有，从来没被抓到。后来发生了很多事，可是你要是问我的话，我认为她变成今天这样都是因为艾伦。”

“艾伦是谁？”

“一个小女孩，才 12 岁。她爸害她怀孕，她想拿掉孩子，当时 3 个月了，唉，是我叫珍妮特小姐帮她拿掉的。”

“她帮了没？”若歆屏住呼吸。

马莎摇头，“珍妮特小姐尽力了。天晓得，那孩子血流太多，多得像猪割了喉咙，转眼间就死了。可是死以前受了不少罪，临死她咒珍妮特小姐，咒她下地狱。在我看来，后来达西瓦番婆过的日子跟在地狱也差不多了。”

“你确定她的肚子只有 3 个月？孩子还不会动？”

“当然确定，她一发现怀孕当然立刻来找马莎·金凯德，她们出了这种事，都找马莎。啊，姑娘，想当年啊……”

“要是我在，就能帮她。”若歆小声地说，边说边看马莎的反应。

“不，姑娘，你帮不了达西瓦番婆，诅咒一旦出口，就收不回去了。”

“不，我是说那个孩子，艾伦。”

马莎脱掉木鞋上了床，“嗯，有可能喔。你会做药嘛，有些药可以打掉孩子，我知道。”

“不，我说的不是吃药，堕胎药有很多种，都不一定有效，可是我知道一种方法，是我妈从外婆那里学来，再教给我的。”

“是喔，可是……”

“刚刚在酒馆里你那样说，好像知道我的事？”

马莎抬起头，没牙的嘴笑开了。这些年轻人啊，总以为自己了不起，有时候也得让他们瞧瞧老人家年纪不是白长的。“当然知道，我一听你说英国人拿爱尔兰人当奴隶，就知道了。小姑娘，你是天主教徒，对不对？”

若歆知道为求安全她该否认，她苏格兰裔的父亲在所谓的1745叛乱行动中拥护“迷人的查理”，被吊死之后还被拖行，再大卸四块。她从小就听妈妈说，英国王位原本应该属于查理王子，克伦威尔和他手下那批异教徒杀手在爱尔兰烧杀掳掠，强暴妇女。她知道立刻否认最保险，而且，对马莎·金凯德这位老太太说实话有什么意义？

没有意义。

可是她签下卖身契远赴美洲的时候曾向圣母玛利亚郑重许诺，新世界虽然由奸险的英国人统治，由新教徒当家，十分危险，可是若有人直接问她信仰，若歆向圣母发誓，她不会否认。“是的，我是天主教徒，至死方休。”她顽强地在胸前画了个十字，感谢圣母助她守住誓言。

马莎·金凯德叹了口气。猜对了她当然得意，但说真的，这女孩信什么教她一点也不在乎。“小姑娘，你爱信什么就信什么，爱怎么祷告就怎么祷告，对我来说都一样。”她伸手打算熄掉蜡烛。

若歆抓住老妇人骨瘦如柴的手腕，“等一下，你之前说的就只是指这个？你说‘原来你是他们的一分子’的时候，指的是天主教徒？”

“不然呢？小姑娘，你以为我指的是什么？”

若歆摇摇头，松开马莎的手，躺回地板上。“没什么。”

“等等，小姑娘，先别睡。你说吃药不一定有效，这我知道，可是……天啊，你有办法把孩子挖出来？”

“对。”若歆点点头，“我妈教过我。”

马莎坐直了身子，“在你家乡，女人做这种事不会被男人处罚？”

“当然会。因为那些男人都是信奉新教的异教徒。”

马莎不耐烦地摇摇头，“宗教只是男人的幌子！无论哪种教都一样。不想让我们堕胎的明明就是男人自己，他们不想让我们摆脱他们的小孩。”

“信奉新教的异教徒是魔鬼的仆人。”若歆牢记着母亲的话，“所以他们才会不准女人在肚子里的东西变成神的孩子以前堕胎。正统教会才不会这样，在胎动之前都没关系，在灵魂进入胎里之前堕胎并没有罪。”

马莎依旧不耐烦地摇头，“忘掉那些教会什么的无聊东西吧，小姑娘，我只想知道你是不是要告诉我，只要肚子里的孩子还不会动，你就有办法把孩子拿掉，而且孕妇不会流血致死？”

“对，真的，我有办法。”

“天啊。”马莎轻声说，“果真如此，杨恩·布凌克就不只救了卡夫和你，还救了大家。”

4

市政街她好久没来了。达西瓦番婆在理发师的标志杆前站定，摸了摸它，然后抓起黄铜门环，再松手让它落下，发出当啷一声。

她妹妹出来开门。“你来干吗？”

“你打招呼的方式真让人感动，薇拉，我是要进去，还是站在街上讲话，让邻居一起听？”

薇拉站到一旁，让番婆进门。她站在大厅里，回忆一拥而上。玛丽特·格劳曼和卢卡斯·特纳的画像还挂在原处，天啊，看到后来发生了这些事，他们会作何感想？

从门口看，父亲的书房兼手术室和当年一样，但放在角落的工具箱已经不见了，书桌对面病人坐的椅子也已撤掉。“原来你已经整理过了，动作真快。”

“噢，你来就为这个？想看看父亲留下了什么？手术工具都送去金山的五金店了，我们要把那些工具卖给男人，你以为会给你？”

“省省吧，薇拉，不用那么毒，现在这种话已经伤不了我，也威胁不到我了。”

“珍说你协助安德鲁动手术，说你全程待在里面，出来的时候两个人身上的血一样多。”

“拜托，薇拉，难道你觉得那孩子独立动手会比较好？还是你宁可大家什么都不做，眼睁睁看鲁克死掉？”

“要不是摩根……”

“摩根尽力了，他也没有办法。”“奇想少女”今早出航，讲到他的名字她心就痛，但不会让人看出来，“我今天来，是为了安德鲁，还有珍。”

“好，有话就快说。”

“干吗站着说话，我们又不是下人。”父亲从前最爱坐在壁炉旁边，她就挑那张椅子坐，薇拉随后也在对面坐下，“这样好多了。好，我先来说说我的打算。头一件，一定要把安德鲁送走。”

薇拉倒抽一口气，“送走？可是爸爸过世，鲁克又出事，安德鲁是家里的头。”

“我跟你保证，鲁克很快就会康复，继续担任他在家里的角色。”她心想，父亲走后她才是家里的头，若她不在，也有摩根担着。但她只是想想，没说出来，反正做就是了，说法和名分并不重要，这是所有女人都该学会的，“安德鲁对鲁克的事太过自责。”

“太扯了！要怪也该怪摩根……”

“我说过了，薇拉，错不在摩根，也不在安德鲁，鲁克受伤纯粹是意外。凯莱布·戴维里狗运亨通正好站在我儿子救得到的位置，让我们跟他的仇又多了一笔。”

“可是大家都说……”

“大家都说谎，薇拉，你在这个家长大，连这个都不懂？大家从前怎么说爸爸？难道那些是真话？”

“当然不，可是……”

“安德鲁一定要去爱丁堡。”番婆把话题拉回原处。

“为什么？”

上帝请赐她力量。“我说过了，因为他太自责，如果继续留在这里，就会一直拿父亲的痛苦折磨自己。你想想，接下来看鲁克的伤还要痛很久，就算伤好了，还得面对两条断腿，面对从此只能靠义肢和拐杖行动的日子，人前硬撑，暗夜里想起来偷偷掉泪。”

“被你讲得真可怕。”薇拉低声说。

“事实保证会比我说的更惨。”

“如果真的是这样，你为什么还要帮他动手术？死掉说不定还痛快些。”

“手术不是我做的，是安德鲁做的。等到将来鲁克抱孙子的时候，就会感谢儿子救他一命，让他能继续享受人生的某些乐趣了。”

薇拉起身走到窗边，“你还真有把握，不过，你向来就是这样，你对什么事都有自信。”

“对，而且通常我都是对的，这次也是。安德鲁有执刀的天分，也许有一天能变成跟爸爸一样伟大的疡医，说不定还能跟我们的曾祖父卢卡斯·特纳并驾齐驱。去爱丁堡习医能学到更多医学知识，让他成为纽约第一个受过两种训练的医生，这种人不但纽约没有，就连其他殖民地恐怕也没有。”

“比德的儿子塞缪尔在费城大学习医，他是瑞夫的双胞胎弟弟。”

“不用说明，薇拉，我知道塞缪尔·戴维里是谁。”

“那你知不知道他的老师是希彭医师？”

“希彭不过是个殖民地的暴发户。”番婆说，“无论塞缪尔在费城怎么学，都比不上去爱丁堡。”

“安德鲁非常聪明。”薇拉绞着手说，“不管在哪儿他都能学得比塞缪尔多。”

“我听说瑞夫笨笨的，可是塞缪尔相当聪明。不过，戴维里家的人怎样跟这件事没有关系。”

“可是如果……”

“如果什么？有话就直说吧，薇拉，不要再绞手了，再绞下去手腕都要断了。”

“如果安德鲁想当的是疡医呢？爸爸训练他那么久，我想这是他的志业。”

“噢，终于说到重点了，你很喜欢那小子，对不对？别担心，薇拉，他跟爸爸学来的本事终究是会用到的，你想挡都挡不住。”

“可是从来没有人身兼二职。”

“我不就说了嘛，安德鲁会成为医界先驱，做人家不曾做过的事，这有什么不好？”

“我不知道。”

“你不知道，我知道，这绝对是好事，安德鲁一定要去爱丁堡。”

“就读纽约新成立的国王大学不行吗？”

“它连房子都还没盖好，也没听说会有医学院，而且我说过了，殖民地的学位不能跟爱丁堡的比。”

薇拉不做声。

“爱丁堡。”做姐姐的说，“他要跟他爸一样去爱丁堡念书，没有别条路。这件事要由你提，如果我提，安德鲁绝不会接受。但是学费我出。”

“那珍怎么办？”

“她得先照顾她爸。等他好一点，能交给莎拉或其他奴隶接手的时候，她就可以嫁去西彻斯特，我听说她很喜欢那个怪怪的小传道士，嫁妆当然也归我出。”

那个传道士是约翰·韦斯利的信徒，他们主张循规蹈矩过日子，所以叫做循道会，在英格兰令许多人与既有的圣公会对立，近来又扩展到了殖民地。薇拉说：“你消息还真灵通，不过也是啦，从小你就偷听习惯了。”

为什么每个人跟她讲话都要这么尖酸刻薄，就连亲生手足也要这样？“我能活到今天并不容易，薇拉，我们都得好好活下去。你去跟安德鲁说，劝他接受，好吗？我想他不难说服，因为他一定也很想摆脱这一切，只是说不出口。”

“要不要告诉他钱是你出的？”

“拜托。当然不要。就说是他爷爷留下的钱，说你在爸爸的遗物里发现一盒岱尔德和法国金币，还有一张纸条写着这些钱留给安德鲁和珍。这样一来，嫁妆的事也就不用再想说法了。”

薇拉送姐姐到门口，临关门前轻轻地说：“再见了，珍妮特，谢谢你。”

番婆一到家，立刻派蒂尔达去金山把父亲的工具买回来。

当天夜里那些工具就一样一样摆在她写字桌上。想当初她多想要一把属于自己的手术刀啊，那渴望强烈到可以驱使她嫁给所罗门。如果没嫁他，说不定永远都不会了解激情是什么、爱是什么，也就不会生下摩根。那时候她才 17 岁，并不知道自己为错误的原因做了对的事；现在 44 岁的她想要多少手术刀都没有问题，却失去了丈夫，也失去了儿子。

她拿起父亲的手术刀，指尖轻抚那精心磨利的刀锋，忍不住颤抖。这刀利得能剔出她的心，只要她有这勇气。

珍妮特·特纳·达西瓦放开手，让手术刀掉到地上。“再见了，珍妮特。”她轻声复述妹妹的话，然后紧紧抱住自己，仿佛这样就能解除内心的痛苦。忍了一整天，她终于哭了出来。“摩根，我的儿子，噢，摩根。”她喃喃地说，“薇拉，你这声再见说得太晚，珍妮特早就死了。”

那侏儒今晚很绿，黄色背心和缎子裤外头罩着鲜绿色织锦缎外套，头上戴了顶假发。若歆觉得他光头还比较好看，戴着假发的布凌克完全符合世人对他的看法，是个年华老去的怪胎。可是如果拿掉假发，看起来不年轻也不老，就只像他自己。

“这张说专治放屁。”他指的是近来镇上到处散发的密医广告传单，宣称可以治疗各种病痛，“这张说能治胀气。至于这张呢，这张好，我喜欢。”

他们占了酒馆后方的座位，坐在桌子另一边的卡夫把第三张传单拿过来念：“能治已知的所有疾病，只要来找我，保证治得好。”

布凌克对若歆说：“没错，好主意！我们就说你保证治得好！”

她拼命摇头，“不可能，我只能治我说治得了的病，如此而已。”

“这可不行。”布凌克用手指敲敲那张号称无所不治的传单，“这个女人保证……”

“保证有什么用？做到才是真的。”马莎说，“大家很快就会分出高下。如果若歆有她自己说的一半厉害，就算奇迹了。”

“噢，不！”若歆惊恐地说，“只有万能的主和圣人才能创造奇迹，我只会做我妈教我的事。”

马莎不理，“我告诉你，她能创造奇迹。”

“那我们在传单上就这么写好了。”布凌克每次一激动起来就拉扯外套前襟，“就说她是奇迹的创造者。”

“绝对不行。”若歆坚持不肯，“要是真这么写，我就一个病人都不见。”

“如果你不帮人看病，那就回街上去，然后过不了多久就刑场见啰。”侏儒倾身向前，望进她眼里去，“你想这样吗，小姐？”

“不能用‘奇迹’这两个字。”她顽固地说，“我不能接受。”

“你知道的，我们并不需要你，我跟卡夫可以照原定计划走，你会后悔哟。”

卡夫见态势不对，连忙插嘴，“布凌克先生，若歆从来就没说所有病她都能治，也没说她能创造奇迹。而且……我觉得这个计划比原先那个好，你也说过，战争结束以后，老百姓不会有钱买好东西，可是生病可不分平时还是战时，有病就得治。”

没错，杨恩·布凌克知道卡夫说得对。“你会治淋病吗？”布凌克问完这句紧接着又说，“我问这个是因为……如果你会治淋病，我们就可以写在传单上。”

“有一种烟熏疗法。”若歆回答得很小心，尽量不要显露出她知道布凌克是为自己问的，“有人说对法国病有效。”

杨恩·布凌克点点头。“没错，是有人这么说。你的看法呢？”烟熏疗法他几年前试过，坐在一张有洞的凳子上，裹着毯子，下头放个铁盘，铁盘上烧的东西真他妈的比屎还臭，差点没把他给呛死。可是在那之后小便就不再有烧灼感，老二也不痛了。可惜过了一阵子就转移到手臂和腿，他向另一个密医要了红色的药膏来擦全身，挺有效的，又撑了几年。如今烧灼感又回来了，尿臭得像烂包心菜。“我要听你的看法。”

“如果女人刚得这病就来找我，我治得好。不过男人我还没治过。”

布凌克咕哝一声，嫌恶地转头望向别处。

前面有个提琴手爬上了长桌，众人纷纷鼓掌跺脚。没错，就该这样，还能唱能笑的时候，就该及时行乐，人早晚都得进坟墓。那侏儒回头对马莎说：“来吧，咱们去前头看看他们现在都怎么搞。”

他们带着酒杯往前走。若歆和卡夫留在原位，大家的注意力全集中在表演上，他们就跟独处没两样。若歆问：“你们原本的计划是要开店卖精致贵重的东西？”

他点点头。“我有个朋友是银匠，教了我一些手艺，你上回看见的东西都是我做的。番婆每周给我 4 便士零用钱，我就拿那些钱去买原料。”他越说越小声，忽然觉得那些钱少到令他羞于启齿，“我是个奴隶，怎么可能会有高脚杯和盘子，你一定以为是我偷的吧？”

若歆摇摇头，“没有，我不觉得你是会偷东西的那种人。”

他决定相信她。“我一直想，等夫人实践承诺，等我得到自由，就要跟我朋友一样，当个银匠。”

“但你决定不等了。”

“杨恩·布凌克说，跟法国人的仗打完以后，苦日子就要来了。到时候没人买得起银器，说不定连白镴都买不起。布凌克先生还说夫人说谎，说她绝对不会守信给我自由，说她当年答应要给他的谢礼始终没给。”

“你也认为番婆这些年都在骗你？”

“我不知道。”卡夫不看她，“也许她是说真的，可是我等不及了。你也说人没有权利拥有另一个人不是？”

“对，我是这么说的。”

“那还有什么意见？”他狠狠望着她，看她敢不敢质疑他离开合法的主人。

“没有意见。我从来没说你逃走不对，卡夫，我只是想问你为什么作出这个决定。”

“我等不及了。”他又把目光移开。

若歆拨弄一下桌上的传单，轻声问：“你怎么学会认字的？”

“摩根教我的。”

“很好。知道得越多，就越安全。”她说话的时候微微一笑，卡夫心中深深一动，他不想要有这种感觉，不想对她有这种感觉，不可以对白种女人有这种感觉。

在他小时候，城里烧过黑奴。那火慢慢地烧，烧到全城都弥漫着令人作呕的油烟味，那是人肉烧焦的味道。人家说，那些黑奴为了要在白种女人身上发泄兽欲，就想杀死所有白种男人和男孩。

兽欲。那个字眼他牢记在心。在夫人的妓院里,白人召黑妓是常有的事,可是黑人若想和白种女人发生关系，就是兽欲，会被烧死。

若歆并没有错。“我会保护你。”他保证，“可是你得留在我和杨恩·布凌克这里，帮人治病。”

“没问题，可是他不能说我像圣人一样，会创造奇迹。”小提琴和众人打拍子的声音越来越吵，她得提高音量他才听得见。

“我保证不让他那么说。”有钱发传单的人是布凌克，给他们地方藏身的也是布凌克，可是卡夫知道他说得动那侏儒照他的意见做事。布凌克对摩根和他总是有那么点敬畏。你们不只长高，也长脑子。布凌克最后一定会听卡夫的。

“好啊，那就这么说定。”若歆十指紧扣，“可是……”

“可是什么？”

“可是你们怎能这么有把握？我们人在纽约，番婆怎么会找不到？”

卡夫耸耸肩膀，“杨恩·布凌克说没事，我也这么觉得。她不会来这种地方。”他指指这喧闹的酒店，“你能想象她坐在‘小提琴与木鞋’里会是什么样子吗？”

若歆笑了，“我想不出来。”

“我也是啊。你看。”卡夫指着前方说。

杨恩·布凌克爬上了桌子，众人大声叫好，他拿起小提琴，开始演奏。马莎·金凯德随后也上桌，拎着裙子，像个年轻姑娘似的，跳起了吉格舞。

“你在找什么？”卡夫问。

“一种特别的植物。”若歆边说边用脚踢沙，她穿了双厚靴，鞋带绑得很紧。沙下面有些绿色、黑色和暗红色的东西。

卡夫很意外。“这里没有植物。沙滩长不出植物来。”

“那你说这些是什么？不然你以为我要你带我来这边干吗？”

这两个问题早就困扰了他一整天。早上在酒馆吃玉米饼喝咖啡的时候，她问他：“这附近有海滩吗？我是说真的海滩，有沙有海的那种。”

卡夫考虑过要带她去贝德罗岛，可是贝德罗岛有天花，他不想让若歆冒险，而且听说那边正在盖隔离病院，有可能会被人撞见。最重要的是，摩根说不定正在那里挖金马头。总之，贝德罗岛岸边都是石头，不合要求，她要找的是沙滩。

曼哈顿南端有几处沙滩，不过他们是从达西瓦番婆家逃出来的，那一带去不得，所以最后他选择了布鲁克林。

他们一人付了一便士，坐渡船从曼哈顿过去。政府将此处命名为纳苏岛，可是当地人多半还是叫它长岛。钱是卡夫向杨恩·布凌克要来的，可是一出“小提琴与木鞋”，他就交给若歆。“船资由你保管，等下也由你来付。让人家以为我是你的奴隶，省得麻烦。”

若歆现在一副要哭的样子，卡夫心想，看见大海，她大概想起了摩根，后悔没跟他走吧。“怎么了？”

“没事。”若歆转身继续在沙里找。

“一定有事，你都快哭了，是在想念摩根？”

“想念摩根？我讲的话你都没听进去吗？”

“你讲的话我全都记得，我只是好奇来这里是要干什么，还有，你在找什么？为什么那么难过？”

“难过是因为找不到。我在找一种特殊的海草。”

卡夫摇摇头，“我不相信海里能长草。”

“海里有很多种植物，随潮水冲上岸让人捡，我妈说那是圣母给的礼物。有的能吃，有的可以用来湿敷，有的可以煮水喝。可是在布鲁克林这里……”她踢踢另一堆湿沙，“没有半种植物是我认得的。”

“我妈妈是药剂师，你想要用那种植物做什么，我去问她这里都用什么代替。”

若歆摇摇头。马莎·金凯德跟她说过菲比。“没用，你妈不会知道的，那是秘密。”

听她这么说，他就住口了。白人的秘密是不会让黑人知道的，所以他和他妈都不会懂。卡夫站在原处，让她领先几步，海风寒冷刺骨，把她塞在帽子里的红头发吹了出来。她紧紧裹着杨恩·布凌克买给她的披肩，在风中曲线毕露。

卡夫背过身去，若歆·坎贝尔不适合他。无论如何都不行。他想到“兽欲”，想到市政府前慢火烧死的酷刑。

“卡夫！卡夫！快来看！我想我找到了！”

他转身走向她，看见她笑，就忍不住跟着笑。若歆双手捧着某样在午后阳光下闪着鲜橘色的东西，那东西扁扁的，有皱皱的边，一片片以山胡桃大小的橘色圆球相连，那些小圆捏起来是空心的。“你说这东西长在海里？”他虽然憋着，可是好想大笑，只不知道想笑是因为听到海里有花园的这个说法，还是因为看见她脸上亮着喜悦的光彩。

“对。你看，它上头还有干掉的盐粒，这边，还有这边。”

“那是盐？”

“当然，不相信的话你舔舔看。”卡夫犹豫了一下。“尝尝看嘛。”她说，“相信我，没有毒啦。”

他张开嘴，让她把那橘色的东西抹一点到他嘴里。他尝到了她手指的甜味，还有盐，她说得没错。“是盐。”他承认，“你妈说的就是这种植物？可以治……管它可以治什么，是这个吗？”

若歆点点头：“对，应该就是。”

“应该？你不确定？”

“不完全确定。这里有些东西跟我家乡一样，有些不太一样。这个……我不太确定，可是我想应该是一样的，至少是同一类的。”

要确定并不难，在自己身上试试就行了。她月经没来，上星期就该来了。原本还想拿这当理由，让摩根给她几天清静，可是月经没来。如果这东西没错，就能解决她的困扰。但她能不能忍得住痛，亲手刮掉自己肚子里的东西？

能，如果非做不可，她就能。可是她不确定自己真的想终止怀孕。所有的亲人不是死了就是远在大洋另一边，在这块异教徒的土地上，她要孤身一人展开新生活，如果生下这个孩子，摩根的一部分就会留在她身边。

“在想什么？”

“什么？抱歉，卡夫，你说什么？”

“你心思好像飘到很远的地方去了。”她远望海洋，脸上的表情难以理解，那是种想望，一定是在想摩根，只是嘴上不肯承认。

“我在想未来。”若歆轻声说着，把海草放进事先准备的抽绳袋中，“来吧，卡夫，帮我再多找一些。”

“好啊，可是你得先把秘密告诉我。”卡夫知道这样很拗，他不该折磨她。被摩根迷倒并不是她的错，纽约的女人都迷摩根。卡夫笨到对她产生不该有的感觉，也不是她的错。

若歆看看卡夫，他几乎跟摩根一样高，可是长得很不一样，简直像来自另一个世界。她听妈妈说过黑人的事，但来了纽约才第一次亲眼见到，从前她既没见过黑人，也无法想象身为别人的所有物是什么感觉。她曾是那老太婆的所有物，而卡夫，曾是番婆的所有物。

她喜欢卡夫淡金色的皮肤，也喜欢他充满智慧与善意的深色眼睛，但她不知道他会对她们代代相传的知识有什么看法。“我不能告诉你。”她说，“所以才叫秘密呀。来吧！”

若歆转身低着头在海滩上大步走，眼睛盯在沙上，“一定还有，卡夫，我妈说这东西只要出现就不会只有一点点。”

5 分钟后他们找到一处方圆 10 码左右的宝地，大海把好多植物冲上岸，只是被沙盖住了。若歆欣喜若狂：“噢，卡夫，这真是天主的恩赐！这个我可以用，还有这个。”她扑过去抓起一团鲜绿色的东西和一团黑色的东西，又找到一些刚才那种鲜橘色的东西，开心得不得了。“天主降福布鲁克林！不知道有多少女人同蒙圣恩！”

“噢，原来这东西是用来治女人病的。”他很高兴总算摸到了一点实话的边，“我早该猜到。”

“你怎么猜得到？”她说话时不看他。

“因为它让你很兴奋。”

“没错，你猜得没错，这确实是用来帮女人……治病的。”

他听出话里有话，“但秘密的重点不在这里？”

她突然有种冲动想跟他说实话。卡夫救了她，让她不致沦为摩根·特纳或番婆的妓女，他给了她再度怀抱希望的机会。“我、我的母亲、我母亲的母亲和之前所有的女性祖先，都属于一个古老的部族，我们将医疗技术代代相传，人家叫我们……”

“叫你们什么？”

她这是第一次在没立过誓的人面前大声说出这几个字，“康尼马拉女人。我们郑重立誓，要以圣母之名行医，绝不伤人，而且……”

“而且怎样？”

“没事。”最后那部分她说不出口。而且一旦胎儿具灵能动，便不予堕胎。

她已经怀胎六七周，该做决定了，更何况现在有了海草，万事俱备。但她知道自己其实早已决定要怎么做。

她想让孩子长大，胎动，出生。她一心想留他。可是孩子得有父亲，而且孩子的父亲不能是海盗，得是个会照顾她也照顾孩子的人。他……圣母慈悲……他得相信这孩子是他的。

若歆知道卡夫想要她。她嗅得出那种渴望，看得出他不经意碰触到她时的紧张。四顾无人，只有一望无际的大海冲刷着海岸。他们来时是退潮，现在又涨潮了，海浪一波波涌上，洗掉了先前留下的脚印。

“说句话吧。”她轻声细语，“我把秘密告诉你了，卡夫，你拿什么跟我换？”

“我什么都没有。”他好想好想抱她，心都痛了，“我是个奴隶。”

“不，你不能再说这种话，我和你……卡夫，我们自由了，因为我们说我们是自由的，不是奴隶，不是仆佣，是自由人。”

“对。”他很高兴她这么说，他觉得自己变强了，因为她认为他强，“对，若歆，你说得对，我们是自由人！”

她任披肩落下，搂住他脖子，身体紧紧贴住他，嘴对嘴。

卡夫感觉到她乳房压在他胸前，他的阳具硬硬顶在她软软的下体上。他将她抱起，躲开持续逼进的海浪，朝内陆走。风仿佛不冷了，吹在欲火焚身的他身上，像是温柔的爱抚。他将她放下。她先跪着，然后躺下，掀起裙子，掀起衬裙，让他看见她玫瑰色的肌肤，还有双腿间暗红色的、诱人的三角地带。

卡夫发出呻吟，趴到她身上，进入她，占有她。

若歆完完全全接纳，让他深深进入体内，接受……不，诱使他在她身上下种，双手紧紧抓住他肩膀，听着海浪拍击海岸的声音，动也不动，等他结束。感谢圣母玛利亚，这是另一项大海的恩赐。

摩根。噢，摩根。

这女人让天花害得一脸麻子，瘦到皮包骨。若歆问她：“你确定怀孕了？”

“当然，我怎么会不知道，都第12次啦。”

这两周来类似的事她听了好多。杨恩·布凌克让她在酒馆上面的阁楼帮人看病，晚上就睡在里面。结果生意大好，病人纷纷走进“小提琴与木鞋”，爬到楼上，找全治小姐治病。

“全治小姐”这个名号是布凌克印在传单上的，她不肯用“保证”二字来宣传，那侏儒就提出折中方案，要她用“全治”当姓。反正她不能用本名，不能说自己是若歆·坎贝尔，否则之前那个老太婆说不定会叫警察来抓，让番婆发现也不得了。“全治”不过就是个姓，不是保证。

卡夫负责维持病患秩序、收诊疗费。病有大小，但她多半都收1～3便士。马莎·金凯德对这价码很不满意。“如果你真能让她们摆脱肚子里的小孩，那至少要收1先令。”她俩一起窝在酒馆后小房间的时候，马莎劝过她，“天晓得，这种钱她们就算得用偷的也会付。”

若歆说：“她们想付多少都可以，这是规矩，只要孩子还没动，我就只收她付得起的钱。”

“谁定的规矩？上帝？上帝在纽约不管事，这我可以跟你保证。”

“规矩是我定的。”若歆不想跟马莎·金凯德多作解释，马莎不懂康尼马拉女人的事，“如果你跑去跟布凌克先生打小报告，我就走人，我发誓，马莎，我一定走人。”

“唉，小姑娘，别烦恼，我不会跟杨恩讲的，只要是男人，高的矮的都一样，女人堕胎的事不能跟他们说。”她眯起眼睛，盯着眼前这女孩，“那卡夫呢？你有没有跟他说？”

若歆摇摇头：“应该没有。”

“什么意思？”

“我只说我治女人病，各种各样的女人病。”

马莎·金凯德相当确定若歆和卡夫睡，她无所谓，不过有些人可能会拿这理由烧死他，因为他们没在寂寞的夜里体会过班托像棉被一样温暖的身体，和那双大手的温柔抚摸。班托后来烧死了，但不是受刑，感谢主。那黑人是在酒馆失火的时候死的，他在救人的时候让落下的梁打到了头。大家都说火还没烧到他，他就死了，也许是吧，无论如何，都好过火刑。

现在坐在若歆对面的这个女人瘦得像竹竿，绝对拿不出一先令来，但若歆·坎贝尔肯不肯帮忙堕胎的关键并不在钱，马莎已经听她讲过不知道多少次了，这小姑娘做事有她自己的原则，他们拗不过她，只能接受。

若歆问她：“最后一次月经是什么时候？”

麻脸女子脸上毫无惧意，直视着她，比之前为同样原因来求助的人坦然得多。“9月。”她目光沉着，“现在快11月了，对吧？所以我大概怀孕六周，或者七周了。”

若歆不怎么相信，纽约异教徒女人的良心并不可信。她妈妈没遇过这种问题，信奉天主教的女人全都知道孩子有了灵魂就不能堕，否则会下地狱。

瘦女人开始紧张了，不知道全治小姐肯不肯帮她。她哑着嗓子说："我婚前的名字叫玛丽·弗拉纳根，我知道差别。"

在美洲的爱尔兰人多半来自阿尔斯特，祖先是苏格兰人，抛下了信天主教的玛丽女王，变成异教徒，投向魔女伊丽莎白的怀抱，因此得到了爱尔兰北边的土地。若歆对阿尔斯特人比对纽约人更不信任，可是弗拉纳根并不是阿尔斯特姓，这女人看她的眼神也不带一丝羞愧。若歆觉得她从前一定是天主教徒。"好，我帮你。"

这是她第一次答应帮人堕胎，在布鲁克林找到的橘色海草，跟圣母赐给爱尔兰与苏格兰沿岸的还不知道是不是同一种。妈妈说这东西英格兰没有。英格兰女人都是恶毒的贱人，圣母玛利亚才不会让她们安全摆脱还不会动的胎儿呢。

若歆对这麻脸女人说："躺到地板上，张开腿。"

"会有多痛？"那女人虽然担心，但若歆怎么说她就怎么做，毫不迟疑。

"今天还不会痛，明天你再来的时候会很痛，之后你肚子里的东西就拿掉了。"

"感谢圣母与所有的圣人。"她眼神带着点恐惧，怕的不是若歆，而是站在墙角的老妇。

"不用怕，马莎是我朋友。"若歆掀起那女人的粗布裙和不怎么干净的衬裙，她的私处散发出上岸太久的鱼味，肚子鼓鼓的，但腹中摸不到心跳。可能是因为孕妇自己都吃不饱，所以宝宝也长不大。纽约的穷人只有牡蛎和薄麦酒可喝，也难怪她只有下腹凸，连屁股都没什么肉。

若歆自己的肚子还很平坦，但过不了多久孩子就会动了。

若歆把事先切好的橘色海草用麻绳捆成一卷。

"我的妈呀！"马莎·金凯德弯腰想瞧清楚点，"你想把这东西塞进去？"

"对。"若歆说，"这东西要在里头一直待到明天这个时候，玛丽·弗拉纳根，你听清楚没？"

"听清楚了。"

马莎问："那她尿尿怎么办？你要她忍到明天这个时候？"

"小便不受影响。"若歆说，"玛丽，听我说，这东西放在里面，你依然可以正常大小便，可是绝对不能让它掉出来。如果不小心掉出来了，就用指头把它塞回去，尽可能往里塞，越深越好，就像这样。”她把那橘色的东西往深处推，那女人感到不适，哼了一声。

今天只是闷哼，明天她就要大声惨叫了，大多数女人在那一刻都会惨叫，可是不会流血致死。这来自海洋的恩赐会打开通往子宫之路，让里面的东西易于清除。若歆看妈妈做过很多次，很痛，每个女人都叫得好像有人要杀她，可是时间不会太长，等那团黏黏的东西随血一起出来之后，就结束了。那东西…… 那东西不可能是有灵魂的宝宝。

5

詹姆斯·德兰西乡间大宅的书房方正气派，有整排长窗面对满园绿意。这是个夏日早晨，包立巷一片静谧。前院绿树成荫，看来十分凉爽诱人。

德兰西拿起昨晚刚送到的信和早晨惯喝的热香料葡萄酒，走出户外。再过一会儿就会热到刺人，纽约七月就是这样，没办法，但现在还可以享受片刻舒爽。

橘色的百合快开花了，到时候一定很美。他看见生着一双浓眉的菲利普·托马斯提了桶水来浇花，点头说道：“早安，菲利普。”

“总督大人早安。”

“百合长得很好。”

“是的，大人，长得真好。”

“水要浇足，菲利普，不能怠慢，记得吗？这可是我去年从家乡带回来的，一定要给我好好养着。”

“是，大人，水绝不会少浇，绝对不会。”他明明在纽约土生土长，却老说英格兰是“家乡”，有钱人都是白痴，总督也不例外。权势和财富把他们的脑子都搞坏了。

德兰西边散步边喝酒，手里拿着那封未拆的信，看蜜蜂在薰衣草丛中辛勤工作。蜜蜂真是种聪明的小东西，各司其职，自然能够安居乐业。

而他的工作就是要看这封该死的信。

已经拖太久了，他在下议院的朋友每季都会寄报告来，这回晚了，定然是坏消息，每次都是。但他非看不可，因为只有这样才能早一步知道伦敦那群笨蛋又要对殖民地变什么坏把戏。尤其现任国王乔治三世才 22 岁，嫩得很，希望上帝能保佑殖民地，别让国王任贪婪的佞臣摆弄。

德兰西将酒喝尽，回到屋内，在桌前坐下，准备看信。

“爷爷，您说早上要念故事给我听，您说只要我早起，就要念给我听。”

德兰西对孙女慈爱地笑着说：“我是说过没错。好吧，去挑本书。”她穿着睡衣，红通通的小胖脸上还带着睡意，一手抱着娃娃。他想装严肃点，又加上一句：“可是只能念几分钟，我还要工作。”

他走到专放童书的书架前，“那么，我们就挑……”忽然一阵剧痛，德兰西抓住胸前的衣服。

“爷爷！怎么了？爷爷！”

小女孩放开娃娃，双手捂住嘴巴，睁大眼睛，看着爷爷摇摇晃晃走了几步，砰的一声倒在地上。她愣了好一会儿，才转身尖叫着跑出书房。

菲利普·托马斯听见孩子大叫，就从长窗冲进来。她跑出去的时候没关门，他听得见她的叫声，也听得见其他人被唤醒，“总督大人，是我，是菲利普。”

天啊。倒在地板上的这家伙没救了，纽约的代理总督已经死透，再有钱也没用了。

他听见杂沓的脚步声，整栋屋子里的人都往这儿跑，几秒钟后大家就会齐聚书房，同声悲泣，仆人会哭得跟亲人一样大声，好像这狗屎总督关他们什么事似的。他可不会留下来哭，他吃玉米饼的时候向来会挑有糖浆的那一边。

“他就躺在那块土耳其地毯上，两只眼睛都睁得大大的，瞪着天花板。可是我跟您保证，他什么都看不到，早就死透了。”

“我相信。”番婆说，“你正好是第一个发现的人？”

“不，夫人，不是那样的。我在浇花，百合花，听见小女孩大叫，才跑进去。”托马斯从口袋掏出那封信，“这就在书房，从伦敦来的。总督定期会收到这种信，我之前跟您报告过。”

“对，你讲过很多次。”

“嗯，之前我一直没机会拿信来，这次有机会，我就拿了。我从书桌上拿了信就跑来这里，冲出大门的时候他们都还没进书房，还没发现他躺在那里，躺在那块土耳其地毯上，死不瞑目。”

“谢谢你，菲利普，我明白了。你确定别人不会发现信不见了？”

托马斯两条浓眉聚到了一处，拼命摇头，“当然不会，夫人，那栋房子里没住别人，只有总督的家人。这信昨天半夜才到，是我开的门，也是我带那送信的红外套进来，直接去找总督的，别人都不知道这回事。”

她很庆幸自己戴着面纱，掩住了情不自禁流露的兴奋。“很好，菲利普，你做得很好。虽然我对政治没什么兴趣，可是你把信送来还是对的，里头的东西派得上用场也难说。”她语气平淡，“无论如何，谁也不能否认，你很机灵。”她打开写字桌的抽屉，拿出一枚铁先令，“这是额外的奖赏。”

菲利普·托马斯离开时开心极了。

天啊，她也开心极了。这信里头一定有重要的讯息，来自伦敦、半夜送到总督家的私人信函，肯定是有什么坏消息要通知。可是她开心主要并不是为了信。

她站起身来，将信紧紧压在胸口，兴奋到忍不住转了几个圈，塔夫绸做的黑裙子都转成了钟形。詹姆斯·德兰西死了！死了！死了！这消息太好了！

这兴奋来得快去得也快，她突然间泄了气。摩根离开 9 个月所带给她的痛苦一下子像张毯子压在肩上。噢，摩根，摩根，你要过多久才能了解我做这一切都是为你。再好的消息也比不上摩根的原谅,那才是最好的好消息。

不，也许最好的应该是……

她抬头望向华丽的天花板，想着住在阁楼里的所罗门。每隔几个月，她就会上楼一次，在半夜里大家都睡了以后上楼，希望事情能有转机。

从来没有。

她会先站在门边偷听，确定没有声音，再开门。可是每次所罗门都立刻就发现，在床上坐起身子，用仅存的两只手指指着她骂：“你这个贱人！妓女！臭婊子！”

他怎么会这么恨她？当年他对她的爱曾像现在的恨一样多。

真正最好的好消息，是所罗门和摩根都原谅她所有因为不得已而做的事，再爱她一次。

要不到的就是要不到，这是人生让她学会的诸多道理之一。如果先不想那些，那么，这依然是个美好的早晨。

她走到桌边，给自己倒了杯加纳利葡萄酒，转身背对窗户，掀起面纱喝酒。詹姆斯·德兰西，我希望你烂在地狱里，可是谢谢你死在卡德瓦拉德·科尔登之前。科尔登是市议会的资深成员，会在你死后担任代理总督。而且，伦敦会跟之前那许多年一样，迟迟不派新总督来，所以科尔登会跟你一样，当代理总督当到死为止。

也许当不了多久就是了，他已经年过70。可是我并不需要他当太久，只要一阵子就行。科尔登和凯莱布之间除了钱并没有别的关系，只要拿更多钱出来，要他和凯莱布反目并不难。对新任代理总督来说，和戴维里家的关系会成为丑事，他不会想让别人知道威尔在世的时候他利用职务帮了威尔多少忙。再说，纽约有些人对伦敦的过分行为颇多怨言，比德·戴维里也是其中之一，身为皇家任命的代理总督，可不能跟那些人一伙。詹姆斯·德兰西太强，我控制不了他，可是卡德瓦拉德·科尔登呢，噢，没问题，没问题！就算没有这封信，我也能搞定。

半小时后，她把信看完了。

伦敦计划要干预殖民地的陪审团制度，计划要增加与西印度群岛敌人交易的罚款，计划要禁止殖民地发行纸钞，天啊，还计划要向殖民地直接征税。英国以极低的价格进口殖民地的原物料，再以高价将制成品卖回美洲，并且不许殖民地自行制造，这样还不够？

有人建议国王对纸与纸制品征税，规定所有纸类交易都需先贴上印花票，印花票收入直接交由国库作为军备之用。

达西瓦番婆黑纱下的脸色苍白，她没想到伦敦居然会这么过分，把手直接伸进殖民地的口袋。如果乔治三世真的听从这种建议，那么不光美洲会很惨，英国也会自食恶果。国王若真做出这种决定，就等于点了一把火，会将两方都烧成灰。

烈焰小径

1765年7月—1765年12月

有些火是神圣的，烟雾袅袅将人们的祈祷传送给神灵。

有些火是邪恶的，生火的人受到恶灵诱惑，心中怀着仇恨，要做害人的事。

复仇之火埋下仇恨的种子。

圣洁之火洗去罪孽。

藏宝图

1

凯莱布·戴维里连要维持直立的姿势都很吃力，痛到夜夜在城中走来走去，还好最近宵禁不严。

肚子里那个东西始终与他同在，有时像是睡了，像蛇蜷伏，等候出击，时候到了就给他重重一击，让他痛到弯腰，或者像现在这样，不断啃噬他的肠子。天杀的痛，快活活把他搞死了。他总觉得外冷内热，七月中正是盛夏，还穿着斗篷，不穿不行。

“嘿，戴维里医生。”黑影里有个人说。

凯莱布脚下一个踉跄，差点摔进街沟，“你是谁？跟着我干吗？”

“没恶意，医生，我叫林克。”那人自黑影中现身，扶住戴维里，“彼得勒斯·林克。我到处找你。”

这人外表看起来像个水手。戴维里不让他扶，“找我干吗？这么晚了我不看病。”

“我没病，是有事找你，附近有家酒馆，我们可以上那儿谈。”

“我可没有跟水手喝酒的习惯，如果你要看病，明天再去找我。”

林克身材矮胖，胳臂和腿都很粗壮，一只眼睛斜视，半睁半闭。他靠到凯莱布身边，贴着他脸说：“你最好跟我谈一谈，我以我妈的坟墓起誓，你绝对划算。”

林克的牙快烂光了，一张嘴臭得不得了，凯莱布连忙避开，“为什么？”

“因为我知道一个和‘奇想少女’有关的秘密。”林克停顿一下，又说，“这就引起你的注意了吧，戴维里医生？”

“少胡说八道，我对私掠没兴趣。”

“现在私掠没搞头了，跟捡垃圾没什么两样，干私掠这行的已经变成了站在粪堆上的海鸥，没值钱的东西可抢，这种状况都六年了。”

“是喔，那又关我什么事？别挡路，让我过去……”

“等一下，你听我说完，我从前跟过摩根·特纳，1759 年，‘奇想少女’。这才是我要讲的正事。那次航行发生的事情跟大家说的不一样，也跟特纳说的不一样。”

好样儿的，想不到这么多年后，还能翻盘。

林克见他眼中闪烁贪婪的光芒，转身朝酒馆的方向努努下巴，“走吧，跟我来。”

这空间要坐 10 个人都有问题，现在却少说挤了 20 个。林克用手肘开路，戴维里裹紧斗篷跟在后面。这些下等人吵死了，戴维里往里挤的时候听见他们说，不管国王如何强逼，绝对不用印花票，也不缴税给伦敦。没水平的群众讲这些废话已经讲了好几周，全都是些对国王不忠的贱民。

酒馆主人站在最里面，身旁有道小门，林克往他手里塞钱，他就把门打开。林克低头钻了进去，凯莱布迟疑片刻，不敢相信自己堕落至此。但无论如何，病痛缠身的时候，能有件事分心也好。

门太矮了，他得弯腰才进得去。室内空间也又矮又窄，他的红发几乎顶到天花板，“这是什么地方？简直像个山洞。”

房间又湿又暗，林克站在墙角，凯莱布忽然有点明白过来，“这……你说你叫林克？”

“对，彼得勒斯·林克。”

“我没钱，你该不会……”

那水手大笑起来。“别傻了，我要抢劫何必带你来这里，街上没人不是更方便？”他拍拍腰上弯刀，“坐下吧，戴维里医生，喝点格洛格。”

破木桌上放着一个锡瓶、两个锡杯，桌旁有两把矮凳，还有壁炉，但现在是七月，当然没生火。凯莱布犹豫了一下，还是坐下来倒了杯酒。这朗姆酒虽然兑了水，一样辣得像火烧喉咙，烂酒，不是西印度进口的，是当地糖厂做的。肚子绞痛抗议，无用，朗姆酒终究获胜，蛇回去睡了。“好，林克，你想干吗？”

“我不是说过了吗？要跟你谈‘奇想少女’的事。”

“私掠船关我什么事？”

“1759 年，你该分的钱让人给吞了。”

该死，全世界都知道他买了那一趟的股份？他明明找了代理人呀。如果人人都知道，那摩根和他妈怎么会不知？不，他们不可能知道，否则绝不会让他投资。“我跟私掠船没关系，但你继续说，我在听。”

林克说：“他们编了个故事，说‘奇想少女’空手回来，他们说谎。”

凯莱布摇摇头，“它进港的时候我看见了，全镇人都看见了，‘奇想少女’惨兮兮，船上空空如也，上船检查的股东都说……”

“船进港的时候确实空着肚子。”林克喝下一大口格洛格，用手背擦擦嘴。对面那黑衣鬼摆出一副上流人的姿态，林克很不爽，故意吊他胃口，能讲多慢就讲多慢，“可是 1759 年那一趟呀，是‘奇想少女’赚得最多的一趟。我清楚得很，因为我就在船上。我们抢了三艘西班牙船，船上装满了奴隶、染料、糖…… 还有一大堆金子。”

“那后来怎么了？货和钱哪儿去了？”

“你听我讲嘛。摩根·特纳在巴哈马岛上把货卖掉，拿钱打发了船上的 75 个人，每人 400 镑，用金条付。”林克看到戴维里那么震惊，十分得意。

“每人 400 镑，老天，那岂不就是一共抢了……5 万镑？那个王八蛋！摩根做这种事，要上绞架！”

“是啊，听说这是死罪。”林克再喝一大口格洛格，“但我想你应该不希望特纳还没说出藏宝地点就给吊起来吧。”

凯莱布瞬间回到现实，耸耸肩膀：“都过六年了，如果他真的藏了东西，早该拿出来了。再说，你并没有证据。”

林克摇摇头，用他还能聚焦的那只眼睛盯住戴维里：“不要管什么证据不证据，你想要特纳的命，就要自己动手，靠法官和法庭是没用的，至少在纽约你办不到。而我呢，我不在乎特纳怎么死，只在乎宝藏。”

“宝藏早就不在了。”凯莱布很固执，“他不可能等到现在。”

“他不可能这么早拿出来，大家都还记得 1759 年的事，太早拿出来是自找麻烦。有个我认得的水手这五年都在‘奇想少女’上，说船没靠近过加勒比海。摩根·特纳不缺钱，对吧？”林克靠过去，歪着头让那只眼睛盯着戴维里看，“摩根·特纳可以把宝藏放着，爱放多久放多久，等用得着的时候再去拿。”

接下来几秒钟，两人沉默不语。戴维里倒了第二杯酒，慢慢喝。“那你呢？你等这么久又是为什么？”

林克耸耸肩说：“纽约太冷了，我想在岛上待久一点，不想北上。”

“现在不冷。”

“对啊，我想赶快把事办完，在入冬前离开。”

这家伙八成是临时起意跑回来的，像这种跟畜生差不多的劣等人，不可能作什么计划。但摩根·特纳不同，他若冒着被判海盗罪的险对股东说谎，就一定经过深思熟虑。说不定是达西瓦番婆那个贱人的主意。她做什么总针对凯莱布·戴维里，就算不是她的主意，她也肯定知情。

一阵剧痛令他喘不过气，肚子里的蛇每一次出手都让凯莱布痛得要命，仿佛再向前一步就要落入深渊，死神在下头等着，欢迎他下去。

凯莱布胸口像有重物碾过，腹内灼痛，但他忍了过来，至少可以呼吸了。他满头大汗，疲惫地哑着嗓子说：“假使真如你所说，特纳藏了宝藏，那在哪里？”

“我要是知道，还坐在这儿干吗？”

这倒也是，但凯莱布的疑问不止这一个，“为什么要告诉我？”

“因为你有头有脸，是位绅士，需要用钱的时候找得到钱。”

凯莱布向后靠到墙上，疼痛虽然暂时过去，但他很累。累没有关系，只要能不痛就好了，只要不痛，什么都没有关系。“我有头有脸没错，应该是吧，可是我可没见过价值400镑的金条。林克，你消息那么灵通，应该知道我连两个铜板都没有吧？”

林克不肯松口：“有头有脸的人需要用钱的时候总有办法。”

“这是劳工阶级常有的错误观念，不是事实。”

“你哥比德有钱得要命。”

凯莱布心想，没错，但他帮我还债已经还到快吐，早就不想再管我，但这不关你事。“你在‘奇想少女’上分到的钱呢？在那之前应该也赚了不少，都喝光了？还是赌光嫖光了？”

林克转身朝壁炉里吐了口痰。

“我就知道。”凯莱布搁下酒杯，站起身来，“我也好不到哪里去，没什么资格说你。”

林克跳起来，挡住出口，“你要让那贱人的儿子占你便宜，还是个男人吗？”

没错，摩根是贱人的儿子，那贱人身上流着野人的血，嫁给犹太人，竟然变成纽约富豪，而他却活得这么狼狈。凯莱布坐回原处，瞪着彼得勒斯·林克，心想，他是个下等人，可是有用。“如果说，我可以弄到钱，不多，但可以弄到一些，那又能怎样？”

林克也坐回原处，靠在桌子上，双手紧握酒杯，“1759 年，特纳把我们丢在西印度群岛上，但他不是自己一个人回来的，有五个人跟他一起回来，进港那天晚上还到处喝酒，后来就全失踪了。不过水手喝酒的时候话都很多，我只要去各家酒馆转转，多买几碗潘趣酒请大家喝，早晚总会问出宝藏的下落。”

“就算问到又怎样？都6年了,摩根·特纳要是真藏了宝,也早就拿走了。”

他话还没说完，林克就顽固地摇头，“不，一定还在。我不是说了吗，‘奇想少女’一直在欧洲抢法国和西班牙船,抢他们从几内亚海岸带出来的东西,没进过加勒比海。敌人在加勒比海的商船全被海军击沉了。1759 年摩根·特纳不管把东西藏在哪儿，都一定还在原处。”

凯莱布没刚刚那么兴奋了,“可能性太低了,林克先生,你这是在骗自己。”

“我一定问得到。”林克依然坚持己见，“也许要花点时间，但只要去的酒馆够多，早晚能打听出消息来。”

“也是啦。”凯莱布不想跟他争辩，“但你何必找我？”

“请人喝酒需要花钱。”

“多少钱？”也许他能跟比德再借一点，可是这事很蠢，浪费时间也浪费钱，“你需要多少？”

“每周 3 先令吧。”林克说这话时不看他，“要花一个月，或者两个月。水手都来来去去，很难说的。”

好吧，为了几千镑，只好先花这一两镑。“如果我同意资助，又怎晓得你不会打听出消息就一个人独吞？”

“我还需要有艘船啊。摩根·特纳肯定把东西藏在某个岛上，没船我怎么去？船和水手都要花大钱。”

没错，那可不是几镑就搞得定的事，要几千镑才够。“我可变不出那么多钱，别做梦了，林克，算了吧。”

“做梦？”林克起身用手撑着桌子，就像棵被风吹弯的树，“我没做梦。你又不是唯一的受害者，其他股东多半现在还是富翁，不是吗？你去把事实告诉他们，找他们出钱雇船和水手呀。”

凯莱布瞪着林克，腹中又开始刺痛，这是警讯，也是嘲讽，不管他怎么做，它都会赢。该死的贱人，还有她该死的儿子，这一切全是他们的错，他要在死以前看他们付出代价。

林克还在等。凯莱布终于点头。

1765 年 10 月 23 日，暮色中，港口的加农炮响了两声，军舰“爱德华”号在两艘护航舰陪同下进港，货舱里装满了印花票。

乔治堡北墙上的炮都转了方向，对着百老汇大道，对着纽约人。科尔登总督下令，将贝特瑞公园的加农炮钉上长钉，以防民变。

浓雾逐渐笼罩港口，模糊了众人的脚步声。这支队伍并非真正的军队，未经操练，步伐并不一致，但目的相同，他们决心不许印花税法案施行。

枪炮之前聚集了 2000 多人。

“都是科尔登那个王八蛋搞的，想害我们变穷光蛋。”

“没错，他在拍伦敦主子的马屁，王八蛋，想把我们变成黑奴。来，这些传单拿去，你认识的人都发一发。”

刚怪科尔登征税的人接过传单，“这上头写什么？是说不能让他们征税吗？”

“我念给你听。‘谁敢带头用印花票，就仔细顾好自己的房子、家人和财产。’怎么样，讲得够明白吧！”

今夜城内气氛不宜坐车，达西瓦番婆决定步行。这块地从前是三一教堂的农场，变成新兴小区之后她还是第一次来，街道又脏又黑。议会最新的市政计划是在街道上点鲸油街灯，并由专人负责点灯顾灯，但这几条街并未纳入点灯范围，也没循往例每七户人家挂一个灯笼。

街上原本就够黑的了，加上浓雾，更难见路，而且寒冷彻骨。她紧紧裹着黑斗篷，以抵挡刺人的冷风。也好，天气糟一点，也许百老汇大道上的暴民会早一点散。但也难说，男人都是笨蛋，很容易被煽动，尤其当国王的更好骗。

时局这么乱，要把家丢着出门她实在很不放心，可是不出来也不行，只好从店里挑了三个壮丁去帮她看家，应该够了。

风像玻璃似的，会刮人。在哈德逊河畔住了那么多年，她始终没能习惯这一带惯有的强风，教堂农场这边风这么大，难怪人家不爱住，只能以一年两镑的价格租给劳工阶级。对劳工和工匠来说，这也不算小钱就是了。

英格兰拿下了加拿大，法国在密西西比河以东只留下新奥尔良。英格兰还不满足，想继续吞并法国在加勒比海的殖民地。西班牙暗示可能会帮法国，大英帝国就连西班牙一起打。这些强权彼此叫嚣征战，对纽约来说，是场浩劫。

战争与它所带来的发财机会都已成过眼烟云，只留下通货膨胀、失业、债务和萧条。就连私掠也不再保证赚钱了。皇家海军几乎将所有法国船和西班牙船都赶离了附近海域，领有特许证的私掠船多半都停在港里休息，“奇想少女”除外。

可恶，摩根，你为什么要跟我一样顽固？6年过去，我都50岁了，虽然目前还算健康，但谁知道还能再活多久？摩根，噢，我的孩子。

路上到处都是垃圾，她听见野猪在垃圾中翻找食物的声音，可是一片漆黑中看不见它们在哪里，只好先停步静听，先辨出方位再绕过它们。真不敢相信杨恩·布凌克有那么多钱还住这种地方，当年她也不懂他为什么不肯让她安排好一点的住处，坚持要留在林中的酒馆里。真是个顽固的小矮子。

“夫人。”近处有人轻声叫唤，太近了，她吓了一跳，屏住呼吸。

“夫人别怕，是我，鲁道夫，我来帮您带路。”

当天下午，在布罗德街的皇家交易所，这黑人车夫凑到她身边，眼睛望着别处，低声说：“今晚午夜后一小时，小科特兰街，我带你去找他。”

“今晚恐怕不太方便。”她早已得知消息，印花票第二天要进港，“改下周吧。”

“一定要今晚。”车夫坚持，“他时间所剩不多，下周可能就来不及了。”

她必须亲眼看看，经过了这么多事，她非去不可。“好吧，那就今晚。”

黑人领着她在迷宫似的街道上穿梭，等会儿要是没有这个鲁道夫帮她带路，她还真走不出去。

转过最后一个弯，他们走进一条窄巷，鲁道夫停下脚步，她看不见门，只听见他轻轻把门推开，铰链上了油，所以开门几乎没什么声音。“夫人，他就在里面，有可能睡着了。”

他扶着门让她进去。她有点紧张：“在这里等我，不管我待多久，你都要等我，我会另外多付你一先令。”

“别担心，我会等。”

她迟疑了一下才进门。她一进门，鲁道夫就把门关好。

屋角有盏小灯，烛光摇曳，让屋里的东西都投下长长的黑影。这房间比她想象中大得多，方方正正，还有个大壁炉。床拉到暖和的壁炉旁边，杨恩·布凌克小小的身体盖着大大的被。

他醒着。“你来了，我好希望你来。”

“我当然会来呀，老朋友。早知道你生病，我早就来了。”她脱去斗篷，挂在门旁挂衣钩上，走到布凌克身边，“要不要喝点东西？我倒给你。”床头柜上有壶麦酒，还有个白镴杯。

“现在不喝。”布凌克听起来好虚弱，她从没见他这样过。

“你该好好补一补，有没有吃药？我可以叫菲比来。”

“那个叫若歆的女孩子很会做药，她、鲁道夫还有马莎·金凯德都对我很好。马莎再过不久应该就会去另一个世界陪我。夫人，我被照顾得很好，你不用操心。我只是想在离开之前再见你一面。”

“噢，杨恩·布凌克，这一路走来，我们都不容易。”她拉把椅子过来，坐在床边，执起他的手，“18 年来，我好想你。”

“19 年才对。我们在妓院里大吵大闹，故意让所有人都听见我们吵架，已经是 19 年前的事了。”

想起往事，他忍不住笑出来，她也跟着大笑。他笑到咳嗽，咳出了痰，达西瓦番婆搂住他，拿手帕接着，让他把痰吐掉，然后扶他躺好，“杨恩，你应该要好好休息，我还是走吧。”

他假装没听见。“夫人，你还记不记得搬家那天？你搬到百老汇大道，新房子比纳苏街的更好。”

“没错，杨恩，比旧房子还要好得多。”

“就在那天，你派我去查帕阔酿酒。”

“好主意，对不对？你看看，你变得多有钱。”

“没错，夫人。比那些想送我上刑架的人有钱 100 倍，我搞不好比国王还有钱，因为红外套超爱酒。可是我一直很想念你，想念过去，当然也想念那些妓女，虽然她们害我得了法国病，现在要死了，我还是很想她们。”

光用舔的怎会得法国病？她心里想问，但嘴上没说，这种话太过分，即使亲如布凌克，也不能说。“杨恩，我也想念你，但当初那么做对我们两个都好，因为我知道，总有一天我会需要你帮忙，到时候最好别让人认为我们还是朋友。结果我对了。”

“你大多数时候都对，夫人，有时候要对很难。”

“是的，有时候确实是这样。”不过她对大部分的事都不后悔。对亲爱的卡夫来说，自己取得自由，比受她施舍要好。至于若歆，她原本只想让她离开，让摩根眼不见为净，放在哪家妓院摩根都能找着，必须永绝后患。谁想得到后来这女孩竟成了卡夫的女人，而摩根，摩根走了。

杨恩·布凌克看见她发抖。“太冷了，夫人。”他伸出手，“我的小铃哪儿去了？我摇铃叫鲁道夫来添点柴火。”

“不用，我很好，倒是你，要不要喝点东西？”

“夫人，我什么都不要。”她脸上罩着黑纱，但他知道她在伤心，她身为纽约最有钱的女人，真正在乎的东西却都得不到。布凌克舔舔干燥的嘴唇。

“拜托，你一定要喝点东西。”她在杯里倒点麦酒。这杯子做得很漂亮，现在若不是这种状况，她一定会问他在哪儿买的，她也想要。他喝了一点。“这样才对。杨恩，我该走了，我在这里你都不能休息。”

“要休息等进棺材以后有的是时间，也等不了多久了。夫人，再待一会儿吧。”唉，他该告诉她多少呢？她会不会已经都知道了？算了，他都快死了，何必在乎那么多。

“夫人，那个若歆有个女儿，5岁了，叫做克莱儿。”他努力想看透那层黑纱。

“噢，卡夫的孩子，我听说了。克莱儿是黑的还是白的？”她看起来若无其事，但她向来喜怒不形于色。

“白皮肤，黑头发，跟卡夫的头发一样黑。”而且跟珍妮特小姐的头发一样直，一样亮。她想知道吗？如果她想知道，应该早就知道了，“夫人，很少有事情传不到你耳里吧？”

“是不多。”她好几年前就知道那孩子的事了。大家都说她是卡夫的女儿，应该是真的。若歆·坎贝尔那种女人要是生下达西瓦番婆的孙女，那不早就来敲门要钱了？再说，大家都知道，那个妓女有本事拿掉女人不想要的小孩。

有时候，她闭上眼睛就能回到拿木棍刺进艾伦身体的那一刻，重新体验当时的痛苦。“若歆很会治病，是吗？”

“非常厉害。来找她帮忙的女人多得不得了，到现在都还没被抓真是怪了。”

她知道这话是试探，他已经猜到了吧，这么多年来他一直如此忠诚，她这么做也是应该的。“别担心，杨恩，我保证不会让公权力找卡夫、若歆·坎贝尔和那孩子的麻烦，绝不食言。”就算只为卡夫她也会这么做，更何况摩根这么重视他童年的好友。

“嗯，夫人，我知道你一定会做到。”一阵倦意袭来，杨恩·布凌克闭上眼睛。等他睡着以后，她踮着脚尖走到门边，取下斗篷，出了门。

天边有红红的火光。“天啊，起火了。”

“是的，夫人。”鲁道夫自黑影中现身，“烧得很旺。”

“在贝特瑞公园？”

“不，有人在这附近堆柴生火。夫人，您别担心，我送您绕路回家。”

她裹紧斗篷，“我想去看看。”

“夫人……”

“带我去。”

山坡上的火烧得有十英尺高，火星飞散在夜空中。太神奇了，这几年柴火的价格涨了好几倍，买不起柴就可能会冻死，而且今年城里的穷人比往年都多，居然还有人这样浪费柴火。新移民源源不绝抵达纽约，下船后多半立刻西进，争取新土地，也有些人就此留下，和在地的居民分食原本就数量有限的工作。现在有人这样大手笔生火，自然吸引了不少群众，有人叫骂，也有人只是想围过来烤火。

笨蛋，达西瓦番婆心想，这些笨蛋每年 11 月都搞一个叫“教皇日”的鬼玩意儿。这一天在纽约正式的名称是“盖伊·福克斯日”，用来纪念某个天主教徒没能成功炸掉远在伦敦的英国国会。依照历年传统，总督会办晚宴、开舞会，但住在教堂农场的劳工对国会没兴趣，每年烧一个代表教皇的假人，只是为了发泄对天主教徒的恨意。

浪费柴火已经很蠢，以为各个宗教有什么不同就更蠢。管你是新教徒、天主教徒还是犹太教徒，只要找不到工作，就得饿着肚子睡觉。

可是现在离教皇日还有一个星期。

这群人在离火不远处建了个绞刑台，绞架上吊着两个草人，做成魔鬼在对总督说悄悄话的样子。

草人扎得粗糙，但她一看就知道是卡德瓦拉德·科尔登。她只近距离见过他一次，当时他新官上任才几天。在那场值得纪念的会面中，她对他提出三个要求：凯莱布·戴维里不可继续担任救济院附属医院的院长；安德鲁·特纳学成归乡后必须得到这个职务；鲁克·特纳领取原薪五分之四的终身俸。三个要求他都做到了。

当时卡德瓦拉德·科尔登位高权重，但势力远不及她，如今依旧。安德鲁两周前从爱丁堡回来，立刻接掌了医院，还同时主管贝德罗岛的隔离病院。

鲁克还在领退休金。而凯莱布·戴维里，成了不敢见光的蟑螂。

咒骂声不绝于耳，在场的人都积怨多时，如今一吐为快。“夫人，待会儿会很乱，还是赶快离开吧。”

“好，鲁道夫，再一下下就好。”

他们站在山坡下方，在群众外围暗处，但山坡上的情形可以看得很清楚，暴民聚过去摇动绞架，草人就在半空中晃呀晃，几秒钟后绞架给摇坏了，连草人一起塌进火堆中。

火烧得更高了，群众的情绪也更激昂，高声怒吼。她碰一下鲁道夫的手臂，说：“走吧，没什么好看的了。”

到家之后，她得到消息，科尔登上了港内一艘护航舰避难。印花票趁黑卸货，锁进了市政府。风声不知怎地走漏，暴民就在城里乱闹，捣烂人家的花园，砸烂人家的灯和窗，还放话说要拆房子。当然不是她的房子，她的房子没人敢动。

消息不止这些，还有一条。一片混乱中，“奇想少女”悄悄进入纽约港，下了锚。

2

隔离病院建在离岸50码处，是贝德罗岛上唯一的建筑物，楼高两层，每层都有一排排以草为垫的木床。整栋房子只在一楼有道低矮的隔间墙，勉强将医护人员和病人隔开。

“我的天呀！”安德鲁喃喃说道，“这不就等于判了死刑！”

“先生，您说什么？”陪同长官巡视的是个驼子，双腿长短不一，拄着拐杖，“您是在跟我说话吗？”

“不是。但我现在要问你，约翰逊……你姓约翰逊没错吧？”

“是的，先生，我叫哈利·约翰逊。”

“这地方……该怎么叫它呢？这个检疫所归你管吗？”

“是的，先生，进港的船上要是有人得天花，就来这里给我们照管。”

纽约人要是运气不好得了天花，依法也是一样的下场。“告诉我，约翰逊，你为什么要接这个烂差？”

“没得选啊，先生，我没得选，这些小子也是，我们只比您早到一个小时，他们从监狱挑人，直接送来这里，说这里至少伙食比较好。”

“天啊！约翰逊，你种过痘没有？”

“没有，没有，我就只偷过几支蜡烛。”

“种痘不犯法，别信人家乱说，事实上种痘能救你一命。”

“先生，种痘不是会得天花吗？”

“对，它会让你得轻微的天花，很轻微，从此之后你就再也不会得了。约翰逊，你得过天花没有？”

“没有，先生，我没得过，可是早上跟我一起来的这伙人里有个叫克利斯宾的，他满脸麻子，肯定得过。”

“是吗？我得亲眼看了才知道，你、克利斯宾和其他人，都给我去小房间集合。”楼上有 3 个病人，全都臭得要命，离死不远，身上的痘子都干了，跟皮一起脱落了，可是无论如何他总有办法找出点东西来帮这些人种痘吧。“半小时内要集合完毕。”

“先生，这是不是命令？”

他本想说“不是”，要不要种随他们高兴，毕竟种痘还是有风险，但转念一想，不种痘只有死路一条。“对，这是命令，谁都不许缺席，半小时内集合完毕。”

工作人员一共有五名，全都是一早从监狱送来的。安德鲁敢用全部身家打赌，前一批肯定是得天花死光了。检查过后，他认为约翰逊和另外两人没有得过天花。

帮他们种痘只花了 10 分钟。“这一两天身体会不太舒服。”安德鲁用布把柳叶刀擦干净。爷爷提过卡顿·马瑟的说法，有些看不见的虫会爬来爬去传播疾病。在克里斯多夫的笔记里特别注明，手术刀和柳叶刀使用后一定要擦干净，以防那种看不见的虫作祟。“也许会发烧，而且一定会长几颗痘子，但是不要害怕，之后都会痊愈。”

上帝保佑，千万要痊愈。他混合脓血的时候极其小心，但吃过皇家牢饭的人身体状况都很差，很可能禁不起一点天花。“一步都不许动，听到没？你们两个得过天花的要负起责任，暂时照顾伙伴和全部的病人。”

能做的都做了，安德鲁收拾工具，准备离开，“约翰逊，发讯号叫船过来接我。”

“那表示说，我的脚得走到隔离病院外头去，先生。”

“对，别担心，出去并不危险，只要别碰病人就好。”

贝德罗岛有隔离病院，所以大一点的船都不能靠近，只有载病人进出的小船可以靠岸执行任务。

约翰逊陪他在岸边等。一艘有四名桨手的接驳船远远向这边来，速度很快。安德鲁知道他们讨厌这工作，贝德罗岛是令人害怕的地方。

约翰逊忽然说："对不起，先生。"

"怎么了？"

"那个……先生，大圆石那边……我跟那些小伙子去看过……"

"看什么？"11月寒冷的海风就像细细的冰刺在脸上，将他的头发往后吹，空气中有初雪的味道。安德鲁把厚重的灰斗篷裹紧一点。

"您最好还是亲自过去看一下，先生……"那人连外衣都没有，但他跳来跳去倒不是因为冷，而是因为不安。

船快靠岸了，安德鲁不情愿地背过身，说："好吧，带我去看看。"

隔离病院南墙后十码外有块巨岩。"先生，就是这儿了。"

"这不过就是块大圆石啊，太大了，所以工人没把它移走，有什么好大惊小怪的。"

"不是说石头啦，先生，我们觉得奇怪的……是这个，先生。"约翰逊用拐杖指出地上许多坑洞。

安德鲁上前近看，大圆石四周那些洞挖得毫无章法，粗估大概有十几个吧，宽度不宽，看得出是用一把铲子挖的，全都不到两英尺深。

"先生，您看这怎么回事？"

"天啊，我还真不知道。"

"会不会是鬼呢？先生，会不会是得了天花死在这里的鬼，把土挖开爬了出来？"

"不会！"

"喂！特纳医生！我们来载您啦！"接驳船已经靠岸，有人站在船首朝这边高喊，"特纳医生！听得到吗？"

安德鲁转身快步向岸边走去，"约翰逊，这世上没鬼。再说，这里也没埋过人，他们没说人死了要怎么处置？"

约翰逊拄着拐杖，靠那条好用的腿跳呀跳地跟上他，"他们什么都没跟我们说，就只说伙食比监狱的强。"

"仓库里有很多帆布，人死了就用帆布裹起来，用麻绳捆紧，丢进这岛另一边的海里。这里没人入土，所以也不可能从土里爬出来。"

“你现在住哪儿？”鲁克问。

“暂时先住船上。”摩根不想看见被子下头舅舅膝部那两块突起，但又没法不看。那两块圆圆的突起就好像决斗场上的两把手枪，指着他。

“所有船员也都住船上？”

摩根摇摇头，“只留了几个人看着东西，其他的都让他们走了。”

“听起来你打算待上一阵子。”

“还说不定，可是……舅舅，我这次回家也许就不走了。”

“太好了，我很高兴。你和你妈之间的问题……我是不是说什么都没用？”

“是的，舅舅，对不起。”

这六年摩根增加了重量，不只是身体的重量，心理上也是。当年的男孩现在已经成了男人。鲁克对外甥细细端详，心中盘算着到底该说多少、问多少，还没下定决心，摩根就先说话了：“如果我向您打听凯莱布·戴维里的现况，您会不会生气？”

“不会，我不会生气，医院现在不归他管了，听说他穷得跟鬼一样，不过呢，两条腿都还在。”

“舅舅，我……”

鲁克抬起手，不让他往下说，“摩根，没法解释的事情就别再提了，就当是运气或命吧，没什么好讲的。”

“如果我能，我一定救你，舅舅，当时状况真的不允许，请您相信我。”

“我相信你，孩子，噢，我不能再叫你‘孩子’了对不对？你都29岁了。”

“老到被叫‘孩子’都觉得是赞美了。”摩根说。

鲁克心想，无论他多么恶名昭彰，那海盗式的笑容仍和从前一样迷人，纽约的女人依然会对他一见钟情。“我来想想，这段日子里咱们的远亲凯莱布·戴维里还发生了些什么事？我最后一次听到他的消息，好像是说他一天到晚喝酒，成天泡在一家新开的酒馆里，那家酒馆从前是易钦·德兰西家，现在的屋主叫萨姆·法朗西斯。他不久前才从西印度群岛来，一时没搞清楚凯莱布的底细，把房间租给他，现在想甩都甩不掉。戴维里家毕竟还是很有势力，不能随便把姓戴维里的人轰出去。听说凯莱布现在瘦得跟稻草人似的，可能有病。他这么惨，你觉得好过一点了吧。你妈恨了他一辈子，你要继续帮她报仇吗？”

“不，我只是想知道而已。”

“还是你想帮我报仇？”鲁克指指他不存在的腿。

“也不是。”

他没说谎，他要报的是自己的仇。六年来他一直怪自己害舅舅没了腿，这次回来虽然不只为这个原因，但这件事也要一并处理。要拿凯莱布·戴维里那一文不值的烂命来抵特纳的腿。戴维里的命虽然换不回舅舅的腿，可是杀掉他以后，摩根也许就可以摆脱噩梦。

鲁克决定信他的话，“好，那咱们就聊聊别的。你这次回来时间挑得真准，知道城里头怎么了吗？”

“舅舅是说印花税法案的事？那个烂法案真是找麻烦，而且可能找了大麻烦。”

鲁克点点头，“对，你说得对。你是为这事回来的？摩根，你回来自找麻烦？”

“算是吧，看怎么想啰。”

忽然听得前门打开又关上，一阵寒风趁机钻了进来。安德鲁回来了。“外头冷死啦，开始下雪了。”他把脱下来的手套在手上打一打，要把雪花拍掉，“今年雪下太早，我都…… 摩根表哥，真是稀客。”安德鲁脱下斗篷，丢在椅子上，走到壁炉旁边，没有伸手。

“安德鲁，你气色真好，在爱丁堡一定过得不错。”摩根走过去，主动要和他握手。

安德鲁望着他，好一会儿才在父亲注视下伸出手和摩根互握。

“这里消息向来传得快，我听说你不但学成归国，还要迎娶苏格兰新娘。”

“家族传统嘛。”安德鲁看父亲一眼，“梅格下个月到。”

“太好了，很期待婚礼。”

鲁克知道儿子有多想说他宁可邀请魔鬼都不会邀摩根参加。“安德鲁，帮我们倒杯白兰地，说说贝德罗岛的状况吧。”

安德鲁立刻回答：“简直就像地狱。”他很高兴能换个话题。

“怎么会这样？原本计划要做的是个现代化的隔离病院，不让天花病人像猪狗一样死在阴沟里。”

“自从您不管事以后，他们就照科尔登的风格办事，一心省钱，别的不管。就连从监狱调去支援的犯人都没种过痘。”

“种痘？”摩根问，“现在还有争议？”

“争议没以前那么大了。”安德鲁说，“那些年爷爷发挥了很大的影响力，密医有时候也帮人种痘，而且没人阻止。只是他们没受过训练，剂量常常弄错，所以救的还没害死的多。”

鲁克说：“其实，争议之所以平息，是因为天花有 7 年没在纽约肆虐。检查入港船只也是从那时候开始的，所以我们才会想到要建隔离病院。”

“嗯 …… 如果那个隔离病院真的能保纽约不受天花侵扰，那就算像个地狱，我也会为它祝福。”

摩根喝一口白兰地，看看表弟，再看看舅舅，这对父子感情真好。现在气氛一片和谐，他应该要抓住机会，而且这话题是安德鲁主动提起的。“舅舅，虽说他们没完全照你的计划走，但隔离病院还是盖在原定的地方吧？”

“听说是。”鲁克看儿子一眼，要他确认。

“是的，我看过计划书，现在确实盖在那里没错。如果不盖在那里，就得另找一区，因为房子旁边有块大圆石，太大了，要想搬走恐怕得一路挖到中国。”

摩根心中的大石头放下了。“那很好呀，舅舅。”

安德鲁又说：“说到那块石头，倒有件怪事可以说给你听。新来的看护人员比我早到一小时，隔离病院里只有 3 个垂死的病人，正常人没事又不会去那个岛，可是不晓得是谁在那块大圆石周围挖了好多洞，十几个吧，都是新挖的。够怪的吧？你说这是怎么回事？”

街头小贩在卖烤栗子，摩根过去问他：“喂，有没有听说过一个叫卡夫的黑人？我要找他。”

“先生，我向来不管闲事。”他蹲下去拨拨他在路边生来做生意的火，“要不要买点栗子？ 1 便士 10 个，我的栗子是城里最大的。”

烤栗子香得他快流口水了。“好啊，我买。”摩根掏出一便士，交给小贩，解下领巾，让小贩把栗子放在领巾里，“我不是要找他麻烦，只想找他说话。听说他常在这一带出没。”

卖栗子的干咳两声，朝地上吐了口口水。纽约人多半都认得出摩根·特纳，但没什么人会想跟他讲话，更别说从他家逃出来的奴隶，不过逃跑这段小贩自然不知。他听人家说卡夫是那个全治小姐的奴隶，可是 …… 他再咳一咳，吐了口痰，终于说：“往那边走，有家叫‘小提琴与木鞋’的酒馆，你去问店里的人吧。”

下午时间酒馆很静、很暗，没点灯。只见吧台贴着大大的菜单，水煮松鼠 3 便士、12 个牡蛎一木便士，用铜币则能买到 14 个。看起来光景还不算太差，至少比他听说的好，否则住在旧日教堂农场的这些人应该吃不起松鼠，也不会花钱买靠自己就能拾得到的牡蛎。

“您好啊，先生，喝点什么？”

“打听点事。”摩根就近坐下，“来杯最好的麦酒，让我配这些栗子。”

“要酒没问题。”酒保从长柜台上的大酒桶倒了杯冒泡的酒，放到摩根面前，“可是别的我一概不知，特纳船长。”

他真不知道大家都认得是件好事还是坏事。“我想你能帮我，我听说你能帮我，我在找一个叫卡夫的黑人。”

那人转身拿脏布擦柜台，擦了又擦：“城里黑人很多。”

“哈啰，摩根。”

摩根回头：“哈啰，卡夫。”

“我听说你回来了，但什么风把你吹来这儿呢？”

“我来找你。”失望就像块冰冷的石头，落在摩根腹中，卡夫居然对他露出提防的表情。

“嗯，显然你找到我了。但是摩根，我不会回去，就算你要杀我我也不回去。”卡夫朝他的弯刀努努下巴。

“我并不是来抓你的。但你为什么不肯等……”摩根讲到一半就打住，望那酒保一眼。酒保站在边上，用余光偷看这边。摩根说：“这里讲话不方便，换个地方。”

卡夫想了一下，有两个选择。他可以先把摩根带离“小提琴与木鞋”，尽量拖延，让若歆晚点见到他；也可以让他们现在就见面，至少自己能在现场。“走吧，我们去楼上谈。”

卖栗子的小贩叫摩根去旧时的教堂农场找卡夫，还多嘴说他跟白种女人住在一起。“据说他是她的奴隶啦，那女人是个密医，自称全治小姐，什么都治，可是我听说她跟那个不怎么黑的黑人睡在一起，还生了女儿。”

所以摩根早有心理准备，只万万想不到那女人竟是若歆。

“哈啰，摩根。”她只花3秒就恢复正常呼吸。他瞪着她，说不出话来。她说：“坐，我去拿麦酒来，还是你要喝茶？”

他心跳得好快，得喝朗姆酒或白兰地才镇得住，可是这里应该没有。这里是酒馆上的小阁楼，非常干净整齐，但一点也不豪华。墙角堆了些东西，看起来像药铺。“你就是全治小姐。”

“对，我就是。你要喝茶还是麦酒？”

“我早该想到的。第一天晚上你就告诉过我，你会治病。”

她的脸一下子变得跟头发一样红，他知道这是因为提到了他们的初夜。他并非故意让她难堪，但她脸红他很开心，她一定也记得所有的事，跟他一样。天晓得他在这六年来回想过多少次，那一夜，若歆全裸，坐在他腿上，美极了。他搂着她的细腰，深深地进入她。

“妈妈，我好渴，能不能喝东西？”

暗处冒出一个孩子，原来她刚刚就在旁边的地铺上睡觉。若歆好像很不放心似的把她拉到身边，搂着她肩膀说：“摩根，这是我女儿，我和卡夫的女儿，克莱儿。”

“为什么？”摩根问。

“什么东西为什么？”

小阁楼上只有他俩，卡夫要若歆和孩子出去的时候口气虽然很好，但一点也不像奴隶，倒好像他才是发号施令的人。摩根这辈子一直认为卡夫是个奴隶，可是如今他既不是奴隶，也不是小孩了。

卡夫又说：“把话讲清楚吧，你来找我做什么？”

“我……有事……”天啊，若歆竟然跟卡夫在一起。那个小孩，克莱儿，一点也不像有黑人血统，虽然刚刚只匆匆一瞥，而且她刚睡醒，脸还红红的，可是掩不住和若歆一样白的肤色。她也有头红发吗？戴着睡帽看不出来。他用尽全力才把思绪拉回。“我来是想问你贝德罗岛的事。”

刚刚若歆还来不及倒酒，就给赶了出去，现在卡夫拿了两杯酒过来：“来吧，我还记得你有多爱喝。”

摩根接过杯子：“谢谢……”

“贝德罗岛？”

摩根点头。

“如果你想问贝德罗岛的事，来这儿做什么？我听说你表弟安德鲁刚从苏格兰回来，接掌了那里的隔离病院。”

“你明知道我说的不是那个。”

“我知道。”卡夫喝酒的时候眼睛盯着摩根，“这是第一次。”

“第一次什么？”

“你第一次喝我的酒。”

“对。”摩根这才明白过来，今天真是值得纪念的日子，“我没往这上头想呢，你说得对。”

“我们今年就要满30岁了。我们喝同一个奶妈的奶，在一个屋檐下长大，但这是头一回平起平坐，我不是你的奴隶，你不是我的主人。摩根，这是现况，而我绝不会走回头路了。”

“对我来说，卡夫，我从没那样想你。”

“也许你确实没有，但当时事实就是那样。”

“对我来说并不是。”摩根很坚持，“我一直拿你当朋友，卡夫，一直都是，可是你怎么……”

“我怎么样？我不该跑，我不该拒当你妈的所有物？”

“我6年没见我妈了，我来找你和她没关系。”

“是喔？可是贝德罗岛是她派我去的，装着金马头的盒子也是她给我的，是她要我埋的。”

“我知道，所以我才来找你，我要知道派你去把盒子挖出来的是不是也是她？”

卡夫不说话。摩根等了一会儿，又说：“是昨天安德鲁告诉我的，他说有人在大圆石附近乱挖。他当然不知道怎么回事，但我知道。昨晚我去贝德罗岛，那些洞还在，其中一个位置正确，下面的东西没了。除了我以外，全纽约只有两个人知道金马头埋在哪里，卡夫，只有你和我妈知道。”

“摩根，你听好，我只说一次，这是实话，信不信由你。我离开以后，就再也没见过她，跟你一样，6年了。”

海上的日子教会摩根看人，他看得出卡夫没有说谎。“好，我相信你。”

“很好，那我们排除了一种可能。另一种可能就是，我自己跑去贝德罗岛，挖走了那个盒子。你说，如果我想要偷它，为什么要等这么久？”

“我不知道，所以才来找你。”

“可恶！我要偷的话当天晚上大可以直接拿走！”

“我知道。”

“摩根，我不知道那个马头里有什么东西……里面一定有东西，我知道，要不然何必用蜡封？可是到底是什么，我不知道，也不在乎。摩根，我只在乎自由，我只在乎我和若歆还有我们的女儿能不能自由。”

摩根又喝了一口，把杯子放下，“怎么会变成这样？”

“因为我们想要这样。”卡夫受不了了，不管交谈或沉默他都觉得受到指责，他累了，“我和若歆决定不再当任何人的所有物。”他看着摩根，注意观察摩根对她名字的反应。这人夺去了她的贞操，而且想都没想过那是她的初夜。她把一切都跟卡夫讲了，卡夫知道她怎么给抓去刑场，知道她在摩根之前没有别的男人，但那是她的秘密，不是他的，不该他说。“我和若歆决定不再任人买卖。”

“她的状况和你不同，她是……”

“她是仆佣。”卡夫不能让摩根叫她妓女，这两个字若出了口，他就别无选择，只能和他决斗。摩根要杀他轻而易举，那以后谁来照顾若歆和克莱儿？“依照契约她还要做 10 年工，太久了，摩根，她只是想到新地方过新生活，没钱买船票，就要付出这么高的代价？”

摩根点点头：“我懂了，可是你呢？你怎么会到这里来？”

卡夫说：“杨恩·布凌克酿啤酒卖给红外套，成了富翁。有一天跑来找我，说我要逃他就帮我。你也知道他和你妈不和，我想他是在报复。”

“那个侏儒？”摩根着实意外，“他在哪儿？怎么……”

“几年前就死了，法国病害的。若歆尽全力也救不了他。”

“没法见上一面，太遗憾了。”

“他一定也想见你。”

“你说他后来有钱了？”

“非常有钱。这间酒馆就是他的。”

“杨恩·布凌克有了房子，当了老板，哇，谁想得到！”

“要说你想不到的，还有呢。”卡夫举起杯子，“这些杯子，你手里的，我手里的，都是我做的。”

“你做的？你什么时候学了这本事？”

“你第一次去当海盗的时候。”

“不是海盗，是私掠者。”摩根总算露出了一丝笑容。

“好吧，私掠者就私掠者。”

“我一直想要你一起去，卡夫，你知道的。”

“我知道。可是我讨厌海，我之所以始终没回贝德罗岛挖你那个该死的马头，这也是原因之一。”

摩根向后靠到椅背上，眯起眼睛：“另一个原因呢？说吧。”

“杨恩·布凌克把‘小提琴与木鞋’留给了我，现在我是老板了。”

“哇！”凯莱布瞪着彼得勒斯·林克手上的东西，“这东西哪儿来的？”

“哪儿来的你不用管，我说我找得到，就找得到。”

林克手里拿着个金马头。凯莱布很少看见这么精美的工艺品，“这两颗眼睛是红宝石。”

“对，我也这么觉得，红宝石。”宝石在火光下闪烁。

“给我。”凯莱布伸手去拿那小玩意儿，林克随他。

太神奇了，凯莱布翻来覆去细看这个栩栩如生的马头，“脖子上封过蜡。”

“对，我找到它的时候，封着蜡。”

凯莱布在洞里挖了挖。“里头原本藏了东西，现在不见了。”他抬头定定看着眼前的人。

他们所在地点是凯莱布租的房间，在法朗西斯酒馆三楼。壁炉里有火，两人之间的桌上有蜡烛，两处火光映在林克蜡黄的脸上，有红润的假象。他笑得露出了牙，微微侧着头，让那只好眼能盯着凯莱布看。“不用怕，东西在我这儿，马头里的东西现在是我的了。”

“看你笑成那样，不管里头有什么，肯定是你在找的东西。”

“没错，就是。”

“很好，告诉我，那是什么。”

林克咯咯笑了，“急什么呢，戴维里医生，要有耐心，才显得出绅士风范喔。”

“林克先生，你已经花了3个月，还有5镑，那可是我的钱。”

“那是令兄的钱。”

凯莱布耸耸肩膀，“谁的钱不关你事，重点是你当初没说要这么久。”

“我病了。”林克喃喃地说，“谁都不想生病，可那又有什么办法。你应该再清楚不过。”

“对，可是你的病不会好，疟疾对吧？我看得出你有发抖的症状。”

“不会一直抖，只是偶尔。不像你。”

“没错，你一点也不像我。”凯莱布用一根手指插着马头，在林克面前摇啊摇，“如果你想赶在还有力气花钱的时候找到宝藏，找到摩根·特纳藏起来的东西，就需要我帮忙。我记得你说需要船和船员对吧，林克先生，现在还要不要？”

林克不想太快回答，舍不得太快放弃独享秘密的快感。噢，不，知道秘密的除了他，还有天杀的浑蛋摩根·特纳。他伸手从外套口袋掏出一张纸，放在桌上。“东西在这儿。”

凯莱布低头一看，那张纸大约六英寸长，两英寸宽，很皱。“噢，就是这个？”

他把马头放在那张纸旁边，从墙角柜子里拿出玻璃瓶和白兰地专用的玻璃杯。“林克先生，喝白兰地呢，就要用玻璃杯，这才是绅士的喝法。”凯莱布边倒酒边说，“这就是你想要的吧？有了钱，就可以当绅士了。”

林克拿起杯子一口喝尽。“我拿到钱要干什么关你屁事，那是我出生入死杀人越货赚来的。”

“这样说不太对哟，彼得勒斯·林克，我记得你杀人越货赚来的那一份钱早就拿到了。价值400镑的金条，一般人应该可以花上十几年，甚至一辈子，可是你……”凯莱布耸耸肩，不把话说完，“还是说正事吧，林克，这张纸上怎么说？宝藏在哪里？”

“七十四，三十。”林克说得像连珠炮似的，“二十，四。”

“别胡言乱语，你这个笨蛋在讲些什么？”

“我说了。”林克两只眼睛都不看他，“七十四，三十。还有二十，四。”

凯莱布拿起那张纸，林克自己又倒了杯白兰地。

近来凯莱布视力很差，要看东西得凑近蜡烛，头发都快烧到了，手一直抖。他眯起眼睛，看清楚纸上的字。那是一只很稳的手拿鹅毛笔蘸墨汁写的，没有褪色。那些数字写得特别用力，也就特别显眼。“格林威治以西74度30分，还有……”

“还有什么？一定不止这些，还写了什么？”

凯莱布抬眼看见林克身体前倾，左眼皮太垂，眼睛只露出一半，盯着他看。“这张纸他妈的写了什么？如果你敢骗我，我……”

“哇！”凯莱布忍不住笑意，“你不识字。难怪这么老实，原来你不识字。”

林克承认：“我只认得数字，不认得字。”

凯莱布把纸折好，塞进黑背心口袋。

林克抽出腰间弯刀，身体前倾，刀尖只离凯莱布喉咙几英寸。“你敢骗我，就会没命，你这个该死的……”

“该死的笨蛋，对吧？别怕，林克先生，我没必要骗你，也没必要怕你，傻瓜，我都快死啦。”

“既然你快死了，还帮我干吗？”

“我想要的不是钱，钱我花不到了，我只想亲眼看摩根为海盗罪戴上刑具，看他妈妈眼睁睁看儿子吊死。林克先生，我那份钱给你，但你得证明宝藏存在，证明摩根·特纳在1759年骗了投资人的钱。”

“我得知道这张纸上写什么。”林克还刀入鞘，“如果不知道上头写些什么，要怎么找宝藏？”

“该知道的时候就会让你知道，船和船员也都会给你。”

林克最初的计划虽然粗糙，却很可行，凯莱布也想不出更好的了。当年的投资者有4个人还活着，而且依然是富豪，找他们出资雇船去找宝藏准没错。他们财大势大，谅彼得勒斯·林克不敢卷款潜逃，否则后半辈子别想睡得安稳。不，林克不会跑，他会回纽约接受英雄式的欢呼，而摩根·特纳会因海盗罪处绞刑。

马头还在桌上，凯莱布将它覆在掌下。“这东西我留着，纸我也留着，一周后回来听我消息，我会去安排船的事。”

“一周太久，3天吧。”

凯莱布耸耸肩：“好啊，那就3天。”林克起身，他坐着不动。

老水手走到门边，转身再对戴维里说一次：“3天。”

“对，快走吧。”

门砰的一声用力关上，凯莱布还是原地不动。痛楚即将再度袭来，他要坐在那里等候，然后忍到痛完。痛楚稍减之后，他就会去找那些股东，劝他们出小钱发大财。他们会答应参加，倒不光为钱，因为知道实情之后，他们对那个浑蛋的恨意会跟他一样多。

凯莱布从口袋掏出那张纸，放在桌上抚平，将蜡烛拿近，大声读出内容，得意洋洋。“格林威治以西74度30分，北纬24度，略偏南。”第三句要眯起眼睛才看得清，“绕二回三。”

第一句说的是坐标吧，凯莱布不懂航海，可是他知道称职的船长只要有这几个数字和六分仪，就能够抵达确切的地点。至于绕什么回什么……这他不知道，林克那么蠢，也不可能知道。噢，好痛。

疼痛淹没了他，他别无选择，只能咬紧牙关，流汗呻吟，任它宰割。比德的儿子，也就是凯莱布的侄子，塞缪尔·戴维里，是在费城的大学学过医的，对凯莱布的病也束手无策，只建议他拔罐、放血、用泻药。全都没用。凯莱布几个月来一直祈求上帝让他早点死，但现在他不想死了，他想活。

至少要活着看摩根·特纳上绞架。她一定也会在人群中。

噢，上帝啊，这次真的太痛，之前从没这么痛过。他抖得像狂风中的树叶，拿起酒瓶直接往嘴里灌，白兰地流了一身，才勉强喝到一点。

几分钟后，不痛了，他忽然觉得自己有了力量，那力量来自久违的希望。可恶，他一定要活下去！无论如何都要活下去！安德鲁·特纳也回纽约了，除了爱丁堡的医学教育之外，据说他也是个出色的疡医。如果传言属实，那么他比他祖父还会用刀。

那是特纳家的天赋。要怎么样才能让安德鲁·特纳愿意破开他肚子，帮他除掉该死的痛源呢？

太疯狂了，从来没有人做过这种事。

珍妮特好久好久以前曾说，她那双手能变魔术。当时他们站在石桥边上，望着夕阳照耀下的港口……能变魔术的手……

就算安德鲁有本事，他能不能忍痛？刀子划破肚子会有多痛？他受得了吗？只要能看见摩根·特纳吊在绞架上摇啊摇，他什么都能忍。

可是安德鲁·特纳为什么要帮他？因为他可以开膛剖腹，做前人没做过的手术。因为他能分到宝藏。而且安德鲁知道摩根明明能救鲁克，却选择了凯莱布。当然，他救他是为了她，她要让仇人活下去，才能看着他受苦。

就双管齐下吧。等他把船的事情安排好，让林克出发以后，就去问问安德鲁，大多数疡医都禁不起刀的诱惑，而大多数男人，都禁不起钱的诱惑。

3

摩根从来不是“炒牡蛎酒馆”的常客，但它离港口不远，酒客多是水手，全都认得摩根，有几个看见摩根就向他举杯，还有人点头问好。他尽可能保持低调，因为今天不是来找酒伴的。

他走到吧台末端，对酒桶旁边的人说：“晚安，老板，应该有人在等我。”

“没错，特纳船长，楼上请，他们在右手边第一间。”

楼上右手边第一扇门关着，摩根把耳朵贴在门板上，听门内的人谈话。楼下忽然掀起一阵欢呼，大概是店主开了桶新酒。等喧闹声平静下来，他才终于听见门内的人谈些什么，听了一会儿之后，转开门把。

屋里三人都转头看他，桌上的蜡烛照得到他们的脸，却照不到眼睛。亚历克斯·麦克杜格尔和艾萨克·西尔斯有自己的私掠船，从前赚过不少钱，只是没“奇想少女”赚得多，几年前洗手不干，改做西印度群岛贸易。另一个人背景就不一样了，他叫马里纳斯·威利特，是专做家具的木匠，除了年纪与摩根相仿之外，两人毫无交集，只为同一个理由来此相聚。

西尔斯和麦克杜格尔起身欢迎摩根，威利特坐着没动。摩根对他的怠慢不予理会，把椅子转个方向，跨坐下来。“各位绅士，晚安，大家都到齐了吗？”

“今天晚上会来的都来了。”麦克杜格尔说，“还有很多不能出席的，精神与我们同在。”

麦克杜格尔穿着黄色燕尾服，饰以金边和大金扣；里头穿的是乳白色的缎子，衬衫上的蕾丝镶了更多金边。买那顶卷曲假发所花的钱，大概能让一般家庭吃一年。

摩根不禁自问，他到底来干吗？马头的秘密都被人挖去了，有那么多事等着做，还来这里跟花花公子浪费时间？

马里纳斯·威利特仿佛听见了他心中的疑问。“快谈正事吧。特纳，你来干吗？”

“我也想问你同样的问题。”

“错，你不能问我，因为‘我’对抗小偷和偶像崇拜者并不令人意外。”

“偶像崇拜者？有意思。这么说吧，威利特先生，如果今天要抵制的是人家的信仰，那你对了，我确实不该来，因为我一点也不在乎别人崇拜什么，也不在乎他们用什么方式崇拜。可是据我了解，今天要讨论的是殖民地的法律。”

威利特毫不掩饰他的轻蔑，“说起话来就像犹太人。”

麦克杜格尔和西尔斯倒抽一口气，身体微微后仰，不知道摩根受此羞辱会如何反应。威利特穿着粗布衣服，没带武器。摩根腰间不但挂着弯刀，还插着手枪。就算没刀没枪，威利特也不是他的对手。

摩根转过身去背对那木匠，从窗台上的篮子里拿了一颗表皮甚有光泽的苹果。“先生，您过奖了，我只有一半血统来自那个古老高尚又睿智的民族。”

“高尚？犹太人害死了救世主！”

“够了！”西尔斯跳起来用拳头敲桌子，“明天是教皇日，马里纳斯·威利特，你可以跟往年一样去烧天主教撒旦婊子。等我们把这件事搞定以后，你想每年找一天来向希伯来人一吐怨气，或者想恨其他和你不同信仰的人，也都可以商量。可是现在，你到底要不要为印花税的事出一份力？”

“我就是为这事来的呀，可是他来干吗？”威利特伸出瘦骨嶙峋的手，指向摩根。

“拜托。”西尔斯低声说，“他是我跟麦克杜格尔找来的，跟你一样。”

摩根咬一口苹果，若有所思地嚼。“艾萨克，我讲白一点好了，免得威利特先生听不懂。我来是因为我反对供军队食宿，反对印花税，反对那些不给我们选举权又不住这里的人向殖民地直接征税。”他从容不迫将苹果核扔进马里纳斯·威利特面前的杯子里，“我之所以受邀，还有一个原因。要有组织就得花钱，很多钱，威利特先生，说到出钱，你能比得上我吗？”

“当然不能，我妈又不是……”

摩根一把抓住威利特前襟，紧到他一个字也吐不出来。摩根说：“请自重，一个字都别再讲。我并不想切你的舌头去塞屁眼，别让我有理由干这种事。”两人互瞪片刻，摩根松了手，“好，各位，来谈正事吧。”

一小时后，他们厘清了目前的问题所在。印花税法11月1日业已生效，但印花票尚未流通。科尔登担心自己有生命危险，躲在皇家军舰“科芬特里”号上不敢回家。传闻说，英国将会派一名总督来接管这个地区。同时，城里商界的重要人士联署了一项协议，印花税事件落幕之前，谁也不向母国进货。

“噢，漂亮！真勇敢！”麦克杜格尔小时候住苏格兰，说话有个腔调，酒喝越多，腔调越重，“干得好！可是英国恶魔跩得要命，那些盎格鲁·撒克逊人吃定了我们！”

西尔斯在康涅狄格出生长大，虽然在纽约住了很多年，但还是带着鼻音很重的北方腔。“现在的问题是，事情可能会一发不可收拾，面对接下来的变化，我们准备好了吗？”

亚历克斯·麦克杜格尔跳起来一拳击在桌上：“准备好了！”

马里纳斯点头，喃喃说了句求上帝保佑之类的话。

摩根没说话，脑子里想着那一大笔钱，他要是一直没空去拿，就要给别人拿走了。

其他3个人盯着他看，西尔斯轻声说：“特纳船长。”

摩根迟疑了一下才站起来，拿起酒壶，为大家倒酒：“各位，请起立。”威利特虽然不肯直视摩根，也随大家一同起身。摩根说：“敬我们，敬所有即将加入我们行列的人，敬所有志士，敬自由之子。”

“卡夫，我想跟你谈谈。”摩根靠到他身边压低声音讲话。下午3点钟的吃饭时间刚过，酒馆里座无虚席，大家玩牌、掷骰子、喝酒、大笑、聊天，多半都是白人，也有几个黑人。没人注意卡夫和摩根。

“该谈的两星期前都谈过了。”

“我不这么认为。”

卡夫举起潘趣酒，喝了一口，“好，说吧。”

摩根谨慎地环顾四周，酒馆虽挤，但这个角落并无旁人，“有多少人知道你是酒馆老板？”

卡夫耸耸肩膀：“比不上知道摩根·特纳船长的人多，你比较了不起。”

“这几年我没那么了不起了，几内亚沿岸的收获远远不如当年西印度群岛的盛况。”

“世事无常。”卡夫说。

卡夫也和从前不一样了。皮裤没了补丁，外套的料子是羊毛，不是法兰绒。还有，他多了份自信。这一带有财产的混血儿不止他一个，但这毕竟不是常态。“对，世事无常，卡夫，美洲的状况改变了，如果……如果发生了什么难以预料的状况，你能不能考虑加入，而不要反对？”

卡夫歪着头，眯起眼：“你问得这么不清不楚，叫我怎么答？”

摩根回头看看，好像没人在听他们讲话，他低声问：“这些人都是常客？”

“大多都是。”

“所以你了解他们的想法？”

“挺了解的。”

“他们对印花票有什么看法？”

“城里所有人的看法都一样，烂事。”卡夫望向一桌在玩克里比奇纸牌游戏的人，玩的人很疯，看的人也很激动，“那群人几乎都是鞋匠，只有最边上那个大块头不是，他是桶匠。这些人做生意都要成本，如果每样原料都要缴税，有三分之二的人就不能来喝酒了。”

“你的生意会受影响。”

“对。我跟大家一样不爱印花票，摩根，你来就是为了问我这个？”

“不，我要问的是，你打算怎么做。”

卡夫身体后倾，举起酒杯。“流言很多，我也听了一些，我猜得到你在想什么，可是我有女人和小孩要养。”他朝阁楼方向努努下巴，“冒险的事我不能做，不能让她们跟着冒险。”

“不管我们想不想冒险，危险都会上门，卡夫，有的时候，与其坐着等，不如主动出击。”

卡夫不说话。潘趣酒的大碗传来传去，邻桌的客人把碗拿过来放在他们桌上，摩根舀了一勺，伸手掏钱。卡夫摇摇手叫他别给。“不用，老板请你。”卡夫自己也舀一勺，然后招手要人过来把酒碗拿走。

摩根问：“最近还做东西吗？”

“想做，没什么空，顾这间店花不少时间。”

摩根点点头，“看得出来。接手这店之前，你认得的铁匠多不多？”

“有一些。”

“有没有从马萨诸塞来的？”

“啊，我懂了，你要打听那个煽风点火的家伙，波士顿来的里维尔？”

摩根笑了：“你见过他？知道他在哪儿吗？”

“见是见过一两次，不熟。他常来纽约做生意。圣保罗教堂旁边有家叫‘银母鸡带小鸡’的酒馆，很多铁匠爱去。”

“嗯，我还听说里维尔往返纽约不光送货，也送消息。听说他是个革命志士。”

“而且是个很会讲话的革命志士。”卡夫说，“你离家多年，消息倒很灵通。”

“我回来就是为了要搞清楚状况。卡夫，你听我说，如果他们硬要征印花税，或者驻军法案带来的负担过于沉重，大家是不会坐以待毙的。一定会有人采取行动，据里维尔先生说，新英格兰那边的状况和纽约一样。你呢，卡夫，你会作何选择？”

“摩根，看看我，你看见什么？”

“人啊，我最老的朋友。”

“我不是白人。虽然也不怎么黑，但我不是白人。”

“这跟肤色有什么关系？”

“关系可大了。摩根，我没得选，我的肤色已经为我作了选择，我只能尽全力保护自己，保护我的家人。相信我，我会尽全力。”

酒馆里头很暗，烟雾弥漫，一出到外头摩根就有点睁不开眼。其实冬天尚未过去，下午的阳光并不强，但他还是举手遮了一下，等眼睛慢慢适应之后，才环顾四周，心想，教堂农场这一区还不坏，虽然不能跟他家那区比，但这里的人和住在高级地段的人一样，渴望能保有现在的生活方式。他们有妻有子，但不见得会有卡夫那么多顾虑。卡夫顾虑太多并没有错，身为黑人或混血儿，他不得不想多一点。

一群小孩在酒馆旁的空地玩耍，摩根看见有个女孩不和大家一起玩，独自站在一旁。克莱儿，对，他确定那是克莱儿。

克莱儿拿着棍子在地上画，自顾自唱着歌。好漂亮的孩子，长得真像若歆。他走过去。

“海上有座天花岛，挖个洞儿要及膝，东七步来北九步，转向圆石躺下来。”她一边哼歌，一边照着歌词做。摩根看见她躺下来，脚跟用力在地上作记号，然后起身假装挖洞。

天啊，不可能。但这是他亲耳所闻，亲眼所见。“小朋友，你好。”

孩子抬头看他：“我是克莱儿·坎贝尔，你是谁？”

“我是摩根·特纳，是你妈妈的老朋友。”又加了一句，“也是你爸爸的老朋友。”

她看着他，点点头。

他向前一步。

那女孩向后退，“走开，我不想跟你讲话。”

“我只是有个问题想问你。”噢，他想问的问题恐怕多到问不完，“克莱儿·坎贝尔，你今年几岁？”

“5 岁。”

“5 岁，那是大孩子了，而且我敢说你一定很聪明。能不能告诉我，刚刚那首歌接下来的歌词是什么？”

“没什么特别，我乱编的。”

“克莱儿，这歌是你爸教你唱的？天花岛，东七步，北九步，都是卡夫告诉你的？”

她用力摇头，黑色的头发都从帽子里跑出来了。不是红铜色的，也不是黑色卷发，不像若歆，也不像卡夫。她的头发又黑又直又亮，和摩根一样。那孩子说：“就只是一首歌而已，我乱编的。”

“那然后呢？在圆石附近躺下来以后，再怎么样？”

她歪着头看他。那双眼睛既不像若歆的绿眼，也不像卡夫的棕眼，而是深蓝色的，仿佛什么都懂。“给我一便士，就告诉你。”

“好啊，那你要把你爸教你的全都跟我说。”

“上次那个人给我一个木便士，你可不可以给我铜币？”

要命！“上次哪个人？”

他伸手去抓她，她动作更快，瞬间溜开。“我不喜欢你，我不想跟你讲我的歌了，走开。”

她往酒馆跑，摩根在后头追。“克莱儿，站住，我没有恶意，只要你肯跟我讲，我就给你两便士。”

真想不到她能跑这么快，绕过屋子就上了楼，他紧跟在后。“我只是想跟你讲话，克莱儿，3 个铜便士。”

若歆出现在楼梯顶端。“克莱儿，怎么了？”她看见摩根追着孩子跑，就把孩子推进家里。“你进去，别出来。”她关上门，“你来干吗？你想对我女儿怎样？”

圣母啊，请让她心别跳这么厉害，快跳出来了，每次见到他都这样。这些年来，她一直对自己说，她讨厌他，选择卡夫而不选海盗摩根·特纳是正确的，可是他回来后，她不得不面对事实。而现在，他那个眼神……他知道了吗？

“她是我女儿，对不对？”摩根说出口后才明白自己有多么确定。

“她是卡夫的孩子，我们一离开你妈家就在一起了，克莱儿是卡夫的女儿。”她必须这么说，他必须相信。卡夫为她们付出了一切，亲爱的主耶稣啊，不得已的时候，他宁可自己挨饿也要让她和克莱儿有饭吃。这还不算父亲吗？

“她是我女儿。她的头发眼睛都像特纳家的人，不会错。我只是不懂，为什么你不去找我妈？她会拿很多钱出来，让你好好照顾她孙女。”

“你怎么敢说这种话！我女儿被照顾得很好！”

“我不是那个意思。”他拼命摇头，“对不起，若歆，我对你和孩子都没有恶意。我怎么可能会想伤害你们？”

“她是卡夫的小孩。”

他对若歆还是很有感觉，但她这种坚持的态度令他感动，天啊，她好美，比从前更可爱，不再是女孩而是个女人了。“我得跟她谈谈。”

“你没有权利来管我们的事，摩根·特纳，都过去 6 年了……”圣母啊，她心跳得好大声，她自己都听见了，他一定也听得到。

他摇摇头，不想跟她争辩，“若歆，拜托，让我进去，我发誓绝不伤害你和孩子。我有事跟她说，很重要。站在这里太招摇了，卡夫在酒馆里，你也想悄悄了结，不想闹到他来关切吧？”

她犹豫了一下，打开门，让到一边。

摩根进门时和她片刻擦身，硬逼自己不去注意她身体散发的温暖，不去想她近在咫尺，现在重要的只有一件事。

克莱儿坐在壁炉旁，小小的肩膀裹着披肩，但屋里并不冷，挺舒适的，有淡淡的玫瑰香和药味，还有之前留下的饭菜香。黑色的铸铁壶在火上冒气，嘶嘶作响。

若歆关上门，快步走到壁炉旁边，把铁壶从火上移开。“我在煎药。克莱儿，帽子戴起来，有客人在。”

克莱儿帽子拿在手里，头发垂在肩上，好黑好亮，毫无疑问，那是特纳家的头发。摩根在她身边蹲下，“3 个铜便士，克莱儿，我答应过你，说到做到。告诉我，之前付钱问你歌词的人是谁？”

若歆差点惊叫出声，连忙捂住嘴。圣母啊，摩根在说什么？他为什么要跑来扰乱她好不容易得来的平静生活？关键显然在克莱儿身上。若歆插进两人之间，看着克莱儿的蓝眼睛问：“宝贝，什么歌？什么人？克莱儿，告诉妈妈。”

“我乱编的。”那孩子的眼光越过她肩头，望向摩根。若歆感觉得到他盯着她们母女。“真的，妈妈，那歌是我编的。”

“很好。”摩根挪挪位置，以便清楚看见孩子的脸，“克莱儿，你说是就是，我相信你。只要告诉我之前那人是谁就好。”

若歆把手放在女儿肩上，“等一下，先别回答他，先回答我，克莱儿，什么歌？”

“‘海上有座天花岛，挖个洞儿要及膝，东七步来北九步，转向圆石躺下来，挖个洞儿要及膝。’我乱编的，妈妈，真的。”

若歆低头不语，然后把孩子拉到怀里，紧紧搂住，低声说：“卡夫会说梦话，我刚……我刚认得他的时候他夜里就说梦话。她是这样听来的，我不知道这些话有什么意义。”

“我知道这些话的意义。”摩根轻声说，“我只想知道她还告诉了谁。”

若歆把女儿推远一点，好看着她眼睛说话，“告诉妈妈，克莱儿，你一定要告诉我。除了这位特纳船长，还有谁跟你问过这首歌的事？”

“一个很臭、眼睛很奇怪的人。”

摩根无奈地叹了口气，纽约人有一半都很臭，眼睛奇怪又是什么意思？“克莱儿，你知不知道他叫什么名字？他给你木便士的时候，有没有把名字告诉你？”

那孩子摇了摇头。

“你在哪里碰到他的？”若歆顺了顺女儿额前的头发，“在楼下酒馆？”

“不是，他从这里出去的时候，在外面遇到我。”

“你是说他正好看到你在外面玩，像刚刚那样？”孩子点点头，“之前他先来看病？你是说，他来找全治小姐看病？”

克莱儿又点点头。

摩根开口想说话，若歆举起手不让他说，“那个人只来过一次，还是来过好几次。”

“好几次，妈妈，你帮他煎了药汤。”

“哪一种药汤？克莱儿，我做药向来叫你在旁边学，要你长大也帮人治病。告诉我，我帮那个臭臭的人做的是哪种药。”克莱儿犹豫了一下。若歆催她：“快，哪一种？”

孩子起身跑到墙角，踮起脚尖，从最高的一层架子上拿了一个长颈白镴瓶，跑回妈妈身边。

若歆接过那个瓶子，轻声说：“金鸡纳树皮，治疟疾的。”

“会发抖流汗的那种病？”

“对，水手常得。上一次来拿这种药的人就是个水手，眼睛有点问题，没办法正眼看人。”

“我认识太多歪眼家伙，你记不记得他叫什么名字？”

“好像是德文，叫彼得勒斯什么的。”

摩根低声说：“彼得勒斯·林克。”

若歆点点头：“对，就是他。”

可恶，这早该是意料中的事。“他跟着我出过两趟海，烂水手，但很会打架，人很坏，很不可靠。”

若歆跪在壁炉旁边，搂着站在一旁的克莱儿。若歆好美，那孩子也是，他的女儿长大以后会跟妈妈一样美。

“卡夫不是彼得勒斯·林克那种人。”若歆的绿眼睛望定他，“卡夫是好人，摩根，他爱我们。”

“我知道。”

“答应我，别去扰乱他的平静，摩根，答应我。你不知道你欠我什么，但你欠我。”

天啊，她怎么这么可爱。他伸出手，想要摸她，可是随即放下，说：“怎么会是我欠你？我把你从鞭子底下救了出来，离开的时候还打算带你一起走，你是我……”他突地打住，这话他从没打算说，甚至连对自己都没承认过。

若歆低下头去不肯看他。“我知道你救了我，这件事我终生感激，可是我不是……不是那种人。”噢，主啊，他知不知道有什么要紧？她为什么老在梦里向他吐露实情，要他相信，然后醒来才发现是梦，睡在身边的人是卡夫，是爱她和孩子的卡夫，只有卡夫才是真的。

摩根想辩解，想说他从没拿她的过去羞辱她，可是心里有太多连自己也不明白的感觉，又还有林克的事要赶紧处理，所以他把想说的话吞了回去，蹲下来望着孩子的蓝眼睛说：“克莱儿，告诉我，那是什么时候的事，那人给你一便士，要你把歌词告诉他，是什么时候的事？”

她摇头说：“不记得了。”

“不行，一定要想起来。”

“克莱儿，告诉妈妈，那个木钱还在你这里吗？”孩子点点头。

“在哪里？”

克莱儿朝壁炉看了一眼，嗫嚅说道：“在石头下面。”

若歆叹口气放开女儿。“她是说这里。”若歆弯腰移开在壁炉和地板接缝处的一块砖，“我不时会在这里放点钱，以备急用。最后一个钱币是三天前拿走的，你看。”

她指着松脱砖块下的凹洞，那儿有一枚木钱。摩根问：“也就是说，是三天内的事。”若歆点点头。

“克莱儿，谢谢你。”他起身从口袋掏出三个铜便士，“我说话算话。”

那孩子忽然害羞起来，点点头，不看他，也不伸手拿钱。摩根松手让钱落在她藏钱的地方。他很想多给若歆一些钱，觉得这是应尽的义务，但他知道她会不高兴，所以只说：“卡夫那边，你别担心，我不会多生事端。”

摩根知道彼得勒斯·林克是典型的水手，没酒不能活，而且特爱和同类共饮。摩根找遍了港边所有酒馆，一共十几家。

有些酒馆他从来没进去过，例如“菠萝”和“狗头”；“炒牡蛎”他去过一两次；至于“老蓝马”“裂桅”“串烤五鱼”和“斗鸡”这几家，他就是老主顾了。

每家酒馆他都走同样的程序，先在老板手里放一先令，买一大碗潘趣酒请所有客人喝，然后跟着酒走，问所有举杯敬他的人同样的问题：“我听说那个德国人彼得勒斯·林克在城里，他以前跟我上过‘奇想少女’，最近有没有见过他？”

很多人都说见过，说林克有段时间常来。“只要你愿意让他问问题，他就请你喝酒。”

“什么问题？”

“很多问题，大多跟托比亚斯·卡特有关，还问他死前那天晚上跟谁喝过酒。”

“得到的答案是？”

“我不知道，那天晚上我没碰到托比亚斯，再说，特纳船长，那已经是6年前的事了，就算碰到我也忘啦。”

摩根在各个酒馆混了两天，听到的说法大致相同：林克已经一星期没出现了。也许病得严重吧，他有疟疾，虽然找全治小姐治过，但不知道治好了没有。

第二天晚上将近午夜的时候，摩根终于问对了问题，“林克哪来那么多钱请客？这样请法可不便宜呢。”

“对啊，虽然他干私掠生意干了很多年，可是现在并不好做，你比谁都清楚啊，特纳船长。”

“没错，你想他钱是哪儿来的呢？”

“等等，那边那个老杰克搞不好知道。”

他把老杰克叫过来，摩根买了一杯朗姆酒请他。杰克左手握着酒杯，原本该有右手的地方装着骇人的铁钩。“是我带林克去给全治小姐看的，我刚装这个时候多亏有她。”他在摩根和叫他来的人面前挥挥那根铁钩，“要不是她给我止痛药水，我早就痛死了。那个德国人得了发抖病，我带他去找全治小姐，要是有人能治得了，就是她了。”

“她看病贵不贵？”摩根想到那个小房间，架子上全是药，如果她真像她自己说的那么厉害，应该能赚很多钱，“林克哪有钱付药费？”

“噢，那不是问题，全治小姐只收病人付得起的钱。再说，林克连酒都请得起，药钱算什么。”

“可是，他哪儿来的钱？”

“这我就不清楚了，不过我第一次提到全治小姐的时候，他说他也有个医生朋友，说他那病要是治得好，那个朋友早就帮他治了。当然我不同意啦，那些正牌医生就只会拔罐放血让你拉肚子，要想把病治好，非找密医不可。在纽约，你绝对找不到比全治小姐更好的密医。”

母子交恶

还没进入12月，就落下大雪，风将雪横扫，布罗德街和珍珠街交会处朦胧一片，摩根几乎认不出德兰西大宅，这里现在叫做法朗西斯酒馆了。

他大步向前，差点撞上对面走来的人，“安德鲁！你来这里干吗？”

“我也想问你同样的问题，不过，我知道你也不是来喝酒的。”

“对。安德鲁，他是我的，无论那天发生的事你怎么想，凯莱布·戴维里的命是我的。”

“喂，我才不是……这外头也太冷了，根本不能呼吸，进来再说。”

摩根的斗篷湿透了，肩上还积了厚厚一层雪。安德鲁则不然，他身上只落了一点点雪。答案昭然若揭。摩根问：“你正要走？你已经见过戴维里了？”

今晚天气太坏，酒馆里只有两名酒客，坐在离门很远的壁炉前，店老板站在旁边。安德鲁压低声音说：“见过了。”

“天啊，要是你杀了那个可悲的浑蛋……”

“我不杀人，要杀的话我会杀你。”

“救济院的事你要这样想我不怪你，可是如果你认为我能有别的选择，那就错了，信不信随你。”

“当然不信。”

摩根耸耸肩，“那好吧，虽然我们是血亲，也只好当敌人了。你也知道，这是家族惯例。容我告退，楼上还有事。”

安德鲁平静地说：“不，楼上没事了。凯莱布·戴维里死了，我正要去通知比德。”

摩根心脏狂跳，胃肠翻搅，“你是说……”他极力压抑，不让怒气冲掉理智，“可是你刚不是说……”

“我是说，凯莱布·戴维里死了。嘿，控制一下，你这副德行活像要跟着他下地狱。”安德鲁转头喊道，“老板！白兰地！”

酒很快送来，摩根大口灌下，让腹中有点暖意。安德鲁小口小口喝，边喝边观察表哥的表情，几秒后问：“好点没？”

“他的命归我，你要是抢在我前头杀了他，我发誓要你付出代价。”

“同样的话我要讲几次？我没杀他。凯莱布请我来看诊，可惜太晚了，我到的时候他已经死了。”说真的，安德鲁深感遗憾。一个濒死的病人，问题很可能出在腹部血液渗漏，他差一点就有正当理由可以用祖父笔记上的方法输血，像当年祖父帮红贝丝输血那样，把自己的血输给凯莱布。可惜来不及，可恶。

安德鲁发现店老板一直往这边看，似乎很担心会有麻烦，他大概是认出摩根来了，难怪会这么想。“我想，还是赶紧在法朗西斯先生发现房客出事之前先通知比德吧。”安德鲁讲这话的时候嘴唇几乎没动。

摩根腹中的火此刻换成了冰。“如果杀他的人不是你，又是谁？”

“不是人，是病。”

“好，是什么病？”

“我不确定，要解剖才知道，但我猜他的肝脏或是腹部有溃疡，如果我猜得没错，那他肯定受了不少苦，这让你多少满意一点了吧？”

“离满意差远了。”摩根说，“告诉我，如果他没拖到现在，早点找你，你会把他治好吗？”

“当然，至少会尽力，但保证不是因为出自于爱。”是因为太想输血，“而是因为我发过誓。”

“我也是，我也发过誓。”

安德鲁仰头饮尽杯中余酒，“我要走了，一起走？”

摩根摇头。

他目送安德鲁离开，然后瞪着空杯坐了一会儿，才站起身来。

“特纳船长，您好啊。”店老板终于下定决心走了过来，对全纽约最声名狼藉的私掠者装出一副欢迎的样子。

“喊我摩根·特纳就好，我来拜访亲戚，凯莱布·戴维里。不用麻烦，我自己上去就好。”

“戴维里医生今天晚上真有亲戚缘。”

“是呀，我们家族就是这样，戴维里家和特纳家，相亲相爱。”

死人他见多了，眼前这一个死得绝不痛快。凯莱布嘴角扭曲，死不瞑目。“我咒你烂在地狱里。”摩根瞪着尸体看了好一会儿。

先从尸体身上搜起。凯莱布的外套潮湿又有霉味，口袋空空如也。床单下面也没有东西。比德住在华尔街，走路没多远，随时会到。他动作得快。

这房间不大，家具也不多，不到五分钟就搜完了，什么也找不到。他恐怕得趁比德和安德鲁到这里来的时候，去搜凯莱布在戴维里家一楼的办公室。

啊，找到了，有个马克杯倒扣在壁炉架上，金马头就扣在下面。可是封蜡已经被挖开，里头是空的。

摩根用自己的钥匙开门，走进百老汇大道上的豪宅。这把钥匙他留了这么多年，就是知道总有一天要回来面对她。

已经过了11点，屋外下雪，屋里很静，大家都睡了吧。摩根走上二楼，她的门关着，但门缝透出一点微光，他将门打开。

“摩根！噢，感谢主……”达西瓦番婆服装整齐，戴着面纱，坐在桌前，一见到儿子就跳了起来，展开双臂，“感谢主！我差点都要放弃希望了！还以为你永远不会了解。”

“我今天来，既不是因为义务，也不是因为爱，我对你所作所为的看法并没有改变。”

他们交谈的内容，在上方阁楼里的人听得一清二楚。

他趴在地板上，想象自己和从前一样趴在她身上。讲话的人是她儿子，不是他儿子，所罗门·达西瓦没有老二，生不出儿子。

摩根并未投入母亲怀抱，她垂下手。“我做那些都是不得已，我必须保护你，保护那笔钱。”

“你只为让仇人在脚下匍匐，就杀死我5个忠实的伙伴。我今天来，是想亲口告诉你，凯莱布·戴维里死了。”

她伸手按住心脏。“死了？”说得好像不知道这两个字什么意思，“凯莱布死了？”

“对，所以你的圣战可以结束了。”他向前一步，想看透那层面纱。她的眼睛很蓝，和他还有克莱儿一样，“我来还有另一个目的。”

她仿佛没听见他刚说的话，“凯莱布·戴维里死了？”

“死因是肚子里有某种溃疡，我听安德鲁说的。”

她原本瞪着地板，听见这话抬起了头。“安德鲁？安德鲁帮凯莱布治病？”

“今晚是第一次，细节你去问他吧。我来这里是因为你拥有城里最好的间谍网。”

间谍？休伦人派人在林子里侦察，没戒心的白人骑马进入树林，休伦人就抢走他们的枪，再把他们活活吃掉。从老二开始，一小块一小块吃。也许珍妮特生的那个小杂种摩根就是休伦人派来的间谍。

“凯莱布死了。”她低声又说了一次，仿佛他除了这个没说别的。

摩根被这句话彻底击溃，从小到大他一直受她灌输仇恨和猜忌，难以挣脱。“凯莱布·戴维里，凯莱布·戴维里，你就没别的可说？可恶！听我说，这很重要，你的情报网还跟从前一样好用吗？”

凯莱布·戴维里。珍妮特本来要嫁给凯莱布·戴维里，后来被所罗门·达西瓦抢走了。聪明的所罗门得到了她，教她张开双腿欢迎他，在他征服她的时候发出喜悦的叫声。现在不行了，他没了老二，没办法占有她。也许凯莱布·戴维里是那个杂种的爸爸，那杂种不可能是所罗门的儿子，所罗门·达西瓦没有老二。

她坐下来，望着儿子说：“我那些眼线 …… 你想打听什么事？”

“我要打听一个叫彼得勒斯·林克的水手，我自己找可能也找得到，可是如果你消息还跟以前一样灵通，那你来找会比较快。”

“你找这个叫彼得勒斯的做什么？”

“这就是原因。”摩根从口袋掏出金马头，放在写字台上。

她瞪着它看了一会儿，然后伸手去摸颈下的洞和红色的余蜡。“空了。你送来的纸是我亲手放进去的，但现在里头空了。”

“没错。”

“这个彼得勒斯·林克 …… 你认为是他拿去了？现在他知道钱藏在哪里了？”

“对。”

噢，钱，没人比他更懂钱。达卡、披索、荷兰盾、克鲁扎多。只有钱能保护你，有了钱你才能吃饱饭安心上床睡觉。有了钱，你就不会死在圣保罗的小巷或纽约的阴沟里。他的钱不能让休伦人拿去，他们拿走了他的老二，可是他的钱藏在纽约，藏在哈德逊河旁妓院下面的小房间里，谁也找不到，珍妮特的儿子更是想都别想，绝不能让那杂种拿他存的钱。他藏刀为的就是今天。他们都以为他足不出户，错，每天大家全都睡着以后，他爱去哪里就去哪里。比方说，现在他就可以下楼。

“摩根，那笔钱有那么重要吗？比你对我的恨还重要？”

“这些年来我只确定一件事，就是你设计藏钱虽然有你的目的，但我要把它用在有意义的地方，做高尚的事。”

他说话时来回踱步，激动的情绪像夏夜闪电打在两人之间。她好想修复母子间的感情。“告诉我，这事你怎么知道的？从哪里听来的？”珍妮特无意识地摸着马头，这马头代表了过去的欢愉与此刻的痛苦。

摩根摇头，“说来话长，而且并不重要。我只问你能不能帮我找彼得勒斯·林克。”

“你说‘高尚的事’，什么事？说来听听。”

他想资助“自由之子”。被变态母亲控制了那么多年，做件正当的事是种弥补。“‘奇想少女’是我的船，那笔钱也是我的，不是彼得勒斯·林克的，我有我的用处，你帮不帮我？”

“摩根，你这样我不能帮。”

“这就是你的答案？你不帮？”

“不，我只是不懂，你为什么不肯把你的打算好好讲给我听？”

这样听就更清楚了，耳朵贴在门上，离他们这么近，他们却毫不知情，因为他比珍妮特和那杂种聪明，比他们都聪明。“奇想少女”，原来“奇想少女”是凯莱布·戴维里私生子的船。凯莱布·戴维里给所罗门戴绿帽子，所罗门无计可施，因为他没老二。“奇想少女”是艘船，他知道，他听芙萝西提过。他要下楼，他要出门。

“我不想讲，因为那不关你事！我这辈子一直任你摆布，现在我要听自己的，帮不帮随你。”摩根转身朝门走去。

“别走，等一下！摩根！拜托，别这样离开，我会帮你，你要什么我都给你！”

他头也不回，“省省吧。我真是疯了，居然来找你帮忙，这是我自己的事，与你无关，你就留在这继续恨、继续伤心吧。这世上还有更重要的仗等我去打，至少那是我自己选的。”

“摩根！”这次她绝不能让他走，不能一错再错，“摩根！等一下，我求求你别走！”

她追着摩根下楼，半途拾起一条方巾，以为是他掉的。但想想这不像摩根会用的东西，又将它扔下。“摩根！拜托，别走，我们要好好谈谈。我可以帮你，不管你要什么，我都能帮你拿到。”

他一句话也不说，头也不回地出了门，任大门在身后“砰”一声重重关上。

雪停了，空气凝滞，纽约穿上了白色寿衣，港边雪地上映着地狱的红光。

摩根大步走向华尔街底的伯内特之钥码头，没察觉雪地上早有另一组脚印。“该死！那是我的船！”他开始用跑的，铺石路面覆上冰雪之后好滑，眼前发生的是所有水手最怕的事，比下地狱还可怕，船着火了。“我的船！不！”

“奇想少女”停放的地方离木造码头有段距离，船上有两名船员留守，现在只见到一个水手跑来跑去想要救火，另一个却不见踪影。也许烧死了吧，或在船的另一边。

人们看见天边火光，纷纷跑出家门，到码头上围观。有人喊道：“是‘奇想少女’！特纳船长，那不是你的船吗？”

“对，我需要小船！行行好，找条小船给我！”

“摩根！不要过去！你救不了那条船，我求求你，不要过去！”

达西瓦番婆从家里一路追着他跑到这里，没穿斗篷，也没带披肩，在雪地里滑了许多跤，衣服都湿透了，帽子和面纱也不知在什么时候掉了。这是30年来她第一次在纽约街头露出脸来，但她浑然不觉。“摩根，看在上帝分上，别过去！那条船已经没救啦！”

他不理她，看见码头边上有艘小船，就松开缆绳，跳了上去。可是船主怕人偷船，用了老办法，只放一把桨。“我还缺一把桨，看在老天分上，谁丢把桨给我！”

“这边，特纳船长，接着。”

有人拿桨跑到岸边，扔到小船上。达西瓦番婆大喊：“不！不要给他！摩根，听我的，你别过去！”她的叫声尖锐如针，刺破黑夜，连火烧船的声音也掩不住它。

“摩根！”她喊，“你看！”

他并不想照做，却忍不住回头望向她指的地方。有人高高站在主桅顶上，睡衣飘扬风中，白发披散如云，只靠一只手抓住绳索，张大了嘴不知喊些什么，烧船的声音太大，听不见。

天啊，火焰迅速沿着上层甲板烧向船尾，爬上后桅，深红色的牙齿啃掉了船索，接着应该是主桅，然后吞没一切。

摩根站起来，脱掉斗篷，将弯刀和手枪也丢下，跳进冰冷的水里，奋力地游，他必须及时把锚拉起来，让船离港，免得全港的船只都一起遭殃。

“摩根！不要过去！”

她的声音透过海水传进耳里，他朝着燃烧的船游去。忽然，海中一阵震动，火烧到了船上的弹药库。只听得打雷般的爆裂，像百架大炮齐发，“奇想少女”炸得裂成两半，在海中开了朵死亡之花。

站在主桅上的人给高高抛上了天，摩根失去意识之前，只见他飞过红色的夜空，伸着独臂，像一只受了伤的老鹰，在坠落时还想攫取猎物。

有人将摩根救上了岸。“他没死，只是昏了过去。”

他的母亲心扑通扑通猛跳，双手捂脸，跪倒在地。

战争小径

1776年8月—1784年3月

照卡纳西人的说法，宁可战死，也不能让狩猎的地盘被人抢走，守着受到诅咒而寸草不生的土地，坐以待毙。

英勇战死的时候，至少耳边响着战鼓声，心中怀抱着对某个女人的回忆，空气中飘着敌人血液的甜香。

加入起义军

1

"Introibo ad altare Dei."[1]

神父是个灰发瘦子，佝偻着腰，和若歆想的完全不同。她原本以为胆敢在开战传言满天时潜进纽约主持弥撒的会是年轻有活力的神父，想不到竟是个老人。

"Ad Deum que laetificat juventutem meum."[2]

辅祭是裘西·哈蒙的侄子。14 岁，斜视，满脸青春痘，在他这年纪来说算长得挺高，站在裘西家华尔街大房子的阁楼上，头都快顶到屋椽了。

噢，等着瞧吧，克莱儿将来一定也会住进这种房子。裘西·哈蒙婚前姓莱恩，后来嫁给了又老又胖、靠着把蔗糖变朗姆酒致富的莱姆斯特·哈蒙。如果连裘西都能嫁这么好，那克莱儿有什么问题？也许裘西也漂亮过，但绝对比不上克莱儿。克莱儿有乌黑光亮的头发、白皙的皮肤、还有蓝丝绒般的大眼睛。那双眼睛现在闭着，因为她正在祷告。要是能每周望弥撒该有多好，她都 15 岁了，这才是第二次。但她是货真价实的康尼马拉女人，是个治疗者，虔诚信奉圣母与教会。

膝盖在地板上跪得好痛，若歆调整一下跪姿。除了神父和辅祭之外，

〔1〕译为：我将登上主的祭坛。

〔2〕译为：来到使我年轻时代充满欢乐的天主前。

在场还有11个人，7女4男，小小的空间里很挤很热。这些人她都认得，至少见过，有几个还治过，但和他们除了天主教的信仰之外没有共通点。

若歆低头垂目，悄悄往左看。裘西·哈蒙满脸通红，一直冒汗，正拿着扇子拼命扇自己。三年来，若歆一直用阔叶独行菜和独行菜制成的酊剂来为她止汗，但效果不明显。她的脚踝肿得有正常的两倍大，若歆给她喝僧大黄煎的药汤、用叶苔和芥末作烟熏治疗，但裘西只要花一点点力气就气喘吁吁。

“Adjutorium nostrum in nomine Domini.”[1]

史丁梅尔神父是耶稣会信徒。裘西说他之所以会来，正是因为可能要开战，他知道这时候最需要信仰的抚慰。胡说八道。若歆在家乡常听人说，只要有机会夺权，耶稣会的人绝不会放过机会。噢，算了，就算是耶稣会的神父也好，只要是神父，能举行圣礼就好。她来这里17年，只忏悔过两次，望过两次弥撒。

如果起义军成功打败英军（虽然那需要奇迹，愿主保佑），那么天主教徒就能和别人一样，公开在纽约信奉自己的宗教了。上个月他们那个《独立宣言》把话说得很漂亮，说人生而平等，有……有什么“生命权，自由权，与追寻幸福的权利”。但卡夫显然并没包括在内，独立宣言中并没提到黑人也与白人生而平等。

“Mea culpa, mea culpa, mea maxima culpa.”[2]神父弯腰捶胸，痛悔过失。

达西瓦番婆那个贱人随时都可能会来抓卡夫，送他去挨鞭子，到时候若歆恐怕也免不了要一起受刑。他们躲在哪里番婆早就知道了。有一回番婆在佛莱市场遇到若歆，转身假装没看见。但若歆心里有数，她和卡夫的自由全都握在人家手里，能自由多久要看人家高兴。噢，圣母啊，我知道事情都过了这么多年，还要担心那个蒙面巫婆来抓真的很傻，也知道不该为起义军的事跟卡夫吵，可是人家的宣言里根本与他无关，他还要去冒险，我真的不赞成。

之前卡夫一直抗拒摩根和“自由之子”，抗拒了3年，直到英国税快让他们饿肚子了，才终于加入。虽然他最后是让英国给逼去的，但老实说，打从一开始他就想参加，只要能和摩根做一样的事，站在同样的高度，对他就有强烈的吸引力。主啊，不管卡夫怎么样用力抓，那是种永远也止不了的痒。

---

〔1〕译为：以上所求，是靠我们的主基督。

〔2〕译为：我罪，我罪，我的重罪。

"Kyrie, eleison. Kyrie, eleison. Kyrie, eleison."[1]

愿主垂怜我们，看在圣母分上…… 你看裘西那个侄子，装出一副圣洁虔诚的样子。他不可能去做神父的，那小子很清楚双腿之间的东西是干什么用的，否则干吗用那种眼神看克莱儿？卡夫有时候也那样看我，尤其是摩根在的时候。噢，卡夫，卡夫，没有错，我浑身上下每一个毛孔都爱他，可是难道你不知道我绝不会背叛你？你为我做了那么多，我怎么可能背叛你？对你来说那不重要，是吗？反正无论如何，这么多年来你就是要一直拿自己跟摩根·特纳比。

"Credo in unum Deum, Patri omnipotentem……"[2]

这里没有卫兵，只有一个穿着红外套的文书人员坐在木板搭的桌子后头。炎热的八月天里，大约十几个黑人在这间帆布帐篷里，汗流浃背，挤来挤去，想抢先画押加入乔治三世的皇家军队。

有人想挤到卡夫前面，卡夫就让他先。等那人站定后，卡夫问："你确定他们说你之后就能自由？"

那人脸很瘦，鼻梁高，颧骨也高。这种长相的人卡夫见过，是从非洲某个特定地区来的，这种长相是某部族的特色。他不知道那是在非洲的哪个地方，不知道那个部族的名字，眼前这人也不知道。他们不知道自己的历史，不知道自己是谁，不知道祖先来自何处，这些通通都被偷走了。

穿红外套的人坐在那里，拿手帕捂着鼻子，好像黑人的汗臭和他的有什么不同似的。这些黑人对此并不在意，只要能得回原本就该属于他们的东西，要怎样他们都能接受。虽然当初第一个用几内亚船把非洲人像牛一样载走的就是英国皇家非洲公司，但 1776 年 8 月，英国答应要让黑人自由了。"你确定这是真的？"卡夫又问了一次。

那人点点头，"这是承诺。他们说，等到叛军平定，所有为国王打仗的黑人都能得到自由。"

"那上个月的《独立宣言》呢？你听过吧？"

"听过啊。"

"所以？"

〔1〕译为：愿主垂怜，愿主垂怜，愿主垂怜。

〔2〕译为：我信唯一的天主，全能的圣父……

“所以又怎样？里头并没说黑人也可以自由啊，有吗？”瘦脸男人说，“依我看呀，那是白人的自由宣言，不关黑人的事，黑人还是得靠这些英国兵。”

“要是叛军赢了呢？”

那人扑哧笑了，“你没看见史坦顿岛有好几千个红外套守着？英国兵一个个像红色的玉米插在田里，叛军赢不了的啦。”

谈话间他们缓缓向前移动，下一个就轮到和卡夫说话的那个人了。除非能找到别的理由拖延，否则再下一个就是卡夫。他本想再用旧招，让别人挤到前面，不巧这时来了另一名红外套，在桌子后方坐下，抬头对卡夫说：“你是逃亡奴隶？”

躲不了了。“是的，先生，我是。”他低头照着对方的期待回答。

“叫什么名字？”

“卡夫。”

“主人是谁？”

卡夫看着对方的眼睛，轻声说：“没人，我没主人，我自由了。”

那军人耸耸肩膀，拿块皱皱的手帕捂住鼻子，把一份文件推到卡夫面前，“在这里画个押，叛军平定以后，你就是合法的自由人了，威廉·豪将军说了算。”

卡夫迟疑了一下，那军人递给他一支鹅毛笔，卡夫接过笔来，极力忍住想签名的冲动，在文件上画了一个大叉。

“Hoc est enim Corpus Meum.”[1]骨瘦如柴的老神父将祭饼高举过头，裘西·哈蒙满脸青春痘的侄子将手中的小银铃摇动三下。这小子平日就爱现，这下子有机会受到众人注目，得意得很。

不过，没有关系，虽然这些人一点也不可爱，神父、辅祭、裘西和其他人她通通不喜欢，可是耶稣基督终究借由圣体和圣血亲临此地了。

若歆跪领圣体，神父将圣饼放进她嘴里，她不禁颤抖起来。一小时前她排队向这个耶稣会的老神父忏悔时，神父面向墙壁，闭着眼睛。

“请降福给我，因为我犯了罪。我有5年没忏悔了。”她不需要告诉他卡夫和摩根的事，也不必跟他说克莱儿是私生女，这些在1768年的时候都已经向前一位来纽约的神父忏悔过了。那位神父当然说她不该和卡夫睡，他

〔1〕译为：这就是我的身体。

们不是夫妻，所以有罪。想得到赦免，就必须停止这种行为。她说她懂，说她已求圣母容许这个特例，圣母知道卡夫需要她，知道他是多么好的一个男人。她求圣母给她征兆，只要她和卡夫做爱不会怀孕，就表示圣母允许两人在一起。结果，祈祷灵验了，若歆从没怀过卡夫的小孩，所以她相信圣母容许她和这个混血儿未婚同居，不需再次忏悔。

这一次她要认的错是不耐烦，虚荣（洗头发的时候，偶尔会用漆树熬的汁来遮盖32岁就长出的几绺灰发），还有帮一名已经胎动的女子堕胎。

"这可是杀人的重罪啊，孩子，你知道吗？"

"我知道，可是圣母明鉴，那女人说她才怀孕9周，我相信了。如果真的只有9周的话，肯定还没有灵魂啊。"

"你相信，真的信？"

"真的，全心全意相信。"

"胎动之前没有灵魂？圣托马斯·阿奎那考虑过这种可能性，可是也许……你认为那胎儿不止9周？"

"是的，看到刮出来的东西我就知道了。"太可怕了，若歆现在想到都还会抖，"我确定。"

"谋杀。"神父说，"你犯了该隐的罪，但你若真不知道……"

"我真的不知道，我可以向圣母发誓。"

他顿了一下，才说："孩子，治病的技术你是从哪儿学来的？"

"跟我妈学的，又传给了我女儿。康尼马拉女人都这么做。"

神父眼睛闭着，点点头说："是了，康尼马拉女人，我就知道。孩子，我相信你做的好事比坏事多，如果真犯了杀人罪，也并非你的本意，不能算你的错。罚你念《圣母经》12遍……"

所以现在她洗净罪孽，可以张嘴领受圣礼了。圣饼在嘴里融化，她全身都随之欢唱，求他保佑卡夫。他是好人，仁慈强壮又忠诚，主耶稣，请保护他。然后，虽然觉得埋藏在心中的念头很可耻，她还是要为那人祷告。求求您，主耶稣，求您也保佑摩根平安，让摩根·特纳活下去，因为我得偶尔见到他，远远的也好，只看见他来"小提琴与木鞋"找卡夫也好，只要能看见就好，要不然我活不下去，主啊，我会死的。

皇家军队将刚征来的新兵派驻在史坦顿岛的田野中。没什么守卫，用不着，因为黑人都还没配到武器，再说他们甘冒大险来此从军，已无退路。

对于起义军来说，这些黑人都是逃奴，要是回去，恐怕不止挨几鞭那么简单。

天上只有一轮银月，卡夫设法让自己分配到最靠边的位置，然后，等所有人都睡着以后，就不难爬进树林逃走了。

弥撒结束了。每隔几分钟就有人悄悄走出裘西·哈蒙在华尔街上的家，三三两两遁入夜色之中。政治因素使得英国人反对天主教，美国起义军虽然没公开声明，但很多异教徒心中对天主教充满恨意。

大家故意分批离开，以免引人注意，20 分钟后，阁楼里就只剩若歆、克莱儿和裘西。裘西的侄子陪神父下楼去了。若歆轻轻帮女儿把额头上一绺头发拨开，柔声说："这是你这辈子第二次望弥撒，感觉如何？"

"好美。"克莱儿眼中充满泪水，"我觉得圣母离我好近。"

噢，无论如何，她终究做对了一件事。"我好高兴，希望你刚刚认真为起义军祈祷，如果他们得胜，我们就可以大大方方望弥撒，不用再躲躲藏藏了。"

"克莱儿。"裘西还在扇，汗在涂了厚粉的胖脸上留下了一条条痕迹，"帮我去楼下看看，史丁梅尔先生这么辛苦，一定要倒杯最好的麦酒给他。"

"你侄子不会忘的啦。"若歆只是随口客套一下，她知道裘西支开克莱儿是有话想单独和她说。好，她猜得出女主人想说什么，这时候她最好强势一点，不能示弱。

"你知道的，那些男孩子都靠不住，对吧，克莱儿？"裘西的笑容明显是挤出来的，"他们老会忘记一些再平常不过的事。去吧，我和你妈等会儿就下去。"

克莱儿在妈妈脸颊上亲一下，向女主人屈膝行礼，然后离开。若歆双手叠放膝上，等对方开口。克莱儿脚步声远后，裘西才说："好，现在可以说了。"

"好。"可若歆知道她一时根本就还说不出口，"亲爱的裘西，你的眼睛看起来怪怪的，有没有听我的话用小白菊洗眼睛？"

"每天都照你说的做。"

裘西的眼睛好凸，脚踝肿胀，呼吸急促，还有痢疾。她用尽了所有经典疗法去治她的痢疾，都没什么用。但也许那些方法其实有用，因为这病应该会致命，但裘西还活着，还能开开心心继续说她的八卦、要她的心机。

"亲爱的若歆，我想跟你说件事，跟克莱儿有关。"

若歆知道她要讲什么，只恨自己没法不让她说，只能先装傻，“她是个可爱的好女孩，长得又漂亮，希望她没冒犯你吧？”

“噢，没有没有，当然没有。没错，她真的很漂亮，只可惜……”

“只可惜什么？”

“只可惜她有黑人血统。”

想要得到卡夫的保护，得到平静，就不得不那么说。她不是不知道后果，只是没认真想过克莱儿要付什么代价。若歆轻声说：“比例很低，裘西，你知道的。”

“我知道卡夫很白啦。”扇子扇得更快了，两人彼此打量，扇子在两人之间掀起小小的飓风，“可是我还记得两年前刚去世的菲比，她是卡夫的妈妈，可黑得跟沥青似的。”

“亲爱的裘西，如果你觉得克莱儿也黑得像沥青，就得换个方法治眼睛了。”

“我当然知道她看得见的地方都不黑，可是如果我们要同意……嗯，我得先看过她全身才行。”

“同意？同意什么？”她对这主意反感至极，但不能毁掉克莱儿唯一的机会……

“哈蒙先生的侄子，嗯，他父母都过世了，所以我和哈蒙先生是这孩子的监护人。”

“我知道。”

“这孩子对你们家克莱儿有兴趣，当然啦，他年纪还小，这兴趣很单纯，可是孩子很快就会长大，再过不久他就要16岁了。”

“克莱儿比他大了快一岁。”丑话要说在前头，免得以后事情生变，她会拿年龄出来当借口，说若歆骗她。

“噢，我知道，可是只差一岁没关系啦，相较之下，别的事重要得多。”

“我也这么想，这两个孩子彼此喜不喜欢对方才是重点。”

克莱儿这样的漂亮宝贝，怎么可能会喜欢上那小子。不过青春痘以后会消失，而且他除了有钱之外，也许还有其他长处能让克莱儿欣赏……

“上帝没给我们孩子，我丈夫一直把这可爱的男孩当成自己的儿子。哈蒙先生是个非常慷慨的男人。”

若歆点点头说：“是啊，慷慨得不得了。”前不久她建议裘西多做几次僧大黄治疗，裘西还哭着说她先生一个木钱都不肯多花，就算能让她舒服很多也不行。“莱姆斯特·哈蒙先生是位慷慨的绅士，大家都知道的。”

“而且是虔诚的天主教徒。”裘西说，“虽然他今天不能来和我们一起望弥撒，这对哈蒙先生那种地位的人来说太冒险，可是他当然希望亲爱的侄子能娶天主教徒为妻。”

这就是克莱儿的优势，当然还要加上她的美貌和那男孩的欲望，要不然根本不会有这段谈话。

“你了解吧？亲爱的若歆，为了这个，我们夫妻俩可以不在乎嫁妆和社会地位，但前提是我们得先确定克莱儿没露出来的部分也是白的。”

“我完全了解，亲爱的裘西，可是，请问哈蒙先生也要看克莱儿全身，还是你说了就算？”

“噢，亲爱的若歆，我说了他还能不信吗？当然我说了就算。”

“嗯，如果是这样的话……”

“好？”她倾身向前，扇子扇出一阵强风。

“这样的话我就去跟卡夫商量一下，不管怎么说，他毕竟是她爸爸。”

噢，主啊，请原谅我，才刚领过圣体和圣血就说谎。可是我实在忍不住，硬是想让她碰个软钉子。要我跟她说实话，还不如让我死了吧。卡夫比她好六倍，比莱姆斯特·哈蒙好12倍，比他们那个满脸痘子的侄儿好18倍。可是克莱儿如果能嫁给他，就能过无忧无虑的日子，不用跟她一样动不动就去掀炉边的石头，看看下头还剩多少钱。

威廉街上的波顿酒馆里烟雾弥漫，城里所有酒馆的烟味就属它最浓，因为医生都爱来这家酒馆喝酒。不管多热、多少人叼着烟斗吞云吐雾，他们都坚持不开门开窗，这些医生的说法是：“夜里的空气太脏，会传染疾病。”

安德鲁·特纳从来不爱抽烟，但他在波顿酒馆感到不自在倒不是因为这个。鲁克以前是常客。安德鲁锯掉父亲的双腿、负笈爱丁堡后，大家就说克里斯多夫的孙子骨子里跟他爷爷一样是个疡医。

安德鲁一进门就发觉大家都盯着他看。有人开口说道：“哇，哇，你们看谁来了。特纳医生，真是稀客啊。”

安德鲁说：“今天晚上太热，我快渴死了。”他从口袋掏出一个铜币，在长桌旁就近找了个位子坐下，旁边的人让了块位置给他，却没人说话。

他伸手从一叠白镴杯上拿了一个，在桌上轻敲那个铜币，表示要喝潘趣酒。于是酒碗朝这边传了过来，但没人唱歌，纽约人现在不唱歌了。港里泊着两艘英国军舰和24艘小型战船，所向无敌的皇家海军炮口正对着曼哈顿，红外套暂时离岛，但大家都知道他们迟早会回来，而且会带着磨好的刀。

“你好啊，安德鲁。”

“塞缪尔，你也好。”

塞缪尔·戴维里特地从另一头过来打招呼，和安德鲁同桌的人立刻重新调整位置，好让他俩坐对面。酒馆里气氛登时紧张起来，酒客们都等着看好戏。

安德鲁·特纳和塞缪尔·戴维里之间关系紧张不是一两天的事了。五年前，也就是1771年的时候，城里就有些医生开始主张纽约应该要有间像费城宾夕法尼亚医院那样的私立医院。“宾夕法尼亚医院已经16年了，一开始自然是富兰克林先生的主意，但医界人士把它做起来了，是个观察疾病、实验治疗方法的好地方。”

“可是听说高烧不退的病人他们不收。”

“是啊，治不了的就不收。”

“那疯子呢？这也没法治，但宾夕法尼亚医院照收啊，我去过，亲眼看见的。”

“那是因为有些病人的状况可以改善。我们应该要募款在纽约也弄一所这样的医院。”

一周之后，安德鲁听说这计划，立刻跑来波顿酒馆，“我们纽约又不是没有医院，要是把募来的钱拿来改善原有的医院，能做更多事。”

“我们现在有的又不是什么像样的医院。”当时塞缪尔立刻提出异议，“我知道你想叫它‘市立医院’，但事实上它就只是救济院里为穷人和社会残渣所设的病房而已，根本不能和费城的医院相提并论。”

“宾夕法尼亚医院和我们一样，也会帮穷人治病。”

“不一样。他们不会让女病人带孩子进医院，也不收会造成接触传染的病人，除非有独立的病房。安德鲁，你们医院里有没有发烧病人专用的病房？”

“目前还没有，空间不够。”安德鲁转向其他医生求援，“可是如果各位愿意捐款协助医院扩建，我们就能让发烧病人住独立病房了。”

塞缪尔·戴维里说：“这些暂且都先不提，光地点就是问题，你的市立医院离市中心太远。”

“没错。”众人纷纷附和，“离市中心那么远，太不方便了。”话题到此为止。

塞缪尔会唱反调，安德鲁并不意外。他们两家虽是亲戚，但历代不和，安德鲁身兼救济院附属医院和贝德罗岛隔离病院两院院长的终身职，塞缪尔要是能当新医院的院长，就能和他各据山头。塞缪尔念过费城医学院，对那地方赞不绝口，要不是比德坚持孩子都得在他身边，不回来就拿不到遗产，他根本就不想回来。比德这么坚持也不是没有原因，塞缪尔的双胞胎哥哥瑞夫智能不足，比德要是哪天死了，瑞夫根本照顾不了家里的产业。

塞缪尔提议要盖新医院已经是5年前的事了。比德·戴维里今年74岁，尽管塞缪尔不以为然，但他父亲仍然掌管自己的事业，他们所谓的纽约医院也还没收过半个病人。先是在初建好快要开幕的时候失了火，后来在塞缪尔敦促下原地重建，但那地点比救济院还远。价格考虑赢过了地点考虑，最后医院建在莱茵兰德糖厂附近，以前只有决斗才会安排在那个地方，偏远得不得了。现在医院建好,准备开张,却没人关心。因为1776年8月的这个晚上，整个纽约都忙着备战。

“今晚好热，是吧，安德鲁？”

“非常热，塞缪尔。”

潘趣酒碗终于传到面前，安德鲁舀了一勺，把铜板放进桌子中央的盘子里，然后把大酒碗向左边推。

塞缪尔拿起烟斗吞云吐雾，隔着烟雾对安德鲁说：“今天开会没看见你。”

“哦？什么会？”

“我们想为华盛顿的军队组一团军医，有16个人加入，其中12位是疡医。”

“嗯，打仗确实需要疡医，毛瑟枪不一定杀得死人。”

“我就是这个意思，安德鲁，你操刀的技术十分有名，难道不想为华盛顿将军效力？”

安德鲁缓缓喝下一大口潘趣酒，“我如果跟你一样还是单身汉，也许就会去。但我家里有行动不便的父亲，还有妻子和3个年幼的小孩。好了，波顿酒馆里聊的不都是医药吗？怎么说起战争来了。”

“最近所有事情都和战争脱不了关系，尤其是医药。”戴维里故意提高音量，让大家都能听见，“每个人都得选边站，就算是声名卓著的特纳医生也得选边。所以，亲爱的表亲，请问你是爱国者，还是托利党？”

所有人都看他。英国军队一波波开来，但波顿酒馆最近也和纽约其他酒馆一样，充斥着热心鼓吹独立的人。安德鲁放下杯子，起身说道：“各位，我站在对抗疾病的那一边，病痛攻击谁，我就帮谁。”

他转身向外走，意识到大家目送他离开，但他最最在意的，是塞缪尔的眼光。

卡夫花了6小时，穿越林木茂密的起伏山丘，抵达史坦顿岛东岸。朝阳染红了天际，他找到了说好会停在这里的印第安独木舟，感谢主，但天已经太亮，现在出航太过冒险。他得在原处等到天黑，然后用土把脸和全身抹黑。他想起了摩根的话："卡夫，这要冒很大的险，如果被人发现，你又没穿军服，依法会被当成间谍，不需审判立即处死。我们这边也是同样的做法。"

"那我最好就别让他们发现。"

可恶的海。他这么讨厌海，却老跟它脱不了关系。今晚云很厚，没有月亮，拜托上帝就再给点雾吧，他很需要，因为他别无选择，必须划船穿越那些该死的皇家海军。

卡夫向神祈求的雾好一阵子才来，船都进了曼哈顿、史坦顿岛和长岛之间的海峡，灰色的雾气才缓缓织出一张保护网，将这条纤细敏捷的独木舟罩住。

穿越英军舰队的时候，卡夫让他的独木舟紧贴着大船走，桨收起来，用手推军舰借力移动。他听见哨兵的脚步声在头顶的甲板上走动，舱内士兵讲话的声音和他的手掌就只隔一层船壁。

2

"照我估算，那边的红外套有9000多个，在这边、这边，和这边都挖了壕沟。"卡夫拿棍子在地上草草画出史坦顿岛的地图和英军部署情形，摩根和另一个人蹲在旁边看，还有一个人坐在树倒后的残干上拿着本子记录。

"那关于逃奴的事呢？"摩根问。

"跟我们听说的一样，只要加入英军，平定起义军后就能变成自由人。"

摩根笑着说："可惜你不需要。"

卡夫耸耸肩膀："跟我讲话的那个军官并不在意。"

"什么？你居然跟他们讲话？"

"没办法，他们硬塞一张纸要我签。"

"可是……"

卡夫说："我只画了个叉。他们没想到我会签名，我当然也就不用签了。"

"可是，要是你被抓到，会当逃兵处理，也就是说……"

"会被吊死。但他们这样压榨我们，我不反抗迟早也会饿死。听着，后来我不得不打舰队中间过，幸亏有雾，他们没看见我，可是雾里头声音好像有点扭曲，有些人说的话听起来不像英文，倒像是德文。”

蹲在摩根旁边的人说：“是赫塞佣兵，听说有好几千个上了英国船。”

负责记录的那人匆匆又写几笔，合上本子，起身说道：“各位，我先走了，这些情报要在中午前送到华盛顿将军手上。”

曼哈顿北部的蓝钟酒馆门口，有根长矛上挂了乔治三世的头，不远处就是新建的华盛顿堡。

一个多月以前，也就是7月的时候，城里宣读了《独立宣言》，自由之子率众推倒了国王的雕像，锯掉他尊贵的脑袋，头挂在这里，身体送去康涅狄格做成毛瑟枪子弹。不久之后，大部分有自由思想的青年，例如卡夫和摩根，都加入了华盛顿的军队。

虽说是仓促成军，也有将近两万人之多，过半数驻守在曼哈顿。现在大小酒馆里聊天的话题都围着战术转。“为什么要独立”早已不是问题，现在大家只讨论独立的时间、地点和方法。

“如果英军占领纽约，那不光控制了沿海最好的港口，更会封锁哈德逊－山普兰湖走廊，把急性子的新英格兰人和其他殖民地隔开。”说话这人在汉诺威广场的“猪与口哨”酒馆，用手指在湿湿的桌上画，几名酒客凑在一起研究那用啤酒画出来的战情分析图，听他讲解。

“你说他们是急性子？我说他们是爱国者。”

“我就是这个意思。”阿伦·伯尔少校才20岁，蓝金制服上崭新的铜扣闪闪发光，说起话来却带着与生俱来的权威感，“要不是新英格兰人挺直了腰杆，其他人早就认命任老乔治宰割了。”

伯尔的听众纷纷点头称是。

华盛顿和麾下将军也都有同样的看法，纽约非常重要，绝不能丢。大陆议会下令要守住纽约，起义军用大炮将岛围起，进驻华盛顿堡，从公有地到东河对岸和布鲁克林渡船码头都有起义军驻守。

美军部队住进了莫里斯家、贝亚德家、施托伊弗桑特家和德兰西家的乡间大宅。詹姆斯·德兰西的长子在父亲过世后成为家族之长，一听说《独立宣言》发表了，就立刻离开包立巷，和其他支持国王的托利党人逃往英国，他们称之为“回家”。

也有些托利党人不走，要留在这里战斗。英军支持者中不乏平民百姓，他们认为独立是叛国，是疯狂的行为。史坦顿岛的民兵就都加入了英军，每天都有很多人从新泽西和长岛溜过美军防线，加入英军阵营。

《独立宣言》发布的时候，奥利弗·德兰西回到上曼哈顿西边布鲁明戴尔村的乡间别墅。“就让他们先吃点英国枪子儿吧，我要等这场疯狂行动结束再进城。”两周后，起义军说他们需要燃料，跑去砍他林子里的树。德兰西拿起毛瑟枪对空发射以示抗议，结果起义军索性把他的果树和花园一并砍了。于是奥利弗就坐船去伦敦，留下长子看家。

出城避祸的不只托利党人，几个月前城里人口还有 25000，8 月初只剩下 5000。有个弗吉尼亚来的起义军士兵说：“好像有瘟疫似的，到处都是空屋。”

“也怪不得他们要跑，这里已经不是城市，而是战场了。”

8 月 17 日，来了更多英国船，载来 15000 多名英军。在堡垒中，摩根·特纳对华盛顿说：“这样加起来，我想英军攻打纽约的阵仗大约有 1200 尊大炮、30000 多名陆军和 13000 名海军。”

“你确定是这数字？”华盛顿的眼睛累得都红了。

“虽说只是估计，但也不是胡猜。”

“人数将近五万……这是英军目前为止最大的阵仗了。”

“是啊，至少我没听过规模更大的。”

“军费将近要 100 万镑吧，你觉得呢？”

“我觉得是。”

“真吓人。”华盛顿靠着椅背伸直腿，他个子很高，和摩根并肩站的时候比摩根还高个一两英寸，“特纳船长，只恨我没办法给你一支像样的海军啊。”大陆议会投票通过要建海军，却没给经费。有个背叛英军的苏格兰人自称约翰·保罗·琼斯，手下有“艾尔弗雷德”号和“天命”号两艘船，但始终离纽约港里那一大批军舰远远的，不敢靠近。

摩根说：“将军，如果能组支像样的海军，我愿意付出一切。”

“我知道。就算只有几条战船也能大大改变情势。”

“请容我说，现今这种状况下，也许用双桅以上的纵帆船或前横后纵的双桅帆船更好，船快、吃水浅，火力的机动性高。我们可以先躲在沿岸的小海湾里，再从他们后方突袭。就算打不沉英军的船，也能分散他们的注意力，让他们无法专心攻城。”

“特纳船长，这听起来规模并不大。”

“是的，将军。”

“所以要找到足够的船和水手并不难吧？尤其是在纽约。”

噢，这话说得婉转，但摩根明白他意思。城里的船主和商人大多对特纳、西尔斯、麦克杜格尔和威利特煽动民心的做法不以为然，他们知道伦敦征税不对，可是自由之子倡议的独立肯定会带来混乱，让他们赚不到钱。况且他们认为起义军赢面不大，所以并不急着支持华盛顿。帮他跑跑私掠船可以，但时间和方式得照他们的意思，犯不着投入华盛顿麾下，受他指挥。“将军，要船是有的，不过得花钱。”

“是啊，得花钱。”华盛顿起身望向哈德逊河对岸的新泽西，他部署在河边的火力不足，人也太少。那个号称大陆议会的东西老是在吵吵闹闹，始终还没投票提拨军费，不过就算他们投票通过了，也没钱。

“将军，我之前说过……”

华盛顿打断他，“我知道，你说过，只要我能给你一艘船和一批船员，放你两个月的假，你就有很大的机会能拿到一笔巨款。”

“是的，我想6周就够了，将军，您考虑一下？”

“我考虑过了，但是你也说过，你没把握那笔钱还在原处。”

摩根不知道将来会不会后悔自己说话这么老实。不，不会的，跟华盛顿什么都可以说，只要他保证守密，就值得相信。摩根说：“我不敢保证，但原本可能会找到那笔钱的人并没找到。”

华盛顿眯起眼睛，“这你确定？”

摩根点点头。8年前他两手掐着彼得勒斯·林克的脖子，问出了这件事。

“我没拿，我发誓没拿，我根本没机会拿。那个该死的凯莱布·戴维里还没帮我弄到船就死了。”

“那张纸呢？你在马头里找到的那张纸在哪里？”

“你快掐死我了！我不是说了吗，我才看过一次，就被那个凯莱布·戴维里拿走了，之后我没再见过那张纸。”

林克在某次甲板上的扭打中被人刺死，摩根亲眼见到他的尸体，彼得勒斯·林克和凯莱布·戴维里都下地狱去了。“是的，将军，我确定。”

他常想弄艘船找些人去取宝藏，这念头转过少说十几次。他知道自己一定找得到，当初写下来是怕忘记，但他并没有忘。格林威治以西74度30分，北纬24度，略偏南。绕二回三。他肯定找得到。但过去这10年是非常时期，他有任务在身，而且也没有钱雇人租船。要去找妈妈要钱，还不如烂在地狱里。而现在呢，他只想把钱拿来当起义军的军费。

“华盛顿将军，我不能发誓说钱还在，但我相当确定，大约有高过75%的机会吧。将军，那些金条和钱币都是可以现拿现用的。”大家都知道，华盛顿是个赌徒，善于算计，下注极快。人家说他运气极好。胡说八道，他靠的是脑袋和胆子，不关运气的事。

将军背对摩根，想了好一会儿才转过身来，眼神中充满了说服力，“不行，摩根船长，我不能放你假，你是我最重要的干将之一。钱固然重要，但战斗经验比钱更重要。”

3

美军白天勇得很，天一黑其实心里就会怕。华盛顿向大家保证：“快了，等待即将结束，就快开战了。等待是最难挨的，开战就好了。”

8月17日，城里贴出公告，要市民撤离，因为攻城的日子近了。

芙萝西三年前已在睡梦中安然过世。达西瓦番婆61岁了，身体硬朗，却足不出户。所罗门烧了摩根的船，自己丧身火中，把恨留给她处理。她这辈子珍视的一切都是所罗门·达西瓦给的，到头来却也被他一点一滴拿走。如今，除了这座百老汇大道上的豪宅和里头的东西，她一无所有了。

蒂尔达尽责地把街上听来的消息说给女主人听，“要打仗了，我们最好快逃。”

“别胡说，蒂尔达，我们待着没事的，没人来找过麻烦呀，不是吗？”

达西瓦番婆的家得到豁免，不用充做军营，还有六个武装民兵保护。这里一屋子妓女，全是她精心挑选的，只供中尉以上的军官享用。

蒂尔达很坚持，“港里的船多到像森林似的，我从来没见过那么多船，起义军输定了。”

戴着面纱的达西瓦番婆点点头说：“没错，蒂尔达，我也觉得起义军大概会输。”

“那怎么办？”

“我相信英国军官两腿之间也有器官，也常需要找地方放。”

午夜刚过，8月的空气既柔又暖，下过雨之后更有种甜美清新的味道。六艘英国军舰移动到海峡外侧。十几艘驳船和大艇有军舰护卫，在平静的水面上掀起涟漪，快速驶到岸边。黎明初启，天边微微露出粉红色时，第一批红外套在布鲁克林上岸了。

两百名来自宾夕法尼亚的起义军拿着来复枪守在滩头，带队的将领眯起眼睛估算涌上岸来的敌军人数，几分钟后就举起手，静静下令将部队撤进山里。

半小时后，躲在布鲁克林高地茂林之中的阿伦·伯尔少校收起望远镜，转身对他的指挥官说："将军，看起来他们暂时运完了，照我估算大概有15000人。"

这位将军来自新汉普郡，不到一周前刚接下保卫布鲁克林的任务，就一直拉肚子拉到现在，不时得缩紧屁股，免得说话时放出屎来，"我们准备好了。"最好是。他之前从没来过纽约，对地形什么的都不了解，这任务之所以会落到他身上，是因为没别人可派。

他们在布鲁克林高地挖了壕沟，后头又有密林和难以通过的冠雉高地，以防守来说，没有比这更理想的地方了。可是他只有5000人，却要对抗15000名红外套。

他们的赢面越来越小，英国人运来了更多红外套，又把5000名赫塞佣兵移往弗莱布许村，弧形的防卫线沿着长岛南端绵延四英里。华盛顿把所有能给的兵全给了这个来自新汉普郡的将军，增加了3000人。

部署完毕。美方起义军7000，面对着英方的21000名战士。

与起义军对抗的还有另一股势力，像在内部悄悄啃噬的白蚁。长岛的国王郡是托利党的温床。

"长官，有人想见您，是本地人。"

走进英军指挥官营帐的人都得低头，才不会撞到帐篷上的梁木。看起来这人是农夫，有殖民地常见的高大身材，臭得像粪肥，讲话倒不拖泥带水。"有四条路可以通过冠雉高地：高文尼斯、弗莱布许、贝德福德和牙买加。"这农夫扳着指头一个一个慢慢讲，当那英国上校是白痴或聋子似的。

"我知道，讲重点。"上校不耐烦地敲敲桌子。

"牙买加隘口没人守。"

"我的妈呀！你确定？"

"确定，一个人都没有。他们的将军是新汉普郡人，从没来过这里，搞不清楚状况。"

太阳下山时，这消息便已传遍英军阵营。“想保住卵蛋就别出声。”他们奉令悄悄离开，留下营火，免得监视这边的起义军会怕黑。队伍有两英里长，由长岛当地的托利民兵带路，年轻的奥利弗·德兰西负责殿后。

天还没亮，一半的红外套就顺利通过牙买加隘口，也就是说，半数英军到了美军防线背后。他们发射两枚信号弹，表示起义军已被包围。

5000 名赫塞佣兵首先发难，攻击 800 名美军。美军冲出壕沟，结果大半都让赫塞人用刺刀给钉到了树上。新汉普郡来的将军想带兵安全撤退，但即使士兵想要投降，仍被苏格兰人和赫塞人砍成肉块。还不到中午，布鲁克林就尸横遍野，到处都是血、粪和恐怖的臭味。垂死的惨叫声就像挽歌，在山里回响。

400 名来自马里兰的民兵死守高文尼斯隘口，好让同志能够撤退，他们在英军炮火下撑了两个小时。华盛顿就在长岛上远眺这一切，看着那些马里兰人英勇阵亡，却没援军可派。

英方的主帅威廉·豪也在看，一旁还有康沃利和克林顿两位将军。克林顿收起望远镜，说：“再过一个小时，叛军就会全被扔进东河里。”

豪没说话。

康沃利从口袋里拿出刚收到的报告，“最新的估计是他们死了 1000 人，说不定有 1200，至少受伤的有这么多，而且我们还抓了不少俘虏。”

豪咬着牙说：“哪还能有多少俘虏。”那些赫塞人简直就是畜生，苏格兰高地人也好不到哪儿去。

克林顿又说：“就快结束了，我们会把剩下的通通赶进河里去。”

豪不理他，转头对康沃利说：“我们损失了多少人？”

“死了 6 个。受伤加失踪的一共 300。”

天啊，这真是大屠杀，就跟去年波士顿邦克山的战役一样。豪到现在都还常梦见那个肚肠淹到脚踝的 6 月早晨。他攻上了山丘，但贴身侍从全战死，兵也死了四成。叛军将领决意战至最后一兵一卒，负伤的士兵也都没有一个愿意坐以待毙。他说：“我们停下来等等，看他们要等多久才会逃。”

“豪将军，我跟你保证，不……”克林顿急得都结巴了。

康沃利说：“机不可失啊，没道理要停止攻击。”

豪转身挥手叫来一个副官，“传令下去，暂时按兵不动。”

华盛顿闻出了对方的决定。那种气味随着血腥的风飘过山来。哨兵来报：“他们在挖壕沟，将军，看来打算围城。”

“不。”华盛顿低声说，不像对别人讲话，倒像讲给自己听，“我想那是个邀请，但我们不接受。”

两天过去。倾盆大雨浇透了起义军的装备，也浇熄了他们仅存的斗志。两天来只有几次小规模战斗。

第三天晚上，摩根依约现身，向华盛顿报告：“将军，都准备好了。”

华盛顿慎重地问：“你确定够吗？”

摩根点点头，“有点勉强，但还行。”

华盛顿严肃地点头，“好，传令下去。”

摩根走到帐外，“华盛顿将军有令，整队撤军。”

起义军悄悄从高地撤向布鲁克林渡船码头。有个小船队在东河旁等着，靠黄钩和红钩两座小丘挡住英军耳目。

那些船不是摩根·特纳想拿宝藏买的军舰，只是些小船，能浮在水面上的他全找来了。船上当然没有半尊炮，这群人全是自愿帮忙的渔夫，多半来自马萨诸塞的塞伦和马柏黑德。

9500名美军在黎明之前撤出了布鲁克林，回到曼哈顿，留下1300具起义军尸体。

直到早上八点半，豪才得知美军逃了。

但美军并未全撤，华盛顿命曾任长岛民兵总指挥的伍德哈尔将军留下，将找得到的牲口全数赶进内陆，让英军吃不着。两天后，奥利弗·德兰西在牙买加东边两英里处的一家客栈偶然发现了伍德哈尔。

德兰西的人围住那栋两层楼房。伍德哈尔从酒馆窗户往外看见那些托利党人，走回桌边，拿起麦酒，把杯底喝干，对店主说：“别那个脸，老兄，不用怕，我不会让他们烧你的店，我自己出去。”

伍德哈尔打开大门，走了出去，和德兰西隔着10码空地对望。伍德哈尔问：“先生，我不抵抗，能饶了我吗？”

“没问题，绅士之间说话算话。”

伍德哈尔拔剑出鞘，握在身侧，向德兰西走去。奥利弗下马，迎向前去。

托利党的民兵将他们围在中间。伍德哈尔简单行了个礼，抬起头用两手将剑奉上。德兰西接了过去。

民兵中有人一直没砍到人，快急死了，已经三天过去，叛乱都要平定了，还没杀过半个起义军，那感觉就像肚子里长了个瘤。他骂声“浑蛋”，手中短刀向伍德哈尔挥去。旁边两人也有同感，而且他们曾是伍德哈尔的部下，有宿怨未偿，眼看逮到机会，也跟着冲了过去。

伍德哈尔没叫，只静静望着德兰西。奥利弗两次张大了嘴想要制止，都发不出声音。他心跳加速，血液沸腾，看人这样慢慢死去实在太神奇了，他僵在原处动弹不得，目光移向客栈，心想里面不知有没有女人……

但攻击伍德哈尔的托利党只是少数，有些人反倒退后两步，盯着指挥官看。他们都听见起义军求饶，也听见德兰西答应。那些人目光带刺，德兰西知道他们在想什么——他是半个犹太人，所以不可信赖。身为费拉·法兰克斯·德兰西的儿子，他身上流着犹太人的血，这是一辈子都改不了的事实。

“够了。”奥利弗想用喊的，声音却哽在喉里。他再试一次，“够了！退开！”这好多了，比较像男人，不像青蛙了，“这位军官是我们的俘虏，送他去新乌特勒支的教堂，和其他伤兵关在一起。”

4

布鲁克林之役 5 天后，受伤的俘虏都关在教堂里，空气里浮着烂肉的臭味。

安德鲁用手帕捂着鼻子，走过一排排伤兵，不时停步指着某个人说：“那个已经死了，带出去吧。”有时候难以确认，他得蹲下来听心跳。五次有四次他都是对的。死了，死了，这个也死了。他下令：“埋起来，洞挖深一点，动作要快。”希望这些烂掉的尸体不会引发瘟疫。

值班打杂的起义军战俘看他的眼神带着恨意。他说话腔调一听就是殖民地的人，也就是说，是个托利党。他们恨不得徒手将他碎尸万段，可惜旁边有六个红外套守着。

他花了一小时把死人和活人分开，再把少数救得活的人从伤重等死的人中挑出来。巡到倒数第二排时，他看见一个肩上军阶是将军的人。安德鲁问：“这是谁？”

起义军都不睬他。有个红外套站出来说：“特纳医生，我想这人应该是伍德哈尔吧，伍德哈尔将军。在牙买加镇被抓的时候因反抗而受伤。”

安德鲁喃喃地说：“是啊，不然叛军是在干吗？就是在反抗啊。”他蹲下身去，那人望着他，“我是医生，要检查你的伤势。”

伍德哈尔点点头。

这伤不难判断，伤员也不是名媛贵妇，说话无须婉转。“这胳臂不能留了，得锯掉。”

伍德哈尔摇摇头说：“不行。”

“不行也得行，先生，你想活命就别无选择。可恶，怎么有人会用这种砍法，像切羊肉似的……”他望向病人的脸，伍德哈尔也看着他，不说话。安德鲁吼道：“拿麦酒来！”

有个头上绑着绷带的男孩拿了个军用水壶给安德鲁，他闻一闻，这麦酒掺了水，但也管不了这么多了，有总比没有好。他扶着伍德哈尔的肩膀喂他喝，免得呛到。

“谢谢你。”

安德鲁说：“我会搞定它的，我保证。”

“我相信你，但是不用，谢谢。”

“不锯胳臂会死的。”

将军挤出一丝笑容：“人早晚不都会死吗？我希望死的时候两条胳臂都还在。”

安德鲁耸耸肩膀：“那就随你。”他偷眼看看左右，起义军男孩在看，但红外套都没注意这边。他低声问：“我可以帮你带话，有没有什么事要交代？比如说尊夫人，或是其他……重要的人？”

伍德哈尔认真打量他，喃喃说：“特纳家，是老纽约人。”

“是的，我家先人是最早期的移民之一，你可以信我，先生，我保证。”他很紧张，拿麦酒来的那个起义军男孩一直盯着这边看。

“奥利弗·德兰西……”伍德哈尔低声说，“如果有人想知道的话，告诉他们，这人不可信。”

“好，我会把话传出去。还有没有别的事？”

“如果可以，请代我向我的妻子致敬。”

7小时后，安德鲁做完十几台截肢手术，累到没法站。那个起义军男孩送来加了朗姆酒的热茶和新鲜的小圆饼，“特纳医生，这是镇上的女人送来的，她们很照顾我们。”

“女人啊，比我们聪明多了。”安德鲁非常感激，喝了一大口茶，“女人不会选边站。”

“也看人啦，我妈和我姐就跟我一样支持起义军啊。”

他们站在安德鲁临时设置的手术台边，旁边没有别人，红外套都站得远远的。那些兵不怕拿枪轰掉别人的头，却嫌手术残忍，安德鲁开锯没多久，大家就都避开了。“但女人就算支持独立，也不用去杀人，对吧？当然也就不会有人去杀她们。你的头怎么了？”

“在高文尼斯被刀削到。”

“我帮你看看？”安德鲁伸手要去拆绷带，那孩子立刻躲开。安德鲁说：“别怕，无论我是托利党还是起义军，都还是真正的医生。”

“也许吧，可是我的头没事，血已经止住了。”

“好。”

“可以问你问题吗？”

“什么问题？”

“你在这里干吗？”

安德鲁笑了，“我也在问自己同样的问题。答案应该是，华盛顿下令把我的病人 …… 我是说城里那间救济院所有的病人，都迁去波基普西避难了，所以我就到这里来啦。”

“你应该要说华盛顿‘将军’。”那孩子一脸不满。

“好，华盛顿将军。他几年前还是弗吉尼亚的军官，为国王效力，所以还真是‘叛’军啊。”安德鲁把茶喝完，把小圆饼掰成两半，递一块给男孩，“饿了吧？”

那孩子摇摇头说：“我不跟托利党一起吃东西。”

“好吧。”安德鲁拿起饼大咬一口，指指远处的红外套说，“那你恐怕得饿上一阵子啰。”

曼哈顿的起义军把装备全部摊在地上晾干。华盛顿下令，手里还有毛瑟枪的都得修好，否则移送军法审判。很少人听令照做，何必呢？毛瑟枪的子弹没剩几颗，枪也没剩几支，大多数生还者在逃命的时候都把武器扔了。

有人对摩根·特纳说：“要是有地方逃，准会有很多逃兵。”

“那还真感谢主，这是个岛。”

摩根没说的是，即使身在岛上，仍有好几千个民兵跑了。他们强取小船或独木舟，回家去了。只要能离开美军阵线，就不用再害怕，只要离开纽约，英军就不会找他们麻烦。

身在长岛的豪将军心里很明白，不用急。他花了将近一个月的时间慢慢准备，直到 9 月 15 日才派他兄长——人称“黑迪克”的舰队司令理查德·豪上将炮轰曼哈顿。五艘军舰在东河下锚，以密集火力持续攻击美军阵地，同时，几十艘长艇在炮火掩护下从布鲁克林将英军运过来。

4000 名英军从曼哈顿的基普湾登陆。带头上岸的是一团苏格兰风琴手，上岸后就开始演奏，吹了快两小时。基普家的人对国王忠心耿耿，驻守的起义军一逃他们就欢欣鼓舞迎接英军。

“请用点心，各位，不成敬意，这是我的光荣。”

豪、康沃利和克林顿以及一些高级军官享用雪莉酒和小甜饼的时候，士兵源源不绝自峭壁间的小海滩登陆，风笛吹个不停，黑迪克的炮声此起彼落。

部队终于集结完毕，缓缓西行，将岛从中隔成两半。不用急，敌人早已无力反击。报告指出，起义军丢下武器四散奔逃。更有先遣队回来报告，说华盛顿在玉米田整队失败，属下担心他被抓，把他劝回北边的起义军堡垒去了。

“特纳船长？是您吗？”阿伦·伯尔钻进树下滴着雨的泥泞战壕。

“是我，有什么消息？”

“他们在该死的基普湾集结完毕，开始朝哈德孙河行军了。”

“挺合逻辑的。”

“他们打算把我们的人困在城里？”

“对，我们大约还有 3500 人在城里，是吗？”

“是的，应该是。”

“我想也是，少校，这招很不错啊，把兔子困在洞里，慢慢捉。如果你是豪将军，是不是也会这么做？”摩根一边说话，一边重绑领巾，想找干的那面贴着脖子，但它早就湿透了。

“是的，我会。”

“我也会。我们是造了什么孽，要忍受这种雨？”

伯尔拉紧外套，想保住一点温暖。“这雨会不会拖慢英军的进度？”

“也许会，可是也拖不了多久。老兄，有事托你，你听好了。”摩根有点犹豫，但伯尔聪明又忠诚，而且现在除了他也没别人能找，“我要你用最快的速度进城，然后再用最快的速度整军北上到哈伦高地。”

“您要我带兵去岛西边？”

“对，去格林威治村。告诉大家，你们要向北去和华盛顿将军会合。现在重要的是速度，不是战斗。如果他们留在原处，只会送死，或者被关在船上，那会比死还惨。”摩根指指那些停在纽约港里的船。

在布鲁克林生擒的起义军现在就关在俘虏船上，跟几内亚船上的黑奴境况类似，但还没他们值钱。听说配给的口粮极少，简直就像活在地狱。纽约城里所有的男人、女人和小孩都知道这事。

“好，特纳船长，我会告诉大家。但是……那您呢？”

摩根起身爬出壕沟，“至于我嘛，伯尔少校，我要去帮你们争取一点时间。豪要想拦截你们，就得经过莫瑞农场。我跟莫瑞太太很熟，她是位迷人的淑女，我一定能说动她，好好招待一下那些了不起的英军。”

卡夫对若歆说：“你也听见了吧？”炮声隆隆，就连三一教堂西边的“小提琴与木鞋”也听得见，“你得带克莱儿赶快离开。”

若歆忙着用悬在火上的浅锅烤玉米饼。男人就会说这种话，要你打包行李带着小孩走人，说得简单，但要她抛下一切谈何容易。卡夫要离家去做男人在战争中该做的事，在被人杀死之前杀死对方，她特地为他煎了玉米饼，都不知道他有没有时间吃。“你要我们去哪里？”

“只要不留在纽约，去哪儿都好。哈德逊河往新泽西的渡船还在跑，我听说几小时内都来得及，快走吧。”

“新泽西？”她没去过新泽西，现在也不想去。脚下的地板在抖，卡夫说炮没打进城，但圣母啊，这声音听起来好像炮弹就打在百老汇大道上，“我们在新泽西能干吗？”

“跟原来一样啊。”卡夫穿好靴子，在地上用力踏一踏，确认靴子还合脚。昨晚到家时这双靴子湿透了，还沾满泥。若歆把它清干净，放在火边烘，然后到他身边躺下。他等克莱儿睡着以后，如同往常一样静静占有她，她也和平常一样动也不动，顺从地接受。若歆从未拒绝为他张腿，只要他要求，都能如愿，但他知道她心里想的是什么，每一次都知道。

他不知道她现在在想什么，只知道她该怎么做。卡夫朝墙边的架子努努下巴。“把草药全带上，带克莱儿去新泽西。你有本事，在那边开业不成问题。”他从衣服里头拿出一小包钱，交给她，“只要你们安全，我就能专心打仗，没有后顾之忧。”

那包钱沉甸甸的，太重了，一定不是便士。这几年“小提琴与木鞋”生意没赚多少，存不了这么多钱。“哪儿来的？”

“哪儿来的不重要，总之不是偷的。你只要知道这是给你和克莱儿用的就行了。”

“是摩根·特纳给你的？”若歆话一出口就想收回，摩根返乡后这10年她一直避免提他，可怕的战争却让她一时昏了头，停不住嘴，“钱是摩根·特纳给的，是吗？”

“那不关你事。”他并不想收这笔钱，就算是摩根的他也不想拿，不，正因是摩根的，就更不想拿。可是不能让傲气影响到若歆和克莱儿的安全。如果她们出了什么事，那他为起义军打仗就一点意义也没有了，就算赢了也没用。

“你听我的就是了，赶紧收拾行李，离开这里。”他抓起挂在墙上的背包丢给她，“你发誓，若歆，我再不出发就来不及了，但你得跟我发誓说你会离开。”

她不看他，“好，我发誓。”卡夫不是天主教徒，对天主教和康尼马拉女人一无所知，不知道只要她没对圣母或圣子起誓，就不算数。

豪领着部队进城，沿途左看右看。城中有许多起义军所筑的防御工事，还有树干做的路障，现在全都弃置原处。这城仿佛只剩空壳，安静无声。百老汇大道南端没有路障，也没有一点战时的样子，只有豪宅和大树，午后的阳光把一周来的大雨晒干了，树叶闪闪发亮。

叛军真蠢，未启战端前的纽约一定就是这个样子，为什么要打一场不可能赢的仗？有什么不满为什么不用协商的就算了？都怪这里有太多盲目的狂热分子，想战到最后一兵一卒。

他举起手，命风笛手别再吹了。笛声在空荡荡的街道上有点让人发毛，他想听听这片平静之下藏着什么动静。堡垒就快到了，最后的壕沟战应该就在那里。

克林顿将军指着百老汇大道上总督家旁边面对保龄草坪的大宅说：“您看那边那栋房子。”克林顿看起来好像完全不担心接下来还有仗要打。

豪顺着他的手朝右望去。“看见了。”

“城里最大的老鸨就住在那里，她靠丈夫的妓院赚了大钱，然后神不知鬼不觉搬进了我们这区。”

是了。克林顿是在纽约总督府长大的，他父亲在18世纪50年代初期还是皇家总督。现在这里没总督了。88岁高龄的卡德瓦拉德·科尔登在华盛顿带兵占领纽约之前就逃往长岛，听说现在快死了。“老鸨？”豪笑了，“你跟她很熟？”

“我跟在那边工作的几个人挺熟。听说大家之所以叫她达西瓦番婆，是因为她有红番血统。番婆老是戴着黑色面纱，穿得像在服丧，丈夫是个军火贩子，给休伦人抓去，老二让他们砍下吃了，把人送回来，活的喔，听说后来就被她锁在阁楼上。”

说着说着就过了，豪回头看看几码之外那栋屋子，顶楼窗户在夕阳下闪烁。“天啊，锁到现在？”

“那个没屌的丈夫？没啦，听说几年前就死了。他跑去儿子船上放火，船毁人亡，噢，对了，他儿子姓特纳，摩根·特纳，从前是厉害的私掠者，现在应该变成叛军了吧。”

“这故事挺惊人的，我想多了解一下。”

“找个晚上咱们边喝白兰地边聊。”

堡垒就快到了。百老汇大道上家家户户门窗紧闭。抬头往上看，堡垒旁边飞扬的是起义军的旗帜，豪回过头，想叫副官，但那句话冻结在口中，没说出来，因为他看见老鸨家的门开了。

有个女人走到街上，声若洪钟，“各位好，欢迎光临纽约。”

她并不年轻，却有种说不出的魅力，乌黑的长发整齐地用镶了珠宝的夹子夹好，发夹在夕阳下闪耀。她没蒙黑纱。

“各位先生，我是达西瓦番婆，城里的人都这么叫我。而这一位呢……”她把一名女子从房子的阴影中拉到阳光下，“她是爱玛兰莎，很可爱吧。”

那金发妓女穿着极低胸的礼服，诱人的乳房露出大半，脸上化着浓妆，站在总督府前的大街上。豪自从离开伦敦后，就没见过这么漂亮的女人。

“将军，有失远迎，请您恕罪。”老鸨将爱玛兰莎往前推了一下，妈呀，豪一时之间以为她要当街爱抚他的士兵，甚或他本人。

但爱玛兰莎只拎起裙子，露出可爱的脚踝，跑到面前对他一笑，然后跑向旗杆。

这显然是排练好的戏码，只花了几秒钟时间，她就将旗降下，豪手下的士兵想去拿旗，将军举手阻止，“随她去，这是安排好的，我们看就是了。”

那名老妇走到铺石路中央，接过那块布，正好有匹马拉了坨屎，她就把起义军的军旗扔在热腾腾的屎上，然后把另一块布交给爱玛兰莎。爱玛兰莎跑回去把新旗升上，于是乔治三世的纹章便在微风中飞扬。

“好了，这样欢迎各位才像样。豪将军，请来我家坐坐，用些点心吧？当然，若有其他军官同来，也是我的荣幸。”

“夫人，此时不宜，我必须代表大家婉拒您的好意，我们有正事要办。

如果之后再来，您还欢迎吗？”

达西瓦番婆深深行了个屈膝礼，“将军，白天晚上，任何时间，都请把我家当做您家。当然，里面的一切，也都是您的。”

豪坐在马上，优雅地脱帽向她致意。“这里重归王土，祝您永远快乐，达西瓦番婆，祝您永远快乐。”他将手中帽子一挥，乐队立刻击鼓，接着风笛也开始演奏。

百老汇大道上的门纷纷打开，住户一个个走了出来。

达西瓦番婆站在原处，等那些高贵的邻居全都盯着她看了个够，才缓缓转身，抬头挺胸，仰着那张布满岁月痕迹的脸，慢慢走回家。

5

10 月里，这天气也太热了！尽管热得要命，摩根还是在蓝制服外面披了件长到脚踝的厚重斗篷，没办法，这是为了保命，正如他对卡夫所说，间谍被抓只有死路一条。游戏规则就是这么定的。

他最聪明，老要给人家忠告，可恶，该死的摩根·特纳船长干吗要无所不知？他告诉年轻的伯尔，豪会像从兔子洞里捉兔子似的困住起义军，好，现在伯尔安全地带兵去了华盛顿堡，摩根·特纳却成了困在洞里的兔子。这是他自己选的，因为总得有人来做他现在做的事，而没人比他更熟纽约。

一个多星期以来，他一直在码头旁阴暗处和大小酒馆外的空酒桶间藏匿，每踏一步都要经过算计，城里没人可以真正信赖，现在是非常时期。

“黑迪克”炮袭已经是将近一周前的事了，支持起义军的人早都离城逃命，豪的军队一进纽约，各地的托利党人就涌入纽约，接掌离城居民留下的一切。红外套很快住进城里最好的房子，豪住进总督府，用华尔街上的市政府当指挥部。公园街上的国王学院变成了军医院。

摩根前一天花了整个下午看英军将伤兵搬进学院。他的表弟安德鲁到处走来走去，检查每一个躺在担架上的伤兵，指挥所有人。可恶，安德鲁·特纳居然成了托利党人，妈妈也是。算了，摩根准备好浸过油的布条，告诉自己，这两个人他都不在乎。

白厅码头的老酒馆“斗鸡”和许多别的酒馆一样，已经变成英军的福利社，达西瓦番婆送了些一般的妓女来给一般的水手和士兵享用。至于她家，也就是他从小生长的地方，只留下最年轻漂亮的，为皇家军官服务。

想到这里，摩根气得发抖，但逼自己冷静再想一想，又觉得有这些妓女也是件好事，至少对良家妇女是种保护。现在留在城里的良家妇女也不多就是了，英军攻打纽约的前一天，他就和卡夫谈过若歆和克莱儿的事，逼卡夫拿钱去让她们离城避难。卡夫生性谨慎，她们应该早就走了。

破布条沿着木造老屋的墙边铺好，摩根把最后一点鲸油全倒在上头。这些鲸油是他用虹吸管从无数街灯上偷来的。偷油不难，纽约的劳工几乎都支持起义军，负责管灯的人当然也是，他们全都走了，豪还没指派新人。摩根趁暗取油，轻而易举。

最后一点油滴到了麻布、毛料和粗布上，这栋屋子将会像火种一样点燃。他将为他所景仰的独立作出伟大的奉献：放火烧城。焦土政策行之有年，从西泽大帝的时代就这么做了，但纽约毕竟是摩根的出生地，再怎么说他的心里都不好过。

他静静坐了一会儿，仰头测测风向，吹的是西南风。好极了。他只要开个头，风就会接手帮他搞定，把纽约最重要的建筑物全毁掉，让那些浑蛋没法住得舒服。

外祖父的房子也会毁掉，这是无可避免的事。市政街离"斗鸡"近得不得了，避无可避。但不用担心，薇拉和塞西莉两位阿姨几个月前就北上波士顿投靠姐姐，留下的空屋目前住满红外套。至于鲁克舅舅，他在安街的房子离这边有四分之三英里，而且安德鲁现在是托利党，飞黄腾达，很有能力照顾妻子和无腿老父。

摩根把最后几块破布踢至定位，走到对街，找出事先藏在那里的锡盒。之前英军的海军陆战队员在街上生火煮饭，摩根向他们讨了一块煤来放在盒里。盒子依然烫手，感谢主，火没熄。

正要过街回去时，他忽然听见有人哑着嗓子大声唱歌，连忙跳回暗处，一手捧着盒子，一手握住刀柄。

三名海军陆战队员转过街角，现在镇上到处都是这种浑蛋，"黑迪克"真不该让他们全部上岸放假。这伙人喝了个烂醉，浑身发臭，勾肩搭背扯着嗓子唱着某支与麦高迪小姐的屄有关的歌。不用猜也知道他们要去哪里，可恶，为什么是现在?

"到了，就是这里！"其中一人在街上停步，对同伴说，"我们都叫它'斗屄'。"

"去他妈的，我只想干，不想斗。"

“那就快点进去，她们可不会跑到街上来弯腰让你插屁眼。咦，这是什么？”那名海军陆战队员用脚尖踢踢地上的破布。

另一人弯腰凑过去看了看，“没什么，大概是用来防风的。快点，你是来检查设备的吗？不想赶快把老二放进温暖潮湿的地方？”

海军陆战队员进屋去了。摩根冲过街，把煤块丢到破布上，看着火焰沿着围在墙边的破布一路将酒馆的木墙吞噬，等到确定火势够大，就转身悄悄溜走了。

城里居民大半都支持起义军，早就跟着华盛顿的军队撤走了，所以现在找不到受过训练的消防队员去驾消防车，也组不出传水桶的人龙。才过几分钟而已，“斗鸡”酒馆屋顶上的火星就点燃了不远处市政街的一栋荷兰式建筑。火星跳过了街，吞掉了百年前卢卡斯立起的理发师招牌杆，那间老房子很快就烧了起来。火从前门进了屋子，玛丽特的画像率先着火，接着卢卡斯的画像也摔到地上化成了灰。

市政街、桥街、水狸街，全让火焰给吞了。两小时不到，新阿姆斯特丹时期的建筑几乎全毁，许多女人小孩都死在这场地狱之火里。火警铃声没响，警铃和教堂的钟都让起义军拿去做毛瑟枪子弹了，整个纽约都还在沉睡之中。及时惊醒的人尖叫着跑上街头，在浓烟和炭渣中逃向北边的公有空地，火舌在他们身后穷追不舍。

两点多的时候，风向变了，由西南风转成了东南偏南风，而且风势甚强。火势直扑旧时的教堂农场而去，那边的房子全是木造的，15 分钟就着了火。大火不肯稍歇，向前继续蔓延。

城市熊熊燃烧，火光照得天空亮了整夜。曼哈顿北部高山上和哈德逊河对岸新泽西断崖上的起义军看得十分开心，三一教堂的尖顶垮下时更是大声叫好，三一教堂是属于殖民地贵族的地方，那些上流人始终称英国为“家”。

街上满是呛人的烟，温度高得不得了，愤怒的红外套只想寻仇出气。长官虽然下令叫水手和士兵去救火，但他们看见房子就先进去掳掠一番，然后任其焚毁。还杀了十几个企图逃生的平民。

直到清晨三点，“小提琴和木鞋”还在。若歆、克莱儿和邻居组成了救火人龙，从附近的井里汲水，传水灭火。火舌屡屡舔上克莱儿裙边，她就徒手把火拍熄，反复不知道多少次。

突然有人从后头一把将她抓离递水长龙，克莱儿心想大概是哪个身强体壮的人想把她换下来。“不，我没问题，拜托，请让我继续……”

“闭嘴，你这个贱人，想用火把我们烧走是吗？你们那个宝贝华盛顿守不住城，就想把城烧掉。好，我们就给你点颜色瞧瞧！”

一共6名英国水手，把她从酒馆旁拖走，拖到她小时候玩耍的空地，轮番上阵，强暴了她。第五个最坏、最野蛮，几乎咬掉了她左边的乳头。第六个完事后拔出弯刀，但咬她的那家伙把他拉开。

前面四个都去别处抢劫了，留在现场的两人意见相左。咬她的人哑着嗓子低声说：“别杀她，我们已经在她身上留了纪念，让这贱人一辈子忘不了。”

“不能留下活口，要是‘黑迪克’追究起来怎么办？她刚刚一直瞪着我，以后一定认得出我来。”

“好吧，如果你不放心的话……”想让克莱儿活命的那个水手拔出短刀，转身走向躺在地上的女孩，“会给我们惹麻烦的只有那双眼睛，挖出来还不简单？”

说时迟，那时快，摩根就在这个时候冲了过来，边跑边将靴子里的短刀拔出来射了出去。正要攻击克莱儿的水手肩胛骨中刀，倒了下来。另一个发现不对，转身想找敌人在哪里，但摩根早已闪到他身后，一把抓住他头发，将头往后拉，用弯刀割破喉咙。

水手断气倒地，摩根把尸体踢开，跪到克莱儿身边。“噢，天啊……对不起。来，孩子，我带你去安全的地方。”她一声都不吭。他脱下斗篷，盖在她身上，“克莱儿，我是摩根，是你爸的朋友，我……”

“小提琴与木鞋”的屋顶塌了，轰然巨响压过了他讲话的声音。传水人龙终究输了，火焰吞没了屋子，染红了天空。“克莱儿，你妈呢？若歆哪儿去了？”摩根又急又怕，声音都哑了。

克莱儿摇摇晃晃站了起来，紧紧裹住他的斗篷，冲向燃烧的酒馆。

他追着喊：“克莱儿，等一下！”该死的战争，该死的火，该死的红外套。他怎么会疯到以为烧城有理？“克莱儿！”

喊她的不止他一个，“克莱儿！我在这边！”

他看见若歆往这边跑，身后火光耀眼。她搂住克莱儿，带她离开，几秒钟后身影就消失在烟尘中。摩根朝她们那边走了一步，发觉自己现在去找她们不但帮不上忙，还会让她们更难过。

他穿着华盛顿军队的制服，而且大家都知道他是起义军。刚刚一时冲动跑来找她们没有白费，至少救了克莱儿的命。现在，为了若歆和克莱儿着想，应该离她们越远越好。

摩根脱下死水手的外套和裤子，套在自己的衣服外面，拔腿就跑。

安街目前安然无恙。摩根躲在鲁克舅舅家几码之外一间堆煤用的小屋，看着黎明升起。安德鲁不见人影，但他两个儿子将爷爷抬到街上，没过多久梅格也和小女儿合力搬了个用绳子捆好的油布包出来。里头装的应该是在她看来生活不可或缺的东西吧，但如果他们真得逃命，那么她很快就会发现，身外之物尽皆可抛。太阳已经出来，安德鲁的家人在等，摩根陪他们一起等，是他害舅舅失去了跑的能力，他得确保他的安全。

阳光划破了烟雾，嘈杂声不降反增，除了惊恐的叫声之外，摩根还听见有人大声下令。是英国口音。英国军官总算出来管束手下，逼他们认真救火了。安德鲁家的人也听见英军整顿秩序的声音，两个男孩送祖父回家，梅格和女儿随后进屋。没事了，感谢主。

摩根双腿开始颤抖，数日来的疲累一下子涌上来，但他还不能倒。他一生叛逆，但这一次不是为叛逆而叛逆，而是有理想的。焚城是他的任务，他办到了，但天啊，代价太大。

他得去向华盛顿回报，要走必须趁乱，现在时机最好。可是离城之前还有一个地方得去。浑身油污又穿着英国水手制服，应该没人会注意他才对。

难民涌向北方，旧堡垒依然矗立原处，总督府、他母亲的房子和邻近豪宅也都好好的，在晨光中一如往常。就连风都知道这些是特权人士，理应无灾无祸。

“喂！那边那个水手！赶快拿把铲子，别磨蹭。”

下令的军官只看他一眼，就掉转马头向另一边喊道：“你们动作通通都给我快点！看到尸体就埋起来！”

街上堆了一大堆挖地的工具，摩根拿起一把铲子，跟着英军的队伍向前走。

他只躺着睡过几小时，已经搞不清楚过了几天了。摩根伪装成英国水手，一下跟着这群走，一下跟着那群走，虽然没暴露身份，却也没出得了城。

他好饿。街上找到的食物太少，只能勉强维生。有一次吃到过烧焦的猪肉，但那似乎是很久以前的事了。军队放饭的时候他不敢去领，怕有人在休息吃饭时会问他问题。

他只想要一点点好运气，让他有一点点时间能越过防线出城。只要能进入林中，就再也没人挡得住他，至少该死的英国人没办法。英国人没他那么了解曼哈顿的森林和小溪。

放火也许是两天前或三天前的事了吧，他不确定。这一天下午，摩根抓紧机会，溜出派提逊街北边一道暂时无人看守的栅门，出了城，往拉特格家的方向逃去。英军肯定住进了拉特格家的房子，所以得小心避开，他跑过迪威逊街，跑进德兰西家的土地，这块地他熟到不能再熟。

要往北走，包立巷是最直接的路，但他听其他水手讲过，康沃利将军的总部就设在德兰西家，所以摩根取道另一条小巷北行，越过运河。这条运河建造时他年纪还小，运河水来自从前的积水塘，现在大家都叫它淡水池塘，比他从前印象中小多了。从前这附近是一片野生林地，近年来贪得无厌的德兰西家将老池塘越填越小。

这池塘现在看起来有点混浊，还生着绿苔。他跪下来，捧起水喝了一口。好久没喝水了，这水没从前甘甜，但至少不咸。军用水壶还在，他把水壶装满，想起外祖父曾说，积水塘是男孩子游泳和情侣们幽会的好地方。现在不是了。

他朝北走，方向与波士顿路平行，但避开大路，不时听见人马踏在铺石路面上的声音，可能是英军要在城里增兵。占领敌城之后，最怕的就是混乱，要是他们抓到他，又怀疑是他放的火，不知道会怎么整死他，少说也得用马拖行或分尸之类的吧。

到处都筑了防御工事，其中不少是起义军建的，现在却归英军来守。他不敢走大路，只能爬路旁崎岖起伏的山丘，非常累人。许多天没睡好，出城后他赶了点路，在废弃多时的果园采些李子果腹，窝在残破的地窖里闭上眼睛，想小憩片刻，不料一睡就是整夜，睁开眼已是黎明。他再吃些李子，又塞了些进口袋，就继续上路。

太阳高挂头顶上的时候，他听见击鼓的声音。鼓声很近，该死，大概就在几码之外。

摩根心想，他现在应该在乌龟湾北方一英里处的平原上，再往前又会是另一座曼哈顿的山丘才对。他在原地站定，闭上眼睛，努力回想这附近的地形，想记起前面那片枫林后面到底是什么。

啊，那是训练野战炮兵的地方。春天的时候，他和另外几个人曾在那块空地上训练十三四岁的男孩使用大炮。当时那些孩子刚从弗吉尼亚和卡罗莱纳到这里来。

他小心翼翼向前走几步。枫树之后就是低矮多刺的野玫瑰树丛，现在正是秋天，野玫瑰结满了鲜红色的果实，树丛上还爬了些不知名的刺藤。他趴在地上，隔着树丛看见了那片原野。大炮已经移走，不知道现在在起义军还是英军手上。原处以木板架起了高台，上头是个绞架。

鼓声又起，这回打得比刚才久。他们要吊人。

为了吸汗，摩根把领巾围在头上，可实在太热，不管用，咸咸的汗水流进眼里很痛，他得揉揉眼睛才能再看。

红外套带上绞刑台的是一个老百姓，双手绑在身后。留在这里的农民应该都是托利党人，怎么会被吊死，这人究竟做错了什么？

那人转身背对绞架，面对树丛。天啊，是内森·黑尔，只是没穿制服，噢，我的老天！

“内森·黑尔，你虽然自称是叛军上尉，受擒时穿的却是平民服装。”说话的人是个穿红外套的上校，伸长了手拿了张纸照本宣科，还得头朝后仰才看得见字。黑尔双眼直视前方，面无表情，不发一语。

“你承认在纽约收集军事情报，并将其交与背叛吾王的乔治·华盛顿，因此，内森·黑尔，你犯了最悲劣可憎的间谍罪，豪将军下令将你吊死，即刻行刑。”

摩根手放在弯刀刀柄上，现在他只剩这一样武器。除了宣读判决的那名上校之外，在场还有 8 个红外套，以及戴着黑面具的刽子手。敌众我寡，人数太过悬殊。但他还是悄悄凑到近处。

“行刑之前，你有什么要说的吗？”

“只有一句话，先生，我唯一的遗憾，就是只有一条命能为国牺牲。”

上校打个手势，刽子手就走上前去，拿起绳子，试了试强度。该死的蠢蛋，摩根在心中暗骂自己，照这个距离，他用平日藏在靴子里的短刀肯定能射死那个刽子手，可是那把短刀留在强暴克莱儿的水手身上，没拔起来。

他转而望向离他最近的红外套身上那把短剑，只要冲个几英尺，把短剑扔给内森，情势就能转成二对九。

他脑中一片混乱，眼看刽子手已将绳索套上黑尔的脖子。

现在不动手，就来不及了。虽然这计划很烂，但也没有别的办法可想。

摩根趴在地上一寸寸前进，再近一点，好，够近了。他伸手去拔卫兵的剑，却有另一只手抓住他的头发用力向后一拉。他仰着头看见一张满是皱纹的脸，是个红外套。

“你看看是谁匍匐前进来参加派对呀，难得这些假扮军人的家伙里还有人没忙着逃命。”

那人一把将摩根拉起身来，双手绑到身后。就在这个时候，摩根听见了行刑的声音。他向绞架望去，与他视线等高的，是内森脚上的靴。

6

“是谁干的？”安德鲁抬起头问。

若歆站在他对面，两人之间隔着手术台，克莱儿躺在手术台上，若歆握着她的手。“谁干的并不重要，重要的是，你能不能把它缝回去？”

安德鲁再看一眼那女孩的左乳，伤口已经结痂，但仍看得出是咬的。乳头和乳房只连着八分之一英寸的脂肪组织，伤口细心清理过，包着干净的纱布。

他喃喃地说：“缝回去……也许可以，可是就算我把它缝回去，而且伤口没有感染，她以后还是没法给小孩喂奶。”

“没关系，只要不留疤就好。”不能让裘西·哈蒙在克莱儿身上发现一点点不完美，别的都不重要。这件事不会留下小孩，若歆不会让克莱儿生这种小孩。至于未来，如果只能用一边乳房喂奶，那就用一边乳房喂奶。反正克莱儿将来会当有钱人，请得起奶妈。“你能不能把它缝得跟没出过事一样。”

安德鲁向来不了解女人，眼前这红发美女的想法更是难猜。她看起来明明就像女孩的姐姐，却硬说自己是她妈。但如果她真是母亲，怎么会不知道，在这种状况之下，有比乳房上的伤更值得担心的事?

女孩从进门到现在一句话都没说，举止就像木偶，很不自然，躺下后一直呆呆盯着天花板。“伤口处理得很好，我看得出来。那个……那个意外发生多久了？”

“9天。失火那天晚上的事。”若歆看特纳医生应该检查完了，就开始帮女儿整理衣服。她知道医生是摩根的表弟，但两人长得真不像，安德鲁很白，摩根很黑。“不让伤口感染我还办得到，虽然东西几乎全烧光了，但只要能找得到草药，我就办得到。刀和针我就不擅长了，那是你的专长，所以我们才会来这里。”她抬起头直视着他说，“老实说，要不然我们是不会来的。”

他在她脸上看见不屑的表情，他这个托利党人的家，她是为了女儿才不得不来。“您要我缝，我就缝，可是……”

“不要缝。”那女孩挣脱妈妈的手，说了她进来以后的第一句话，“我要它保持原状。”

若歆想要搂住克莱儿，她却不肯让若歆搂。“噢，宝贝女儿，你这样会铸成大错，后悔一辈子的。快让特纳医生把它缝回去，大家都说他技术很高明。”

“不要。”

安德鲁清清喉咙，“也许您想干脆把它切掉？这也行……”

若歆倒抽一口气。克莱儿答道：“不，我要保留原状。”

“你得听我的话。”这几天下来，若歆的耐心已经磨光了。她对安德鲁点点头，“缝回去。”

他转身预备针线，余光看见女孩伸手把妈妈拉过去，在妈妈耳边低声急切切不知说了些什么。安德鲁只顾着弄羊肠线。

不一会儿，红发女子倒退一步，手捂在嘴上，好像生怕自己尖叫出声。女孩继续瞪天花板。安德鲁举起穿好线的针，让她俩都能看见。“我准备好了。”

“不。”若歆的声音低得像耳语，“不用了，就照她意思，保留原状吧。”

安德鲁放下针线，扶女孩下手术台，“我想最好……能不能先请令爱到外头陪我太太坐坐，我和您讨论一下怎么照护伤口。”

他把克莱儿交给梅格，关上门。“您是全治小姐吧？”这几天他一直忙着治疗烧伤的英军，没怎么睡，否则早该想到她是谁。

“全治小姐？是的，我就是。”

“住在教堂农场那边？”

若歆点点头。

“那一区灾情最严重，您怎么过日子？”

“跟大家一样。”百老汇大道和富尔顿街交会处圣公会的圣保罗教堂没烧到，灾后分发了一些救济物资。她们领到两条毯子，就窝在“小提琴与木鞋”的废墟里睡，“大家都过得很苦，没亲英国屁股的人日子都不好过。”天啊，她疯了吗？安德鲁·特纳是豪将军的医生，一句话就能让人把她们抓起来，或让她们受更大的罪。

“我家幸免于火灾与政治无关，整条安街都没事。无论屋主是托利党人还是起义军，房子都还在。无论您或别人怎么想，风不是英国人吹的。”

“只有你怎么想才重要，对吧？”圣母保佑啊，她就是忍不住。想到街上那些烧得只剩骨头的尸体，就觉得撒旦来过纽约。也许这真是撒旦所为。

“我怎么想一点也不重要，我只是个医生，随时随地能救谁就救谁。”

说着，安德鲁打开柜子，拿出许多瓶瓶罐罐，排在桌上。“这里有金缕梅水、艾菊、止血粉、薄荷汁，还有鸦片糖浆。我想您的东西都烧掉了吧。”

“一点也不剩。”

“我想也是。把这些都拿去吧，您的邻居需要全治小姐照顾。”

“谢谢，我付你钱。”卡夫给她的钱包一直没离过身，所以幸免于难。

“不用。噢，对了……”他从最高的架子上拿了一个小玻璃瓶，“这个可以用来……这是锑，听说您不赞成用它。”

“对，我不赞成，它会让人把好的坏的都排掉。”

“那吐酒石和汞……”

“也都不用。我只用草药，叶子、种子之类的。”

“还有海草。”他背对着她说。

噢，她早该知道，他和其他男人一样，无法忍受女人有终止怀孕的能力，他们随时随地都能下种，却不许人家把他们的种子刮除丢掉。她说：“海草是天然的。”

安德鲁浑身不自在。堕胎是件脏事，但她的女儿……被强暴，又另当别论。安德鲁把锑放回原位，平静地说：“我都忘了，您主张用草药。但我见过您治的病人，不止一次，无论您是哪种医生，您做得很好。”

她说不出谢字，毕竟这人是个魔鬼。她向门走去。“我女儿……”

“梅格会陪她，我太太保证可靠，您不用担心，她没有政治立场。”

若歆只犹豫一下下，就回到桌边。“有了这些东西，我能帮不少人减低痛苦。”这不算致谢，却是她所能表达的最大善意。

安德鲁看着她收东西。有一两样东西她看不出是什么，就打开盖子闻，然后点头塞进衣服里。她懂的应该不少，只是和他所学的不同，说不定在某些方面还比他厉害。比如说锑吧，她的看法就很正确，它令病人上吐下泻，这一类的治疗方式他一直就不太信，但在爱丁堡都这么教。有时候他真不知道他自己……甚至那些教授，到底算不算真懂治病。

再拿烧伤来说，那些伤员多半要受难以言喻的痛苦，哀嚎数小时才死去，就算侥幸免于一死，也要继续受罪，他能帮的忙很有限。行医越久，他越觉得动手术才能真正治病，而且技术高不高明看得出来。但这几天他有很大的无力感，火灾的伤员能动什么手术？他所能做的，就只有把烧焦的地方割掉、锯掉，然后祈祷伤口不要感染。可惜通常天都不从人愿。

“全治小姐。”她停下手来，转头看他，“您的邻居 …… 我想您有很多邻居都烧伤了吧。”她点点头，他在她眼中看见痛苦。“如果您要为他们治疗，会怎么治？”

圣母啊，这个男人，这全纽约最有名的医生竟然向她请教，真心诚意想要知道她的治法。没有一个康尼马拉女人会相信世上有这种事，但她在他眼中看见了求知的渴望。她说：“蜂蜜。”

“就一般的蜂蜜？”

“对。我听说蜂巢附近如果长着鼠尾草，会特别有效，但一般蜂蜜也行。”

安德鲁想了一想，“涂蜂蜜是要把伤口封起来，不让空气进去？”

若歆点点头，“我想应该是这样。我跟我妈学，我妈跟我外婆学，代代相传。所以我只知道烧烫伤要涂蜂蜜，再用柳树皮煮茶止痛。”

天啊，柳树的树皮？那人岂不成了森林里的动物？但用蜂蜜还挺有道理的。“谢谢，我会用蜂蜜来治治看。”桌子上的东西她全收了，“请告诉我在哪儿能找到您，我让人多送些您用得到的药过去，还有蜂蜜。”

“我还待在原本的地方，‘小提琴与木鞋’，只是房子给烧了。”

“明天中午前我就让人把东西送过去。”

“我很感激，可是你 …… 我是说 …… 特纳医生，你最好别亲自来。”

安德鲁挤出一丝微笑。“您怕那些人会扒我的皮？我知道，别担心，我会派个不惹眼的人去。”她向门走去。他说：“等等，还有一件事。”

她转身面对他。

安德鲁说：“有些俘虏 …… 有些俘虏没被送上俘虏船，听说城里很多地方都关着起义军 ……”他顿了一下，看见她肩膀僵住，直视着他。

若歆说：“然后呢？特纳医生，请把话说完。”

安德鲁摇摇头。“我们不需争论，我只是在想，您是不是能够偶尔去看看那些俘虏？当然不是要您上船，那种地方太不安全，但有些俘虏也许在城里，我是这么想啦，也许您会愿意为他们治病疗伤。”他低声说，“我有医治英军的职责在身，没办法自己去做这件事，请您谅解。”

“我懂。”也许她真的懂，他的眼神中 …… 她手心忽然冒出汗来，便在裙子上擦了擦。若歆只剩这一件衣服，很脏很黑，边上还烧焦了。“如果你能安排，我很乐意过去。”

“我想我应该可以，所以才有此提议。”

圣母啊，这人肯定是在豪将军的掌控之下难以脱身。“那么，我会去，而且很乐意。”

“好，我一旦得知有此需求，就派人通知您。明天就先多送些药过去。”她临走时，他又说：“全治小姐，我从小就认识卡夫，他是我姑姑的……”

“我知道。”

“很久没见到他了，黑奴多半都加入了英军阵营，但他没有，是吗？”

她头也不回地说：“他何必加入英军阵营？如果你认识卡夫，就该知道，他不是任何人的奴隶。”

安德鲁微微拨开窗帘，看着全治小姐母女俩快步离开，衣衫褴褛，好像一对无家可归的流浪儿，尤其走在安街上，更显突兀。这条街在战乱中丝毫未变，莽撞的《独立宣言》、悲惨的长岛战事、炮轰、占领、火灾，仿佛都从未发生，安街外表上一如既往，其实一切都变了。

只有他没变，还在原处做他从爱丁堡回来就一直做到现在的事，十年了，他一直在帮病人看病，也一直觉得困惑。

那红发女子长得真美，他早就听说她是美女，有人说她是卡夫的女人，有些人说卡夫只是奴隶。

卡夫是很讨人喜欢没错，安德鲁向来觉得他挺好。可是白女人和黑鬼睡？怎么说都不对。再想想，应该也不会是真的。听说全治小姐帮卡夫生了个女儿，但刚刚那个女孩不可能是卡夫的种。那双深蓝色的眼睛，是特纳家的眼睛。她有可能是摩根的女儿，天晓得他那英俊的表哥在城里有多少私生子。摩根加入了起义军，现在不知道是生是死，华盛顿的军队死伤惨重，想得知他的状况简直就是不可能的事。

安德鲁的书桌有个秘密抽屉，要把中间抽屉整个拿下来才能压控制杆打开，而且你还得知道控制杆在哪里才行。那个苏格兰木匠真聪明，他说他做出来的每个书桌保证都不一样，而这个书桌是和安德鲁的苏格兰妻子一起坐船来的，所以，至少在海的这一边，安德鲁是唯一一个知道要怎样才能拿出那张纸的人。有那张纸，就能找到宝藏。

安德鲁拿下中间抽屉，伸手摸到机关，秘密抽屉转了出来，他从凯莱布·戴维里紧握的手中拿走的那张纸就放在最上面，照原本的折痕折得好好的。格林威治以西 74 度 30 分，北纬 24 度，略偏南。绕二回三。

这不会是别的，肯定是水手航海用的术语，至少前半段是。他认为那个水手就是摩根·特纳，而后半段写得那么隐晦，只有一种可能，就是保护藏宝的地方。

那这么多年来，他为什么一直没去寻宝？因为他不是水手，因为他得找到信得过的人来开船，因为他要想拿到那笔钱（如果钱还在的话），就得亲自跑一趟，但这几年来他要照顾断腿老父，梅格又一再怀孕（虽然只有两子一女活过婴儿期），总之，他一直在忙。

他现在依然很忙，忙着做比寻宝更重要的事，不管摩根在救济院门口欠下了多大一笔债，安德鲁现在都没空追讨。

安德鲁小心翼翼将那张纸折好，放回原处，放在秘密抽屉里所有东西的最上面。这里面全是他珍藏的东西，有卢卡斯·特纳的日志，还有克里斯多夫·特纳的笔记。克里斯多夫的笔记中记载了可能带着疾病的小虫，以及输血的方法。

一听说《独立宣言》发表了，安德鲁就立即赶回家，把这些东西从书架上拿下来，藏进书桌里，仿佛不想让先人看见他接下来不得不做的事。

比德·戴维里今年 74 岁，中风后有了发抖的毛病。他说就是因为这样他才没和其他有钱人一起离城，但他们对独立的看法一致，独立对生意不好，而且是叛国。比德自己留在华尔街，把船全送去弗吉尼亚，那时长岛之役尚未发生，还不确定英军会得到胜利。而且他实在没法开口叫旗下的船长为英军私掠。唉，战争哪！

"该死，安德鲁！痛死我了！你就不能用别的办法来治我这个发抖的毛病吗？"

"没办法，您得忍忍。"他在比德右手肘内侧干净利落划了一刀，伤口的血汩汩流出，接着又在比德左手腕上放了四只毛毛的大黑水蛭，"请尽量保持平静，水蛭在病人不激动的状况下表现最好。"

"我怎么能不激动？每次弄完我都弱得跟小猫似的，可恶啊，这样搞下去我的血都要流光啦！"

"塞缪尔为您治中风的时候难道没放血？"

"当然有。你们这些医生全都一个样儿，放血、拔罐、清肠，塞缪尔现在八成也在对起义军做这些事，让华盛顿手下的兵一个个全把肚子里的水拉光。”

“可能喔，但有时候这是有效的啦。”

“对我就没效。”

“嗯，针对发抖的问题，放血才是最好的疗法。”

“放完血以后，别说发抖，就连动都动不了啦。”

安德鲁看着他右手流出的血缓缓注入一个有刻度的玻璃壶。“您有一个多星期没放血了，今天可以放到两品脱，对身体不会产生不良影响。”

“没不良影响？可对我的中风也没效啊。这些又是什么？”比德指的是安德鲁带来的一箱瓶瓶罐罐，“又要叫我喝什么恶心的东西？那一大堆喝到死都喝不完吧。”

“那箱不是给你的。”四只水蛭中有一只已经掉下来了，喝饱了血，肥嘟嘟。安德鲁把它舀起来放回罐子里，“是要给全治小姐的。”

“你说的是教堂农场那边的草药医生？听说那个女人漂亮得不得了，却跟达西瓦番婆的黑奴卡夫在一起。”

“对，今天早上她带人来找我看病。”

“不会吧。听说她胸部大得能停船。”

“是真的，我是说，她真的来找我看病，不过患者不是她，是她女儿。”第二只水蛭也吃饱脱落，安德鲁将它舀起来收好。其实光用刀放血也行，还比较简单，但是爱丁堡的教授认为水蛭和病人之间的某种交互作用有益健康，安德鲁希望那在比德中风的病例上能起效果，不过看起来好像不是这样。

“她女儿怎么了？”

“全治小姐的女儿？”

“当然，不然我们在讲谁？”

“噢，好了，都下来了。”安德鲁将第三只和第四只水蛭也收好，“我想她应该是被强暴了。火灾那天晚上的事吧，她受到很大的惊吓，还没平复过来。有一边的乳头都快被咬掉了。”

“天啊，可恶。想到满城都是英国浑蛋，我就想吐。听说达西瓦番婆要为水手再开一家妓院，希望快点开张，对大家都好。”

安德鲁抬起头，和比德对望了一会儿，才说：“是的，对大家都好。”

“真的，我听说番婆家那个金发小美女爱玛兰莎是豪的最爱，她是个聪明的姑娘，脑子很好。不过豪有兴趣的当然不是她的脑子。好了，小子，告诉我那些东西是干吗用的，既然不是要给我喝，给我洗，或给我抹面包的，那你带来干吗？”

“都是草药，从克拉多克家拿的。”

比德哼了一声，“那老浑球还好吗？没给火烧死？”

“没，珍珠街没事，克拉多克还是老样子，年老体衰，一天到晚自言自语。”

“他让你拿这些东西？”

“我连问都没问，给他喝了点安眠药水，就自己动手拿了。反正菲比死后药铺就关了，这些东西他留着也没用。”

比德低声说：“到处都是关门的店，一场仗打下来，所有事情都跟从前不一样了。”

老人眼中充满泪水，安德鲁也很想哭。“我爷爷的房子烧了个精光，什么也没剩，整个市政街几乎不见了。”

“真令人难过。我一直很敬佩克里斯多夫，只可惜没能做朋友，没办法，谁教我有那么个没用的弟弟。我知道你很爱你爷爷。”

“非常。那栋房子里有我无数的快乐时光，爷爷教我的比谁都多。”

“该停了吧？安德鲁，血流够多了吧？我头好昏。”

照瓶上刻度看来，已经盛了一品脱半的血，水蛭吸的应该也超过了一品脱。“没错，够了。”安德鲁在比德右手肘上方绑条皮带，血立刻止住，“我先把伤口缝好，再拿掉那些杯子。”

他一边放血，一边在比德腿上拔罐，从膝盖到脚踝，拔出了许多水泡。治疗结束，安德鲁开始收拾器具。“我出去的时候会叫人送茶进来。”

“叫南希亲自送来，跟她说我想见她。”40 年了，比德还是很爱他太太。

“好的。”安德鲁的东西都收完了，“有件事我想拜托，是这样的，我不敢在教堂那边露面，能不能请您派人帮我把这箱东西送去给全治小姐？‘小提琴与木鞋’烧掉了，但她还住在原处。”

“好啊，那有什么问题，我就叫瑞夫去送好了。无论好事坏事，都没人会算到他头上。”

瑞夫·戴维里是塞缪尔的双胞胎哥哥，可是兄弟俩一点也不像。瑞夫身高五英尺出头，很胖，视力差到看 10 英寸之外的东西都得眯眼睛。塞缪尔一直不肯结婚。比德早早就为瑞夫找了个新娘，但她产第一胎的时候就死了，产下的男婴也只活了几小时。母子同棺下葬。瑞夫今年才 36 岁，已经当了

12 年鳏夫。还有一点也和塞缪尔极为不同，瑞夫对政治毫无兴趣，对他来说，起义军、英军，都一样。瑞夫直到现在仍与比德同住，为父亲打打杂、跑跑腿。

“你是全治小姐。”

“当然不是，我是她的女儿，克莱儿。”

“噢，这样啊。”在“小提琴与木鞋”的废墟中爬来爬去令瑞夫气喘吁吁，“那全治小姐在哪儿？”他拼命眯起眼睛看着克莱儿。

“她在帮病人看病，你拿的是什么东西？”

“草药之类的东西，我爸叫我送来的。”她的眼睛是深蓝色的，他从没见过谁眼睛里有这么深的蓝色。还有她的头发，像墨一样黑，有几绺从帽子里跑了出来。

“好，那你交给我就好。”

“我可以帮你拿进去。”他朝四周看了看，眯着眼睛找门。

“好是好，可是这儿没分什么里外，我们就睡那边。”克莱儿朝旁边一指，残存的两道横梁上挂着两条毛毯，酒馆的屋顶已经不见了。

瑞夫仰着脖子说：“那毯子是马毛做的，挡不了雨啊。”

“没错，是挡不了。”克莱儿指着一块平坦的大石头说，“箱子就放那边好了。”那原本是酒馆地基的一部分。

瑞夫照她的话把东西放好，抬起头，用力眯眼睛，好估出双梁之间的距离。过了一会儿，才说：“我明天会再来，带帆布来遮雨。”

“现在帆布很难找耶，华盛顿将军的兵把店里的东西全清光了。”

“我知道，可是我有办法。”

克莱儿点点头，“好，那就拜托你了。”

瑞夫·戴维里望着克莱儿·坎贝尔蓝紫色的眼睛，他的世界静止了下来，然后开始朝另一个方向运转。

第二天，他带来三大片上过油的帆布，帮若歆和她的女儿做了一个防水的帐篷。

他走了以后，若歆说：“瑞夫·戴维里这么胖，想不到身手还挺利落的。”

“而且人很好。”克莱儿说。

“非常好。”

若歆在女儿声音里听出了某种气味，不是新气味，是旧的。

两天前，在安德鲁·特纳的诊疗室里，克莱儿在母亲耳边说，如果硬要逼她嫁给裘西·哈蒙的侄子，那她就会在结婚当天割喉自尽。说这话的时候，克莱儿就像个死人，像一缕从坟墓回来的幽魂。但是现在，就只因为有个可笑的小胖子（年龄足足比她大一倍）送礼物来，克莱儿讲话的语气就变回了原本那个女孩。若歆无法理解，但感激莫名。

两个月后，克莱儿与瑞夫结婚了。结婚典礼在圣保罗教堂举行，因为三一教堂现在只剩焦黑废墟，圣保罗成了城里最高级的教堂。若歆站在那里，看着女儿身穿精美的蓝缎礼服，缀着优雅的黑色蕾丝，发下婚誓，要永远敬爱、服从瑞夫·戴维里。克莱儿看起来如此平静自得，若歆却觉得有些恍惚，得用力拧自己一把，才能相信这不是梦。

"孩子，你确定要嫁他？"几天前她问女儿，"他虽然很有钱，人也很好，可是，瑞夫老得都能当你爸了。"

"他才 36 岁。"

若歆倒抽一口凉气，比她想得还老。"克莱儿，你才 16 岁。"

"我要嫁给瑞夫，如果你不准，我们就私奔。"

噢，圣母啊，她凭什么挡这孩子的路？克莱儿对瑞夫并无热情，但热情对女人有何价值？她自己不就为了怕伤害卡夫，而压抑了热情？若歆对女儿说："人好当然是最重要的，但你真的确定要嫁给他？"

"非常确定。"

是的，克莱儿真的非常确定。圣保罗教堂的牧师问她是否愿意接受这男人做她合法丈夫时，她坚定地说："我愿意。"甚至还重复了一次："我非常愿意。"克莱儿非常确定自己做了正确的决定，但她做此决定有她自己的理由，和母亲想的不同。

"我要给你看样东西。"说这话时克莱儿和瑞夫相识将近一个月，瑞夫几乎天天都找各种各样的借口到"小提琴与木鞋"报到，"把帘子放下来。"

瑞夫很听她的话，她怎么说，他就怎么做，可是这次他有点迟疑，因为后果堪忧，一个搞不好，说不定若歆会再也不许他来，"全治小姐可能就在附近。"

"市政府附近有人生疮，不想让理发师拿柳叶刀处理，所以找她去治。妈妈会用芥末和薄荷泥吸毒液，很慢，至少还要一小时才会回来。快，去把窗帘放下来。"

瑞夫听话照做。克莱儿点了支蜡烛。瑞夫常带各种实用的礼物来，这蜡烛也是其中之一。在烛光中，她要他靠近点。"靠近点你才不用眯眼睛，来，好，这样就行了。”

她没再说话，动手将外衣脱掉，又把马甲褪到腰际。瑞夫想问她为什么要这样，却全身发热，热到说不出话来，不光两腿之间，是全身，他觉得自己全身都着了火。他这辈子从没有过这种感觉，跟妻子一起当然没有，和妓女一起也没这样。这是他从来没有过的经验。

克莱儿把内衣脱下的时候，帽子也掉了，长长黑发流泻及腰，她举起双手将头发拨到身后，让身体能一览无遗。她动的时候，乳房也跟着动，两个小小的乳房突出在修长的身体上。他想，摸起来一定很结实，像一对粉红色的苹果，酸酸甜甜的，好吃。

“看到没？”她问。

“看……”他得先吞几口口水，才能吐出字来，“看什么？”

“我左边的乳头。看到没？歪歪的。你低头看清楚。”

他低下头，嘴唇离她只有几英寸，她好好闻，那香味是他送的古龙水，闻起来就像个永远不会结束的甜蜜夏天。“噢。”那个乳头像是苹果上小小一段褐色的梗，弯弯的，他看了好一会儿，才轻声说，“我看到了。”

“我的伤已经好了，可是乳头永远都会这个样子，这是一个英国水手咬的。我不是处女，火灾那天晚上，有6个水手强暴我。”克莱儿说得平淡，不带一点情绪，“其中一个把我的乳头咬成了这样。”她用手捧起乳房，让它离他的嘴更近，又把另一只手放到瑞夫头后面。

他不敢动，满脑子只有她的香味，头都昏了。她手放在他颈后，就像火在烧，他好想去舔那个弯曲的乳头，这辈子他从来没这么想做一件事情，可是他不敢。瑞夫知道如果不照着她的意思，在她要的时间做她要的事，克莱儿就可能会赶他走，再也不准他回来。他好不容易才找到了这辈子最宝贵的东西，不能失去。

克莱儿说：“我肚子里没有英国杂种，我妈妈在杂种还来不及成形前就帮我刮过了。”她松开放在他脑后的手，那火却还在烧，“现在你都知道了，也看到了，瑞夫·戴维里，你对我还有欲望吗？”

“我崇拜你。”瑞夫轻声说，“我爱你胜过我的生命。”

克莱儿退后一步。瑞夫喉中发出一个声音，一声含糊不清的呻吟，他的告白冒犯她了，早知道他不该说的，他应该要放聪明点，像她这么美的人，怎么可能会跟他这种又胖又丑的癞蛤蟆在一起。他想着想着，两行眼泪就流了下来。

克莱儿一直往后退，退到帐篷角上，马毛毯子折得整整齐齐，就放在那边。她抖开毯子，躺到上面，眼睛一直望着瑞夫，把裙子掀起来，让衣服全在腰上，让下面和上面的身体同时露出来。“过来，把你的东西插到我里面。”

“什么？我不……”

“听话。你想，我知道你想，我现在让你做。”她张开双腿，“过来，趴到我身上，把你的老二放进来，快点，拖太久我妈就要回来了。”

她听到他大声呼吸，好像就快要喘不过气来，喘了好久好久，才总算解开裤带。等她看见他那话儿挺在身体前面的时候，差点就要跳起来说她后悔了，但她没动，她不会反悔。

这事是经过深思熟虑的，她想了好几天，很清楚自己在做什么，很清楚自己为什么这么做。“来吧。”她半坐起身子，用手肘撑住，“快一点。”

他脚步踉跄，因渴望而颤抖。她下面的毛发和头发一样黑，他试着伸手去摸，好像丝绒，又像新生羔羊身上的软毛。

“来吧。”她朝后仰，将下体抬起，迎向他，“不要浪费时间。”她把腿张得更开，黑色的毛微微分开，他看见里面是粉红色的，湿湿的。

瑞夫发出介于叹息和呻吟之间的声音，在她身边跪下，然后趴到她身上，在她细长的双腿之间，用手带着那话儿找到入口，然后好一会儿动也不动，满心欢愉。借由身体上的结合，他拥有了她的美丽，再也不是那个又矮又丑的瑞夫·戴维里了。他是王，是天与地的主宰。最后，直到他再也忍不住了，才开始抽送，两次，或者三次吧，就结束了。

她问：“你做完了？”应该是吧，因为他刚颤抖了一下，现在动也不动趴在她身上，脸压着她的脸，脸上湿湿的，可能是眼泪。这是她第一次看见男人哭。“嗯，告诉我，你做完没？”

“做完了。克莱儿，吾爱，请听我说……”他抬起头，想凝视她的眼睛。

她转开头。“做完了就起来。”

他赶紧滚开，起身穿衣。克莱儿也起来穿衣服，把马甲捆好，蕾丝系好。他又说：“克莱儿……”

“不要说话，听我说，我非得这样不可，我得先知道我能不能忍受。”

“忍受？所有的男人……还有女人，都有这种需求……”

“别跟我谈什么需求，放进我两腿之间的东西都只带来痛苦和折磨，我没办法一辈子受这种罪。可是你……”他望着她的那种眼神简直像小狗，充满乞求。她说："你很温柔，谢谢，你能不能答应我，一辈子都这样？"

"我宁可死，也不会伤害你。"他语气严肃得像在发誓。

"我相信你。好，瑞夫·戴维里，我嫁给你。你想娶我吧？是不是？"

他只能点头。

"好，那就这么办吧。可是有个条件，你……"她想了一想，"你每个月只能把老二放进来一次，时间由我决定。你同不同意？"

他依然只能点头。

"你发誓。"

瑞夫发了誓，事情就谈定了。

所以现在他们才会站在圣保罗教堂里，举行婚礼，低调的婚礼。婚礼简单也是克莱儿的要求。比德和南希说他们年老多病，无法参加仪式，其实他们听说瑞夫要再婚，意外极了，看在可能有机会抱孙子的分上，那女孩有印第安血统和黑人血统的事也就算了，戴维里家能够有后比较重要。婚礼结束后，瑞夫带克莱儿回到华尔街，公婆正式欢迎儿媳进入家门，然后就立刻逃回自己房间。

于是，只剩克莱儿和瑞夫独处。克莱儿说："我们已经结婚了，告诉我，你有什么专长？"

"我不知道，你说专长是什么意思？"

"就是你做得最好的事，比如说，我会做草药，会煮饭，还会敲一点点达西马琴。你呢？你会做什么？"

他摇摇头，"我什么事都做不好。"

"胡说。你不是帮爸爸做生意吗？"

"嗯，是啦，至少以前是，现在没什么生意可做了，他把船都送到弗吉尼亚去了。"

"以前还有很多事做的时候，你最会做什么？"

瑞夫想了想。"算术吧。"他想了好久才说，"我想我最会的就是算术，那些货单什么的都归我算，我算东西很快。"

克莱儿拍拍手，"太棒了！算术很重要。我还知道你另一项本事，你有办法弄到市面上少见的东西，比如说帆布啦、蜡烛啦，还有古龙水。火灾过后，什么东西都缺。"

他之所以找得到，是因为想拿去给她，但他没反驳，心里只想着，她说一个月一次，不知道今天晚上行不行。如果她说话算话，那就该从结婚这天算起，对不对？而且他从订婚那天之后就没碰过她，有时候甚至觉得那是个梦。他说：“如果很重要，我就找得到。”

“我们以后会需要很多很多重要的东西。就先从一个属于自己的地方开始好了。”

“是要用来住的？”

“对，还要开我们自己的店。”

“哪一种店？”

“药铺，但不是普通药铺。”克莱儿说。

“罗得岛殖民地那边有一家店叫做‘药局’，至少以前有啦，在新港，战前我帮我爸去新港办事的时候见过，是亨特医生开的，大家风靡的六号古龙水就是他做的。”

“太好了。”克莱儿又拍拍手，“我们就该开家药局。”

“可是我们又没有六号古龙水，要卖什么呢？”她真是太神奇了。他拿钱让她去买结婚礼服，结果她竟挑了件和眼睛同色的礼服，好妙。

“我们可以拿草药去换呀，以物易物，换些假发粉和古龙水之类的货来卖。”

“好。那克莱儿，今天晚上……”

“我们睡哪里？”

“睡我房间，在楼上，我让人换上新床单了。”

想到有真正的床可睡，还有干净床单，她好兴奋。“我累了，咱们赶快上楼吧。”克莱儿带头上楼，好像她才是在这个家长大的人似的，楼梯上到一半的时候，回头低声说，“如果你能保证做快一点，那今天晚上就可以做。”

“泽西”号上的俘虏

1

“祝您永远快乐，达西瓦夫人，祝您永远快乐。”

豪将军1776年曾经对她这么说过，继任的克林顿将军也对她说同样的话。现在是1780年，四年过去了。伦敦受够了豪的犹豫拖延，不愿让他继续留在纽约这个堕落之窟，把他调了回去。他们说，克林顿将军不但是比豪将军更优秀的战略家，也是个正人君子。

亨利·克林顿在纽约的每一个晚上，都去她家。

她用红蕾丝扇子遮住唇边的笑意，“我完全同意，亨利爵士，祝您永远快乐。”

这长厅太热了一点，她也不想，可是所有窗户都开了，六月天，要这么热她也没办法。也许热度来自于陪在亨利·克林顿和6名英国军官身边的那8个妙龄女子吧。现在女人流行把屁股后头垫得翘翘的，和从前撑两侧的做法不同，她年轻的时候大家都用鲸骨架把裙子撑宽，如今要时尚就得有够多的褶饰在身后把裙子撑高。这么一来，行动变得比较容易，但坐着就难些了。无所谓，反正现在的女孩坚持要戴3英尺高的假发，站着也好，顶着那种东西，站姿更能显出仪态万千。

她自己身上穿的红色织锦缎礼服就有很大、很棒的后衬。豪带兵入城之后，她再也没穿过黑衣，也不再戴黑纱，她知道有更重要的事等着做。达西瓦番婆足不出户，裁缝会定期上门为她量身缝制最时尚的新衣，但她受不了三英尺高的假发。番婆今年 65 岁，秀发依然乌黑亮丽，在两耳边各绾一个髻。

她扇着扇子，审视座上宾客。亨利爵士伸长了脖子，仔细看那些华丽假发下的脸。“爱玛兰莎今天晚上怎么不在？”

“真不好意思，亨利爵士，爱玛兰莎身体有点不太舒服，可是您见过格温德林没有？”

其实爱玛兰莎正在楼上吃糖渍堇菜、看伦敦来的时装书，她做得够多了，该休息了。豪在伦敦的时候最喜欢她，对她需索无度，天晓得她在若歆那里堕了几次胎。因为没生孩子，所以她依然美貌，亨利爵士一掌权，也要她。克林顿和豪不一样，他上你之前要先打屁股，可怜的爱玛兰莎，才 14 天，屁股上就打出了水泡，这样下去不行，得换个人给他。

“格温德林，过来，见见这位让纽约在战火摧折下还能保有文明礼仪的守护者。”

“噢，亨利爵士，我好仰慕你。”

她行屈膝礼的姿态极美，胸部也美得不像凡间之物，假发上的装饰品是一艘满帆的木船，待会儿等她拿下假发，亨利爵士就会发现她深栗色的头发比爱玛兰莎的金发更美，换换口味也不赖。更重要的是，她的屁股就像个甜美的蜜桃。达西瓦番婆在找人取代爱玛兰莎的时候，特别挑过。可惜亨利爵士现在还不知道等着他的是何等好料，所以看起来不太痛快。

达西瓦番婆靠过去，用扇子遮着嘴，低声说：“可爱吧？可是亨利爵士，您都不知道格温德林这小姑娘有多调皮，真需要有只强壮的手来打打屁股，也许您能帮我管教她？”

演奏达西马琴的年轻女孩敲起轻快的曲调。格温德林伸出手说：“亨利爵士，请原谅我这么冒昧，我知道我鲁莽任性，需要管教，可是我就是管不住自己。您愿意与我共舞吗？”

“乐意之至，格温德林小姐。”

番婆看着另外 6 对随他们步人舞池。格温德林这孩子真聪明，她们全都是聪明的好孩子。她有预感，今晚一定会大有斩获。没人有空注意她，她拉起裙裾，步出了长厅。

轻快的乐音和跳舞的脚步声随着她出了门。她望着大门旁放在瓮里的乌木手杖怔了一会儿。红宝石眼睛的马头几年前安回原处，然后这手杖就一直站在那里，在悲惨的战争中提醒她，她究竟是怎样的人，她曾经是怎样的人。

还需要提醒吗？她不过就是个愚蠢的老太婆，常常忘记蒂尔达 3 年前就过世了，还想喊她，或喊芙萝西。噢，天啊，要是芙萝西还在多好，她会是最棒的同志。老芙萝西有爱尔兰魂，一定会是最热情的爱国者，能让英国人难过的事她全都爱做得不得了。但布里奇特·黑根对这事也很投入，她也来自都柏林。

布里奇特脸上天生有块皱皱的红斑，从鼻子一路延伸到下巴，讲话咕咕哝哝，人家都听不懂，也没人有工夫教她读书写字，所以英国人再怎样都不可能怀疑布里奇特·黑根会是叛党，他们只觉得她笨，不知道她有足够的智慧去恨。

布里奇特在厨房等候主人，身边有一桶脏衬裙。

达西瓦番婆低声吩咐："今晚洗两件黑的一件白的，天亮前就晾起来。"

布里奇特扭曲的脸笑了一下，弯腰拣出两件黑衬裙，一件白衬裙。黎明时她会将这三件衣服晾在晒衣场上，传出讯息，然后，等她去百老汇大道的市场买肉的时候，屠夫的太太就会亲自为她服务。

布里奇特会指出她要买的后腿肉，让屠夫太太帮她处理打包。现在什么东西都贵得离谱，食物价格是英军占领前的 8 倍，一点点羊肉就得花上一大把硬币。旁人绝对看不出来，布里奇特买肉用的硬币之中，有一个铜板经过加工，分成两半，中间夹了极薄的纸片，上头有达西瓦番婆用极细的鹅毛笔写下的情报。那些情报来自前一天夜里军官与妓女的枕边细语。

因为城里最高级的妓院屋子后头的晒衣场晾起了两件黑衬裙和一件白衬裙，所以不久之后，老南希·戴维里就会派厨子去买肉。南希的丈夫 10 个月前过世，但她已经恢复了好胃口。屠夫太太找零钱的时候，会让戴维里家的厨娘把那枚特殊铜板带回去。

再过一会儿，会有个穷妇去戴维里家的厨房门边乞讨，这个乞丐角色每次都会换人扮演，从不重复。那个中空的铜板就在这些女人手中传来传去，一路传进起义军阵营，过一阵子，又会循原路传回原处，好重复使用。

目前为止，这个特别的间谍网尚未曝光，但所有成员都很清楚，这样做冒了很大的险。身为女人并不会让她们享有免罪的特权。几个月以前，有另一组间谍被抓到，为首的人里有两个女的，被捕一周后放在无篷马车里游街示众，早已给折磨得半死，不成人形。之后送上了俘虏船——"泽西"号。

番婆最后一次走出大门，就是把起义军旗帜扔到马粪上，邀请豪将军来家里那天。可是每到满月的日子，她都会从所罗门从前住的那个阁楼爬上屋顶，用豪离开纽约前送她的望远镜，远眺停泊在东河对岸渥勒保湾的那些俘虏船。豪说：“这小东西就留给你作纪念吧，达西瓦夫人，仅以此表达我的敬意。有时候透过钥匙孔让很远的东西看起来很近，还挺有趣的。”

虽然没法看得很清楚，但她会看上整夜。风向要是对了，日出时还会听见狱卒的吼声，那对船上的俘虏而言，是来自地狱的声音吧。“喂！你们自己把死人搬出来！”

摩根，噢，天哪，摩根。如果上帝还有一点慈悲，就请别让我的儿子活着受那种罪。就算让摩根死掉，也比活在那些船上好。或者，当然最好还是让他活着同华盛顿一起打仗，让他保有自由之身。

天啊，她干吗这样想？摩根·特纳怎么会在俘虏船上呢？没道理呀。就算他被英军抓到，身为起义军军官，依照规定是可以在城里租住处的。她干吗老是爬到屋顶上盯着“泽西”号之类的俘虏船看，想象儿子在船上？可是不晓得为什么，她内心深处就是确定摩根在那里，在河对岸的船上，受着言语难以尽述的折磨。

因为，4 年来她从没听任何人提过他的名字。

几乎所有英国军官都来过她的长厅，每个军官上楼一逞兽欲之前，都会在这里高谈阔论，吹嘘自己的英勇事迹，说得巨细靡遗，但从来没人提过摩根·特纳。没人打败他、杀死他，甚至没人在战场上遇过他。以她儿子的个性来说，这太奇怪了。

她明知不妥，还是忍不住刺探过豪和克林顿。尤其是对克林顿，她说得相当明白，“亨利爵士，我对国王陛下忠心耿耿，这您是知道的。可是我毕竟是个弱女子，是个母亲，如果您有摩根·特纳的消息，能不能告诉我？”

近来问得可能太过频繁，克林顿开始用怀疑的眼光看她。几周前有一次，他正要离开，在前厅遇见她，两人静静对立，他看看她，又望望楼上，军官嬉闹的声音传了下来。那天起，她就开始做噩梦，梦见那些女间谍在小皇后街的地窖里受酷刑摧折。很多人都说听见她们惨叫，但没人敢大声说。她觉得她家受到了监视，尤其是白天没有英国军官在的时候。可是无论如何，她依然继续做她该做的事，其他人也是，始终如一。

格温德林陪侍亨利爵士一夜，证明了爱玛兰莎的故事一点不假。克林顿喜欢女孩子主动奉上板子，亲他的手，求他处罚。挨打的时候还得含泪赔笑。

2

他们用 8 支桨的长船载安德鲁渡河，距离远得连眯起眼睛都还看不清楚的时候，安德鲁就闻到俘虏船的臭味了。那是种排泄物、呕吐物和烂肉混合的味道，比渥勒保湾原本的淤泥臭味更胜一筹。安德鲁低声说："我的天啊。"

他身旁的实习军官指着最近的一艘船说："您看，那就是'泽西'号。"他们离"泽西"号越来越近，四名船夫都别过头去。安德鲁却逼自己看。

那艘可恶的船年久失修，灰扑扑的，还有裂缝，吃水线的漆还在，比泥泞的浅滩水位高了几英尺。上头有三层甲板，最上面还有个像是第四层的东西。安德鲁咬牙切齿地问："船上有多少人？"

"很难说。"实习军官不疑有他，"我想大概几百个吧。为了多装些叛军，他们已经把这船挖空，再也不能出海了。这几艘船全都一样，都废了。"

这些年来，像这样停在布鲁克林岸边的俘虏船总有 20 艘吧，安德鲁数了数，今天有 14 艘，这艘船尾连着那艘船头，用链子连在一起，在午后的阳光下仍显得死气沉沉，十分阴森。无数尸体从船上扔进了海里，没人知道他们的姓名、长相，没有记录，只有家人会为他们伤心，可惜家人并不知道他们的下场。也或许，不知道还比较好。

安德鲁看见"泽西"号的人忙着把浮船坞和舷侧的梯子固定在一起，还有个守卫站在船头的水手舱里。这都是些什么人？怎么肯来做这样的事？他听说过不少传闻，讲这些俘虏船上狱卒的故事，传闻一个比一个恐怖。他发现划船的人不但始终不往"泽西"号的方向看，还被臭味熏得微微抽动肩膀。至于他呢，他原以为经过多年训练，再臭的臭味都禁得住，但结果就连他也不得不用手捂住鼻子。

实习军官说："再一会儿我们就居上风了，"桂冠"号就停在布西威克溪口。嘿，大家加把劲，医生可是大忙人呢。"

船行速度加快，安德鲁还忍不住回头再看，老天啊，做这种可怕的事，有什么理由能算正当？

"到了，先生，这就是'桂冠'号。"这回实习军官的声音里带着骄傲。

安德鲁向前看，噢，这条船和"泽西"号差真多，国王陛下的战列舰"桂冠"号是艘双桅双甲板的大船，载着 700 名工作人员和 46 座大炮。船身上的漆很亮，黄铜更亮。红色军旗在船头飘扬，旗下有船首像，手中拿着英国的令牌。

这艘船周边没有臭味，只有海水的咸味。“天啊！”安德鲁喃喃地说。

“很美对吧？”年轻军官得意地笑。安德鲁没搭腔。

大船放下梯子，他爬的时候不敢往下看，他怕高。如果能够拒绝，他一定不来。可惜不能，他们怎么说，他就得怎么做。居高位的托利党人过的就是这种日子。剩下最后几英尺的时候，有个强壮的水手伸手来拉，他一点也没抗拒，还心怀感激。

“您是特纳医生吧？我是格雷戈里船长，欢迎登船。”安德鲁和矮小黝黑的船长握握手。另一个人走了过来，这人个子较高，一脸黑胡子，表情阴郁严肃，看起来不太好相处。格雷戈里船长说：“这位是麦克艾利斯特先生，船上的疡医。你在这里由他照顾。”

安德鲁点头致意，发现麦克艾利斯特有点皮笑肉不笑的，也难怪，船医都不喜欢人家从陆地上请医生上船，更何况安德鲁还是殖民地人。他能尽量表现出文明人的样子，就不错了。

“你的病人在楼下。”麦克艾利斯特领他走向后甲板区，“下梯子小心别撞到头。”他有一点淡淡的格拉斯哥腔。

安德鲁一听这话，心就往下沉。好在这回要下的不是绳梯，只是条窄窄陡陡的木梯。他抓着光亮的黄铜扶手，每一步都踏得很谨慎。他看见左右的红木墙都上了蜡，一尘不染。“格雷戈里船长管理得很好。”

“看得出来。”

“是啦，我想你应该看得出来。好了，到了，病人就在船长室。”船医打开门，带安德鲁走进一个长 8 英尺、宽 10 英尺的房间，里头有拼花地板和漆成亮白色的墙，房间一角有张圆形橡木桌和四把椅子，另一个角落放了张小书桌。两张桌子之前悬着吊床，让狭小的空间显得更挤，但对于舱房来说，这间已经算相当大了。“这小子不放这里就得放船长卧室，还是放在这边好一点。”

吊床上的人头上绑了绷带，眼睛闭着，不是在睡觉就是晕了过去。等等就知道了。安德鲁解开外套纽扣。“这么大的一艘船，居然没有别的地方能放伤员？”

“特纳医生，不管这船有多大，能用的空间都用光了。我跟其他军官睡军官休息室，下层甲板一间舱房里挤 20 个实习军官，水手都睡在枪旁边，我们这艘船挤死了。不过别以为我没有医务室，我有，只是不适合这小子。”

安德鲁看看那病人，还是一动也不动。“为什么呢，麦克艾利斯特先生？”

“因为这个叛军身价不凡哪，至少现在是。”

“叛军？我还以为……”

“你别看他还是个孩子，听说现在重要得不得了。”麦克艾利斯特拉把椅子坐下，双脚实实踏在地上，显然接下来只想袖手旁观，“至少短时间内很重要。军队就是这样，特纳医生，他们嫌一般的船医不管用。”

“麦克艾利斯特先生，这是您的船，我来只是奉命行事。所以，请告诉我他是谁，还有您对他伤势的看法。”

“后面这问题比较好答。这小子撞坏了头，我钻了3个地方，都没用，至少看不出有什么用。你问他是谁嘛……他叫爱德华·普雷布尔，老爸以前是将军，听说现在是种马铃薯的农夫了，可是普雷布尔将军当年曾在亚伯拉罕平原与沃尔夫将军并肩作战，当时还没有这些垃圾叛军。可惜啊可惜，儿子没教好，这个小普雷布尔对国王不忠，才会落到这个下场。”

“原来如此，可是爱德华·普雷布尔既然是叛军，被捕后为什么送来这里？”

“噢，他原先去的是‘泽西’号。”

正在卷袖子的安德鲁一听这话当场怔住了，“他在‘泽西’号待了多久？那是个地狱啊。”

麦克艾利斯特耸耸肩膀，“几个星期吧，也可能有一个月。你别那样看我，我跟‘泽西’号没半点关系，那上头发生的都不关我事。我只知道他们把他送来‘桂冠’号，格雷戈里船长把他交给我照顾，叫我让他活久一点，暂时不能让他死。”

“暂时是什么意思？上了‘泽西’号的人除了撒旦还有谁要？”

麦克艾利斯特又耸耸肩，“我想这就是他被送出来的原因吧。听说我们要拿普雷布尔将军的儿子去换某位忠贞英国将军的儿子。哪位将军我不知道，也不在乎。”他朝安德鲁的猪皮包点点头，“我看见你带了自己的家伙，但是如果需要用到我的，只管开口。”

“谢谢，能不能帮我弄点水来？要淡水，不要咸的。”

“没问题，我有，是伙房煮饭的时候收集来的蒸馏水，要多甜有多甜。皇家海军可有效率了，我这就去拿，马上回来。”

麦克艾利斯特走后，安德鲁快步走到男孩身边，这不是睡，肯定是昏迷。他脸上连胡楂都还稀稀疏疏，天啊，应该连16岁都还不到吧，而且恐怕活不到17岁。他呼吸微弱，胸口几乎没有起伏，皮肤湿湿冷冷的。

安德鲁从毯子下拉出一条僵硬的手臂，指甲发蓝，是严重休克，手肘内侧有麦克艾利斯特帮他放过几次血的痕迹。

他放下男孩的手，帮他把被子拉好保暖。接着静静听了一下，没听见脚步声，就走到书桌旁。

也许还有三四分钟时间，可是看起来在这小房间里恐怕没什么有价值的数据。安德鲁拉拉抽屉，左右抽屉都锁着，可是正中央的抽屉轻轻一拉就开，里面只有几块拭笔布、几个鹅毛笔尖、一些封信蜡之类的东西。

已经过了一分多钟，来不及设法开那两个抽屉锁了，安德鲁回头看看病人，样子仍和刚刚一样。天啊，不能让这种大好机会溜走，他下定了决心，把中央抽屉整个抽出来，放到旁边，然后跪下身去。

里面好多灰，这船虽干净，不常开的地方也难免积灰。

每一个秘密抽屉各有不同的设计，但杠杆原理是一样的，而且过去这几年这类东西流行得很。

他沿着中央抽屉外框摸了一圈，什么都没有，再往里摸也摸不出异状，都过去两分钟了，他背后已经流了好多汗。这种事情安德鲁做了四年，理应不会再紧张，可是每次都还是会像风中的叶子似的，抖个不停。而且俘虏船的臭味一直在鼻子里萦绕不散，更添阴影。不，他不该担心这个，间谍抓到直接就吊死了，连审判都不会有。

原来机关在左后方，他指头一压下去，那个小抽屉就从右手边无声地弹了出来，比他自己那张书桌里的还小，也更浅，刚好够放这本七八英寸长、四英寸宽的暗褐皮面小册子。他把小册子藏进衣服里，把秘密抽屉推回去，然后起身把之前抽出来的大抽屉也塞回原处。就在这个时候，舱梯上响起麦克艾利斯特的脚步声。

幸亏他不抖了，否则一定来不及把东西全归位。天啊，就只差一点点，好险，在最后一秒钟，他转身面对吊床。

门开了，麦克艾利斯特拿着一个晦暗没有光泽的铜制水桶进来，把手是黄铜做的。他胡子上好多汗，眼睛打量着安德鲁、船长书桌和吊床的距离。“你帮人看病都站那么远？还真特别啊。”

安德鲁说：“只有在思考的时候我才会这样。”

“思考什么？”麦克艾利斯特把水桶放到桌上，眼睛依然盯紧安德鲁。

“思考要用什么样的治疗方法。”天啊，他是在啰哩八唆胡扯些什么，像个白痴似的。眼前这个苏格兰人可不好唬，“在这种状况之下……”

“这种状况是哪种状况？特纳医生，你是诊断好了没有？”

“当然诊断好了，麦克艾利斯特先生，这孩子休克了，如果我们不赶快采取行动，他就活不过今晚。”

麦克艾利斯特点点头，“这样说是没错，可是，我已经想办法让他多活几小时了，你呢？特纳医生，你又打算怎么做？你在格雷戈里船长的书桌旁边思考的是什么样的治疗方法？”

“输血。”他想都没想，这两个字就脱口而出，“我想您听过这做法吧？”

“没听过。我已经帮他放过血了，他上这艘船以后，我每天早晚都帮他放一品脱的血。”

“我知道。现在我们得放一些回去，当然，也要您愿意才行。”

麦克艾利斯特眯起眼睛，“放回去？没听过这种事。不过你要怎么做都与我无关，现在他归你管，如果死了，也是你的责任。是格雷戈里船长下令找你来的，他找你来也是奉海军上将的命令。”

“没错，我知道。可是现在当务之急是要保住他的性命，没有您的协助我办不到，麦克艾利斯特先生，我们得先把这张书桌推过来，离吊床近一点，您能帮我吗？”

“推书桌？小子，我不懂你在想什么。”

“噢，等下就懂了，麦克艾利斯特先生，我保证。来吧，帮我把书桌推近一两英尺，对，就是这样，这样子应该行了。”

麦克艾利斯特退到一旁，想看他玩什么把戏。安德鲁从包里拿出输血工具，这些东西是克里斯多夫留下的，安德鲁始终随身携带，不曾取出。当年克里斯多夫也将这些东西随身携带，可是红贝丝死后他再也没用过。“麦克艾利斯特先生，能不能请您坐到书桌上？”

“椅子有什么问题？”

“椅子没有问题，我只是需要您坐得比普雷布尔先生高一点，血流的方向才会正确，对，就是这样。接着，让我们把您的袖子挽起来……”

“袖子我自己会挽，谢谢，不劳您动手。可是我看不出……”

“请挽高一点，要高过手肘。”他伸手去拿那套特殊工具，忍不住又开始发抖。很好，黄铜管子、活栓和中空的针管都在。

他听爷爷讲过、也读过笔记，但从未实际操作。格雷戈里船长秘密抽屉里的东西就在他衣服里面，天啊，要是掉出来怎么办？他转身假装咳嗽，趁机调整衣服里小册子的位置。

“特纳医生，你这是要干什么？我看不懂。”

“我打算要救这孩子的命，麦克艾利斯特先生，您不和我合作，我就没法救他，所以成功以后您和我的功劳一样大。”安德鲁从包里拿出一条皮带，紧紧绑在麦克艾利斯特的手臂上。

“可是这他妈的到底是要干……噢！”

安德鲁下刀时毫不客气，他之所以要用麦克艾利斯特的血，就是为了要让他顾不得再想刚刚的事。“抱歉，不得不这样。现在呢，我们只要把这个中空的管子插进切口里，就像这样，好了，非常好。能不能请您帮我扶着它别动，我来处理一下病人这边？谢谢您，这样很好。”

他在男孩手臂也绑上止血带，血管凸了出来，蓝蓝的，一跳一跳。他用三角柳叶刀切开一个口子，插上中空针管。“现在呢，要请您身体稍微往前倾，对，就是这样。我要先放开您的移液管……然后是他的……”

“噢，好痛，你跟那些搞鸡奸的一样疯！”麦克艾利斯特看着连接在他和病人之间的这套装置，眼睛圆睁，大惊失色，“不，你他妈的比他们还疯！”

“不不不，先生，我跟你保证，我不搞鸡奸，我有太太，还有三个小孩。”天啊，要是小普雷布尔死掉怎么办？红贝丝就死了，而且爷爷完全不知道当时出了什么问题，只确定不是因为输血。输血本来可以救她一命，安德鲁，我确定输血能救她，可惜癌症和手术已经先把她害死了。

麦克艾利斯特缓缓摇头，“真是疯了。我想你应该也知道，人家会说这是巫术。而且他是殖民地人，是叛党，而我是苏格兰人，你怎么能……”

“我知道，可是没办法。麦克艾利斯特先生，我们都断定病人处于休克状态，您用了钻孔和放血的方法，结果病人状况恶化。因此，照逻辑来讲，输血应该能改善现状。”

“是喔，你不觉得……天啊！他妈的！”

爱德华·普雷布尔睁开了眼睛，正望着他们。

“喏，你看，就这东西，为它我差点送了命。”安德鲁用大拇指和食指捏着那本褐色的小册子，交给塞缪尔。

塞缪尔·戴维里翻开小册子，就着照进山洞的月光，细看第一页上的字。“哇！这是英国舰队的旗码，所有密码都在上头！我真不敢相信，太神奇了，安德鲁！”

“小声点，咱们头顶上就有红外套。”

这两人所在之处，是克里斯多夫·特纳家的旧地窖，房子虽然烧毁了，可是百年前安克尔·杨森用来放肉的储藏室依然在。

这里又黑又脏又臭，充满了老鼠和暑气的味道，两人密会不但要忍受脏臭，还得要鼓起足够的勇气。这计划要从1776年说起。

当时，塞缪尔问："一个人投靠英军，利用医生的身份做所有能做的事；另一个人加入华盛顿的军队。我们达成共识了吧？"

安德鲁只迟疑一秒，就说："对。"

《独立宣言》在三天前宣读，他们找了家没人认得他们是谁的便宜酒馆，讨论这件要事。提议的人是塞缪尔，掷铜板的人是安德鲁。那是个康涅狄格铜币，安德鲁说："如果有字的那面朝上，我就加入英军。"

铜币落在两人之间的桌面上，谁也不用低头看，它躺在那里，上头的字清清楚楚显示"我是好铜币"。

"噢，天啊。"安德鲁瞪着铜板说，"我要当托利党，要当所有同业唾弃的人了，想不到这感觉这么糟。"

"别难过，你要记住，咱们那些了不起的同业之所以讨厌你，只是出于嫉妒，你太有本事，他们听到你的名声就气，因为他们都很清楚自己的本事及不上你的四分之一。"

"我只是希望……"

塞缪尔碰碰他手臂，"我们都有很多愿望，但现在还没到如愿的时候，先把该做的事做好吧。"

安德鲁许下承诺："我会尽全力去做。"

他也确实尽了力。波顿酒馆那天晚上，他和塞缪尔合作，在同业面前演了一场戏。全纽约的医生只有他没去投效华盛顿，大家都在背后说他是懦夫，是叛徒。他只能把所有羞辱委屈往肚子里吞，没把事实告诉任何人，没告诉梅格，没告诉孩子，也没告诉断了腿的老父。知道实情的就只有塞缪尔·戴维里和乔治·华盛顿，只有他们两个人知道，安德鲁·特纳和其他美国人一样，是热情洋溢的爱国者。"是的，正是旗码，所以我才拿来给你。"

为他们安排密会的人，是公报的印刷者詹姆斯·里文顿。公报每周发行，刊头上虽然打的都是皇家名号，但头版的第二段第三个字只要是"来"，就表示安德鲁要找塞缪尔·戴维里。也就是说，塞缪尔得想办法偷偷进城，和他在老地窖相见。第二版第一栏的段落数目代表要隔几天，见面的时间固定在午夜。

里文顿起初是忠贞的托利党人，在英军占领纽约6个月后才决定支持起义军。他并不知道和他同在纽约做间谍的还有谁，大家都认为这样最好，不知道机密，就不会泄露机密，就算受到怎样的威胁利诱，都不会危及其他人。里文顿每周会照约定去不同的地方拿取一份密码，依指示做事。

“我今晚这趟跑得真值得。”塞缪尔翻阅安德鲁从“桂冠”号偷出来的小册子，“你看看这个‘皇家舰队日间密码’，下面这些图……”

“不用，我早就看熟了。”

小册子里画了好多旗子，详细分类，涂了红蓝两种颜色，没涂颜色的就是白色。安德鲁说：“星期一、星期二、星期三，每天的旗号都不一样，白天晚上也不同。”

“手册丢了，难道他们不会改旗码？”

“我敢说不会。这本册子应该不是天天用的，可能是‘桂冠’号船长另外留的备份。还有，就算真的发现手册丢了，我看他那种人也不会自找麻烦往上报。”

塞缪尔不敢置信地摇摇头说：“这真是他妈的奇迹啊，安德鲁，你的险总算没白冒。”

谁没冒险，难道塞缪尔冒的险不够大？里文顿冒的险不够大？他们做的事都不简单。

塞缪尔把手搭在安德鲁肩上，“别再愁眉苦脸了，你知道吗，我们快赢了，现在……安德鲁，城外的情形你一定没法相信。”

“我听说了，很可怕是吧？逃亡奴隶结伙抢劫爱国者的农场，还有那个有一半犹太人血统的奥利弗·德兰西，听说他收留了一堆流浪汉，带头作乱。”

“情况糟透了。”塞缪尔合上手册，塞进破烂的衬衫里，他脸上抹了泥，没穿靴子穿木鞋，还假装驼背，“肯定比你听说的糟，尤其现在本杰明·富兰克林那卑鄙无耻的托利党儿子组了个忠贞联盟，全是禽兽。但是，战争就是这样，强奸、杀人和抢劫都不是新闻了。真正的新闻是，我们成立纽约州了，注意，是‘州’喔，不是那狗屁国王的属地了，宪法说我们可以选自己的州长，不由皇家指派。而且是用选票进行秘密投票，不像以前那样排成一行，你选谁大家都知道。还有，审判会有陪审团，跟伦敦一样。再也没有官方宗教，大家爱信什么教，就信什么教，要迷信也没人管你。”塞缪尔笑得露出了牙，在月光下闪闪发光，和黝黑的皮肤形成对比。

“大家各自选择信奉不同的神，这样好吗？”

“当然好，对于死后的世界，国王难道比别人懂？”

红外套巡逻兵的脚步声在他们头顶上响起，又渐渐远去。“他们走完就该我们走了。谁先？”

“你先。”塞缪尔说，“快回家陪漂亮老婆去吧，没人在等我。不过有件事……”

“什么事？”

“输血的事。”塞缪尔轻拍衣服里的小册子，“天啊，我真不敢相信，你居然做了，克里斯多夫帮红贝丝输血用的是同样的方法？”

“一模一样。”

“但她死了。”

“相信我，我在船上也担心过，但爱德华·普雷布尔活下来了。塞缪尔，那一刻我真觉得看见了奇迹，才过一分钟半，他就张开了眼睛，然后状况一秒好过一秒，两小时后，我还没下船，他就坐起来吃饭了。”

“太神奇了，可是，你说为什么他活下来，红贝丝却死了呢？”

“不知道，医病不就是这样，有时候病人会好，有时候不会。”

“那倒是。总之，我很高兴这回有上帝保佑，安德鲁，我可真不愿意失去你这个好战友！”

“我也是。”他祖父市政街的房子后头有条小巷，现在两旁房子全烧掉了。安德鲁爬出地窖前回头说道：“塞缪尔，我问你，等这一切结束，如果我们赢了……”

“我们一定会赢。”戴维里拍拍藏在胸前的手册，“有了这个就更不用怕。”

“我知道，到时候咱们一起回波顿酒吧喝酒。”

“没错。”

“我问你，到时候，你还会主张城里有两家医院吗？”

“当然。”

“为什么呢？没道理呀。我一直以为你要再开一家医院是为了跟我作对。”

“以前确实是这样没错。”

“那为什么还要找我合作？”

“因为我知道你不但有医术，也有胆子。不过等把他们赶走以后，一切都会回到老样子，再有人跟我称赞你医术高明，我照样会嫉妒得要命。”

3

周二黎明时分，载满了尸体的木造马车抵达杜恩街，若歆也是。她躲进莱茵兰德制糖厂对街暗处，紧抓着篮子，不想看，却又移不开眼光。

特纳医生猜得没错，俘虏船满了以后，抓来的起义军就关在城里。公有地的新牢、纳苏街的城中荷兰教堂、威廉街的城北荷兰教堂和城里十家制糖厂中的三家都被征来当做俘虏营。运尸车每天会巡回各营。

两名穿着红外套的卫兵打开一道宽门，这门原本是用来滚朗姆酒桶的，现在滚出五具尸体，堆到马车原有的尸堆上。俘虏每天早上得把前一晚死的人送走，否则尸体会烂在里面。圣母啊，请救救他们。里面肯定很惨，真不知道这些人怎么还有力气搬运尸体。

“乔舒亚·洛林，你会下地狱。”若歆每天走在城里，都忍不住要低声咒他，“让魔鬼烧掉你眼睛，拿烧热的铁棍刺你，让你受永恒的折磨。”

乔舒亚·洛林是波士顿托利党人，负责供给俘虏生活所需。两年前，也就是1777年的时候，全纽约的人都听说他拿老婆换得豪的包庇，做了许多见不得人的生意，豪都睁一只眼闭一只眼。后来克林顿上台当老大，应该也得了某些好处，所以一切照旧。圣母难道不知道洛林靠经营黑市赚了大钱？俘虏饿得要死，而守卫每天会有一次拿生蛆的咸肉和发霉的面包丢在地上，让他们去抢。

“永恒的地狱之火等着你，乔舒亚·洛林，永远，永远，阿门。”若歆不但没压低音量，说完还画了个十字，恨意壮了她的胆。

运尸车的车夫高喊：“还有没有？”

“今天没有了，明天再来。走吧。”红外套关上制糖厂的门，车夫赶着马车喀哒喀哒走了。若歆等马车转过街角，才挂上笑脸，过到对街。

“早安，全治小姐，又来帮他们看病啦？”她常来，卫兵都不会向她要通行证。

“是啊。”

“进去吧。我得先提醒你，裙子要拉起来，露出你漂亮的脚踝，才不会把裙边弄脏喔。”他边说边笑，4年来天天如此，毫无新意，蠢蛋。而且很坏，他们全是坏蛋，心里住着恶魔，地狱之火都还便宜了他们。

里面的臭味十分骇人。制糖厂有5层楼，每一层都有开放式的凹洞，用来存放大量的糖，再把糖做成朗姆酒。现在这些凹洞里面挤满了人，不对，他们已经饿得快变成骷髅，躺在自己的粪便和呕吐物里。有些人用指甲在墙上划字，作为最后的遗言。

她能做的都做了，却只是杯水车薪。她对安德鲁说："大多时候，我能做的就只是让他们知道这世界上还有人在而已。大多时候，我能给的就只有一个微笑。"

虽然她鄙视托利党人，却忍不住为特纳医生感到心疼，这场仗打下来，搞得他脸颊凹了、背驼了、头发也白了。安德鲁·特纳每天都挂着黑眼圈，整个人显得憔悴颓丧。可是，心疼归心疼，每次见到他的时候她还是要不停骂他。她只能骂他，不然还能骂谁？"你就不能想想办法？你可是克林顿的医生啊，之前的豪也是你的病人。你为什么不去叫他给俘虏吃点像样的食物？他们快饿死了，而且死得像畜生似的，连想呼吸点新鲜空气都办不到。"

通常她说到这里就说不下去了，因为他会用乞求的眼光看她，好像在求她别讲细节，他会受不了。有时候想到安德鲁·特纳表里也许不一，她就挺开心的。

她带克莱儿去看诊那天就有这种感觉，此后这念头没消失过。如果她猜得没错，那他应该不会去帮俘虏争取较好的待遇，风险太大。再说，特纳医生就算真的去讲，也改变不了什么吧。

有时候安德鲁会说："如果有什么是动手术可以解决的，也许我能设法……"

"噢，何苦呢，那有什么意义？你冒着得罪英军的大险跑进去，然后呢？那里的环境太差，特纳医生，手术后肯定活不了，无论是你还是我，能做的就只有让他们死得安详一点……如果办得到的话。"

感谢主，感谢圣母，她还拿得到一定分量的鸦片酊。克莱儿每年夏天都做，能做多少要看该年罂粟花产量，做法和配方是特纳医生给的，来自珍珠街的老药铺。1778年克拉多克医生过世以后，他在药铺里发现了这个方子，他认为是莎莉·范德弗里斯亲手所写。

范德弗里斯太太、红贝丝、塔沐馨和菲比都管这东西叫滋补药水。克莱儿用很小的玻璃瓶装它，贴上"万能保健药"的标签，放在汉诺威广场的药局里论瓶卖，一瓶两便士。在若歆看来，什么万能保健全是胡扯，她从没见鸦片酊治好过什么病，但它能让重伤重病的人得到一小段时间纾解，倒是很有用的。

他们纵然身体非常虚弱，依然知道在若歆来到身边时要把嘴张开。她总会带上前晚熬夜做的一整篮玉米饼。印第安玉米粉是瑞夫给的，天晓得他从哪儿弄来。她喂每个俘虏都吃一点，看着他嚼烂吞下，然后，只要还有鸦片酊，若歆就会在他舌上滴一点，然后把凉凉的手放到他烫烫的额头上。

“谢谢，全治小姐，愿神保佑你。”

“也保佑你，愿神赐你平安。”

常有人问起战况，她会把听来的消息低声说给他们听，就算是坏消息，她也会照实说。若歆觉得对他们说谎好像就贬低了他们所受的苦，瞧不起他们的勇气。我们在特伦顿打了胜仗。普林斯顿是我们的了。我们在布兰迪万惨败。英军占领了费城。伯戈因在萨拉多加投降了，我们大胜。本杰明·富兰克林人在巴黎，据说法国人要来帮我们了。我们在日耳曼镇损失了1000人。听说美军在福治谷的状况糟透了。但年复一年，无论消息有多坏，她在最后总是会说：“华盛顿还在奋战，我们终究会赢，你知道的，我们会得到最后的胜利。”听了这话，士兵脸上就会露出笑容。

“全治小姐，过来……”

那沙哑的声音来自十英尺外屋梁下的阴影里。“我会尽快过去。”她朝那边喊，“如果今天来不及，明天我就从你开始，好吗？我跟你保证。”

“若歆，拜托……你一定要……求求你……”

她整个人僵在那里，完全不能呼吸，好一会儿才有办法逼自己踉跄地站起身来。

“怎么会这样，规定不是说……你不可能在这里啊，但真的是你。”起义军军官照规定不会关进俘虏营，可以在城里租地方住。可是摩根·特纳就在这里，就在这个老酒厂里，虚弱得连头都抬不起来。

他喃喃地说：“规定……规定对我不适用。他们不照规定来，我也没有办法。”

她在他身旁蹲下，“噢，天啊，怎么会这样。我还剩一点点玉米饼，来，把嘴张开。”

他嘴唇干裂，一张嘴就流血。她用袖子轻轻沾掉伤口上的血，放了一小块饼到他嘴里。圣母啊，求您让我的手别再抖了。他怎么瘦成这个样子，好像让人削薄了扔在制糖厂地上。噢，主啊，主啊，就连骨头都能数得出来了。

“好吃。”摩根轻声说，“好好吃，我从来没吃过这么好吃的玉米饼。”要讲话很难，可是他好像越讲越有力气。她见多了，心里明白，说话这件事能让俘虏觉得自己还像个人。“我还要。”

“只剩这一点了，来。”她把最后一点饼屑喂他吃下，拼命眨眼把泪水逼回去。她还有几滴鸦片酊，“再张个嘴，我喂你吃点药。”

“卡夫在哪儿？我们还有多久时间？”他哑着嗓子低声问。

噢，圣母啊，他以为他们在偷情。“嘘，别担心卡夫，他不在。不要再讲话了，晚点再说，我们有的是时间。”

她把剩下的鸦片酊全给了他，喂完以后还让他舔装过糖浆的量匙。“这很有用的，我保证你吃了就会好过一点。”他在发烧，全身发烫，脉搏微弱又不稳定。她把脸凑到他脸边，他满脸胡子，很脏，还爬着虱子，这里的人都这样，和别人不同的是，他的胡子还是黑的。大多数的人几个月内胡子就白了……当然，前提是得能在这里活过几个月。“摩根，他们抓到你多久了？”

“我不知道……今天星期几？”

“星期二。”圣母啊，请让我别再抖了，我不想让他发现我在发抖。“今天星期二。”

“我是星期五被抓的，应该是吧，我不……”他声音越来越小，最后就听不见了。

不，才几天时间他不可能变成这个样子。“几月，摩根？那是在几月的星期五？”

“傻若歆。”他声音中带着笑意，好像在和她调情，“现在是10月呀，豪带兵进了城，船在河里开炮，还有，他们抓到了内森·黑尔……”他说不下去了，闭上眼睛。

若歆大吃一惊，一屁股坐到地上。不可能，他说的都是发生在1776年的事，不可能啊。她张开嘴，好不容易才吐出话来：“摩根，他们把你关在哪里？如果你一开始就在这里，我不可能到现在才知道。”

“我们在‘泽西’号上，若歆。”他低声说，“可是别怕，你要坚强，他们在击溃你的精神之前不会杀你。我们在‘泽西’号上……不，不可能啊，我一定是在做梦，若歆，卡夫呢？在酒馆里吗？”

“嘘，别再说了。”她用手温柔地盖住他的眼睛，不让他看见她的眼泪，“休息一下，等等我，我会回来。”

若歆走出制糖厂，很清楚自己要往哪儿去。她作出一副镇定的样子，不让卫兵看出异状，但其实心跳得好快，血涌上耳朵，腿软得随时要倒下来。

在卫兵还看得见的地方，她努力维持正常的步伐，一转进百老汇大道，就加快脚步，几乎要用跑的。

杜恩街位于城市边缘，比公有地更北，这一区除了制糖厂之外，唯一的建筑物就是战前某些医生建造的纽约医院，尚未启用，现在成了赫塞佣兵的军营。经过时若歆特意放慢脚步，背后的哨兵一直盯着她看。

几分钟后，她经过救济院，英军有时会驻在救济院附属医院，特纳医生说不定就在里面。她抬头看天，时间还早。而且她对安德鲁·特纳的事也还没有把握，不行，她不确定。

越往南走，路上人越多，大多数是黑人。近来纽约来了好多黑人，听说有的是逃亡奴隶，有的是主人养不起放掉的。因为这里与叛党统治区不同，黑人可以做生意。

唉，这样子他们当然向着英军。由黑人组成的先锋军、向导军和忠贞非洲军在西彻斯特、新泽西和长岛令爱国者的农场闻之色变，你能怪他们吗？他们帮的是自己。只有卡夫打算为起义军牺牲，她已经有6个月没见到他了。

若歆终于抵达她的目的地，放慢了脚步，不差这几分钟，她必须冷静一点。圣母啊，别让他死，他挨了四年，好不容易活到现在，求你别让他死啊。

旁边的保龄草坪是上流仕女晒太阳的地方，她们全都是托利妓女，每一个都是。有的拿钱，有的不拿钱，但全都是婊子。那些住豪宅的女人有很多都找若歆堕过胎，因为怀上了英国人的杂种。每次遇到这种状况，她塞海草就会特别用力，第二天刮的时候下手也毫不留情。

达西瓦番婆的房子看起来和当年一模一样，她和摩根母子一起坐着马车来到这里的时候，还不知道他们是谁，只知道他们救了她，让她免受鞭刑。跟着卡夫逃走以后，她再也没回来过，可是房子一点都没变，正面的黄砖墙和双大门依然和当年一样富丽堂皇。

只是出来开门的不是欧图尔女士，也不是蒂尔达，这个女人有严重的兔唇。若歆听母亲说过，婴儿之所以会长成这样，是魔鬼和天使拉扯造成的，所以没法医治。天堂和地狱无法达成共识的时候，凡人一点办法也没有。

“我要见达西瓦番婆。”

那女人咕哝了一声，摇了摇头，想把门关上。若歆用尽全力不让她关。“休想叫我走！去叫你家夫人出来，告诉她，若歆·坎贝尔有她儿子的消息。”

“没关系，布里奇特，让她进来。”声音来自楼上。

布里奇特松开手。若歆几乎是跌跌撞撞地进了门。

达西瓦番婆快步下楼，从暗处走进了两旁长窗映进的一片绿意之中。"你来这里干吗？你有摩根的消息？"

现在还不到9点，对这个夜夜笙歌的地方来说，太早了。达西瓦番婆听见门外的喧闹就匆匆起身，睡衣外只裹了件丝袍。今天是若歆第一次看见她没戴黑纱、穿黑衣，圣母啊，番婆的眼睛竟和克莱儿一模一样，难怪摩根一看就知道女儿是他的。

若歆的心快跳出来了，手也抖得几乎拿不住篮子。她干脆松手任篮子落地，双手抚胸，因为她觉得自己快昏倒了。

达西瓦番婆搂住她肩膀。"来，快进来坐下。布里奇特，拿萨克葡萄酒来。"她恨不得抓住若歆猛摇，叫她快说，可是这女人若神智不清，就没法把话说清楚。

长厅才打扫到一半，布里奇特的扫帚和抹布立在一扇开着的窗户旁边，昨晚的托凯葡萄酒和烟草余味未散。番婆嗅了嗅。若歆身上的味道也好不到哪里去，当年她住这里的时候过得那么讲究，现在闻起来却像刚从阴沟里爬出来。

布里奇特送上酒来，番婆亲自拿杯子喂若歆。"来，喝一点，脑子会清明些。"若歆喝了几口，脸上有了血色，"好，现在快跟我说摩根怎么了，你自己也有孩子，明白做母亲的心情，就可怜可怜我，快说吧。"

"他在杜恩街的莱茵兰德制糖厂。"

"他还活着！我儿子还活着！"

"是的，可是……"

"快说！"

"摩根说……他现在神智并不怎么清楚，他说……"

"他说什么？拜托，看在上帝分上，别卖关子！"

"他说……"她实在说不出口，"摩根说这4年来他都在'泽西'号上。"

番婆发出一声惊呼，"4年？不可能，没人能在那艘船上活过4年……"天啊，她就知道，她一直都知道，要不然为什么老是要上屋顶盯着那艘船看？她就知道。"他还好吗？"她紧紧抓住若歆，指甲掐进她肉里，尖声说，"说实话！我儿子现在怎样？他们对他做了什么？"

"我来就是要让你了解状况的。摩根还活着，但状况很糟，如果我们不赶快救他出来，绝对撑不过这个星期。"

四轮马车遵照指示停在华伦街和百老汇大道交会处，夜很黑，街很静，20分钟就这么过去，然后是半小时。达西瓦番婆紧紧握拳，紧到指甲陷进掌心。她花了两天时间，才安排好儿子的救援行动，光是要决定做法就花了好几个小时。

第一个念头当然是直接跑去找亨利·克林顿爵士，求他放了摩根，如果不肯，就拿爱玛兰莎和格温德林的事要挟他。可是她今年65岁，所罗门当年教她的本事现在早已纯熟，要和人斗，只宜智取，不可强夺。

亨利·克林顿若有一点点慈悲心，就不会再继续用“泽西”号关俘虏。用妓女的事要挟他应该也没用，因为所有英军将领的妻子对丈夫上妓院的事都心知肚明。克林顿夫人说不定还会心怀感激，因为这么一来，被打红的屁股就会是妓女的,而不是她的了。亨利·克林顿是英军在美国的总指挥，这里他最大，他的上司全在伦敦，不在纽约，纽约妓院的丑闻对他来说既不痛也不痒。

不，这个问题只能用钱解决。在纽约，钱能买到一切，包括自由在内。克林顿买通不了，他太有钱了。最好下手的应该是守制糖厂的卫兵，可是这事风险太大，小钱打发不了，得让对方觉得值得冒险才行。

她精打细算后，决定付他50个金基尼，这是她这屋子一周的营业额，对普通士兵来说是笔大财，又不至于大到让他觉得向长官告发会得到更多奖赏。

她们决定由若歆出面。她常在制糖厂出没，不容易引人注意，要买通卫兵比较简单。50个金基尼，换那个躺在蒸馏室旁边的人，黑头发的那个。

“他为什么值这么多钱？”

“因为我愿意付，就这么简单。”

“不行，我得知道原因，我可是冒着吊脖子的险帮你这个忙哩。”

“为那么个半死不活的俘虏吊死你？拜托，怎么可能！再说，你帮的人也不是我，是你自己。50个金基尼喔，打完仗回家的时候，这笔钱能买不少东西吧？”

这么多钱，能买的可多了。等他回到家乡桑莫塞特，头一件事就是要先买个属于自己的熔铁炉。“可是，小姐，你哪儿来50个金基尼？”

“那是我的事，不关你的事。你只要知道我有钱就好。”若歆向前一步，低声说，“手伸进我马甲里，把里头的东西拿出来。”

他们站在公有地边缘的树丛里，卫兵都当这里是厕所，没事不会过来，但那红外套伸手前还是左顾右盼，生怕被人看见。

虽然她不年轻了，那对奶子还是很不错，但是要摸奶到处都有，要钱比较难。他一摸到钱包,就赶紧拿出来。“太轻了,里头不可能有50个基尼。”

“当然没有，你当我是笨蛋？里面有15个基尼，就当订金。明天晚上把我要的人带来，就能拿到剩下的35个。”

红外套考虑了一会儿，点点头，把达西瓦番婆那包钱塞进衣服里，转身离开。

午夜已过了至少半小时，若歆心急如焚，心想，如果连她都要强忍泪水，摩根的苦更是难以想象。

她前一天附在他耳边把计划说了一遍，“半夜的时候，有个金发宽肩的大个子守卫会带你出去，外头会有马车等着。”

“那其他人呢？”摩根现在清醒多了，听见计谋，他似乎精神就来了，“不怕其他人发现？”

“不怕。”她低声说，“半夜留守的人不多，我跟你保证，不会惊动大家。”

圣母啊，真想不到，这竟得感谢那魔鬼化身的宪兵司令比尔·坎宁安，他成天挥着鞭子在俘虏营走来走去，每有邪恶念头就用俘虏一逞兽欲，听说事后受害者会被悄悄吊死。

“你什么都不用担心。”她在摩根耳边轻声细语，摸他额头，“好好休息，等守卫来带你。”如今一天半夜过去，摩根心知苦难即将结束，会等得多么焦虑？她虽也急得像热锅蚂蚁，但怎么能和他比。

“你看！”达西瓦番婆已经这样子十几次了，每次拨开马车窗帘，望向那一片漆黑，都只得到一阵失望，但这次真的有个黑影向这边移动，只是还看不清楚是什么东西。

若歆把脸贴到窗上：“是他！”

番婆推开车门，探出身子喊道：“摩根！”四周一片漆黑，她轻声喊：“摩根！”

“嘘！”卫兵连忙叫她噤声，赶到近前来低声说道，“闭上嘴巴，今天晚上坎宁安来了，到现在还在，所以我才这么晚出来。”

番婆对他说的话听若罔闻，径自伸手去摸儿子。卫兵紧抓着摩根，不肯松手，把摩根的脸推到若歆面前：“付钱。”

“钱在这儿。”她把钱包交给他。她们商量过，由若歆来付会比较好，达西瓦番婆如果能在家里等，不要过来更好。可是要她不来办不到。若歆说："全在这儿了，我发誓，一共 35 个基尼。"

他犹豫了一下，若歆知道他很想先数钱，再放摩根，却又不敢冒险在此逗留。"好吧，那人就交给你了。"

卫兵把人放在若歆身旁座位上，摩根眼睛闭着，动也不动。太晚了吗？带出来的只是个尸体？

"摩根。"做母亲的大声唤他，在座位空隙间蹲下，耳朵贴在他胸膛上听心跳，"他还活着，我们可以……"

"嘘！"若歆忽然说，"你听！"马蹄声。正向这边过来。

"出去！"番婆一把推开车门，"爬到驾驶座上去。"

若歆立刻明白了她的意思。这辆马车再怎么跑，也绝对跑不过马。她跳下车，拎着裙子爬上驾驶座，"快！搂住我，有人来了，我们得演一下幽会的情侣。"

她弄乱自己的头发，扯开马甲的系带，靠到他身边："拜托，看在上帝分上，你还在等什么？快搂住我！"

之前出发的时候，她只匆匆看过车夫一眼，他穿着黑马裤和黑背心，戴了顶宽边黑帽。现在他转身向她，伸手搂住她的腰，动作十分僵硬。若歆很着急："天啊，你平常都怎么谈恋爱……噢，天啊！"

她看见那张脸了，是达西瓦番婆的女仆，布里奇特。

马蹄声越来越近，若歆闭上眼睛，搂住布里奇特的脖子，吻她的兔唇。

她希望可怕的马蹄声几秒钟之后就会远去，但天不从人愿，它突然停下，先是寂静无声，然后有人说道："哇哈哈，这是怎么回事？"

这声音不只她认得，全纽约都认得他讲话和挥鞭的声音。

若歆没松手，把脸靠贴在布里奇特肩膀上，比尔·坎宁安那张麻子脸在黑暗中若隐若现，她用喜悦的声音说："大人，怎么样，要不要接着来，用不着等多久，这一个就快好了。你这么帅，我收六便士就好，很划算喔。"

坎宁安坐在马上看他们亲热，没响应她的邀请。一个女人，一个车夫，和一辆豪华黑马车。"唔。"他自顾自地说，"嗯。"

若歆心想，至少他没下马，这是好事。听人家说，女人挑不起比尔·坎宁安的欲望，大概不假，但就算若歆真得和他做什么，她也不会犹豫。"怎么样啊，大人？"

"马车不错，很不错。"坎宁安说，"在纽约，有这种马车的人只有一个。"

她想不出自己还能说什么，或做什么了。她的胳臂依然搂着布里奇特的脖子，布里奇特在发抖，也许她应该下车让坎宁安仔细看看。

那宪兵司令没再说半句话，突然一踢马刺，一勒缰绳，马儿抬起前腿，调了个方向，就踏着夜色离开了。

马车里的番婆屏住呼吸，直到马蹄声走远之后才敢喘气，把枪放下。

之前这把枪一直抵在摩根胸前。

他早已恢复神志，定定地望着她。

这两天她一直痛苦地想，他在“泽西”号上受了4年折磨，也许已经疯了。不，他没疯，就算有过恍惚昏沉，但此刻的怨毒眼神显示出基本的理智还在。她轻声说：“我宁可亲手开枪，让你瞬间死去，也不能让你再回去受苦。”

“大家都叫这里帐篷镇。”若歆嘴里不停讲话，手上也忙个不停，想让他舒服一点。原本还以为他的状况已经差到不能再差，想不到逃亡行动还能使他变得更虚弱。他呼吸很浅，呼气的时候胸部还有吓人的杂音。

“我们过得算好的了，很多人还不如我们。我们的帆布够搭屋顶，也够搭墙，虽然不能跟你妈家比，但那里你现在去不得。比尔·坎宁安认出了她的马车。”

“卡夫呢？”他想要坐起身子。

“他不在，摩根，卡夫不在这里。你不记得了吗？他随华盛顿将军的军队离开，我们3个月没见面了。卡夫上次回来是在我们在卡罗莱纳的国王山打胜仗之后，那次他偷偷跑回来住了几天，说多亏法国人……噢，你还不知道拉斐特和法国人的事吧，我会慢慢讲给你听，可是你得先好起来，这些事以后可以慢慢讲。”

她正在用柳枝煮茶，比平常用心两倍。因为，天啊，要想他好起来，就得先止痛才行，在那之前，什么疗法都不能用。他到底有多痛呢？她扶他在墙角毯子上躺下时检查了全身，伤痕无数。若歆之前就听其他俘虏说过“泽西”号的惨状。“他们会一直打你，一直打、一直打，直到最后你但求一死。”现在她轻轻一碰摩根，他就会痛得往后缩。

“煮好了。”若歆在柳枝茶里加上一大匙蜂蜜，搅到完全融化。这么一来她存的蜂蜜就去了大半，但没关系，瑞夫会再弄来。神奇的瑞夫什么都弄得到，至于怎么弄到的，就只有天知道。

“来，让我扶着你的头，喝一点。”她将他微微扶起，把杯子凑近他干裂的唇。这是个瓷杯，上流社会用的瓷杯，她不记得哪儿来的了，但现在多亏有它，摩根嘴上有伤，用瓷杯比用白镴杯好，比较不痛。“好了，很好，全喝光了。休息一下，等会儿再喂你吃别的东西。”

她放他躺回原处。分道扬镳前，番婆曾说：“我会尽快把食物饮料和所有你需要的东西送来。”

“什么都别送过来。”若歆坚持不要，“太危险了。我明天早上在交易市场外头跟她碰头。”她向布里奇特点点头，“请她带东西过去，但分量以我的篮子的容量为限。”

达西瓦番婆知道若歆是对的，“好，就先拿这一两天要用的吧，其他的下次再说。”

若歆要到明天才会和布里奇特见面，今晚只能拿家里现有的东西顶着用。“我还有一点玉米饼。”她打开包食物的方巾，回头对他一笑，“还有一片兔肉，先将就着吃吧。”

“你的头发……”他轻声说，“你没戴帽子，去……去那边的时候也没戴，我还以为是梦，你居然把满头红发都放下来给人看。”

“呵，你讲话越来越像原来的样子了。说到我的头发……”若歆把她卷卷的头发往后拨，“帽子现在不流行，没人戴了。来，吃晚餐吧。”

她一次只喂一小口，耐心等他嚼好吞下，再喂下一口。

“我没……”摩根低声说，“我在‘泽西’号那么久……一点肉也没吃。”

“明天。”她保证，“要吃肉明天还有，你妈会帮我们弄到。”他的眼神瞬间变冷。“噢，摩根，过去的事就让它过去吧。现在跟她吵什么都没意义。而且，会送东西给我们的不只番婆，还有克莱儿。克莱儿结婚了，已经5年了。她想要我离开这里，去跟她住。可是不行，英国人还在，我得顾好卡夫的……”一提到卡夫，摩根眼神就变了，若歆赶紧打住。傻瓜才会说这些去提醒他。

“克莱儿生了对可爱的双胞胎，一个叫莫莉，一个叫乔内森，今年两岁。她只生过那么一次，一次就生出一男一女，觉得够了，就不再生了。”摩根笑了，她心花也就开了，“克莱儿一直爱怎么做就怎么做，她丈夫心甘情愿让她牵着鼻子走，是个长得很好笑的小胖子，还是你家亲戚呢。叫瑞夫·戴维里，你记得他吗？他对找东西很有本事，无论你需要什么样的东西，他都能找来。来，最后一口玉米饼，嚼烂一点。”

“我向来不跟戴维里家的人来往。”摩根说。“不过……”他激动得话都讲不下去，“不过 …… 若歆，你刚说他叫什么名字？”

“嘘，摩根，放轻松。这段时间经历的事太恐怖了，晚一点你会把一切都想起来的，可是现在得先好好休息。”

休息。他有好久好久没在不臭的地方休息了，这地方闻起来充满若歆的味道，好甜，大概是酒馆楼上她和卡夫 …… 噢，卡夫。若歆是他的。若歆是卡夫的女人。她说，卡夫在打仗，跟着华盛顿去打仗了。

“我是美军上尉 ……”

“你是变节的叛徒，我看了就想吐。”豪将军狠狠瞪着他，眼神中充满恨意。纽约烧出的灰烬尚未凉透，“城里的火很有可能就是你放的。”

摩根喃喃地说：“有规定，我跟他说处理俘虏要照规定来。”

“嘘，摩根，没关系，那些都过去了。我们现在安全了，在这里你不用遵守任何规定，睡吧。”她摸摸他凹陷的脸颊，“睡吧。”

“阁下应该要遵守交战双方的协议，俘虏敌方军官后，应准其居住在 ……”

“你不一样，摩根船长，你他妈的和别人不一样。你的功绩我早就听过，摩根船长，你是个海盗，所以我们要把你放回船上去。我有艘好船，正适合你，我们叫它‘泽西’号。”

如果没有奇迹，摩根早就死在“泽西”号上了。但是船上的守卫中有一个之前是“奇想少女”号的船员，虽然后来成了托利党人，对摩根仍念旧情，多方照顾。摩根总会分到多一点面包，多一点麦酒 ……“他帮了我，若歆，他帮了我好长一段时间 ……”

“船长，我有机会把你送下这该死的船了。这里人太多，挤不下，他们明天要把一部分人送去别的地方，那边环境怎样我不知道，但怎样应该都比这里好。我会把你放进送走的人里，船长，活着离开，也许还有机会。”

“愿主降福他的灵魂，若歆 …… 他帮了我 ……”

“那么主一定会降福于他。有时候真奇怪，会有你意想不到的人出手相助。我跟你说，你一定不相信，我觉得安德鲁·特纳 ……”她没能把话说完。柳枝茶和食物发挥了作用，他闭上了眼睛，从呼吸节奏看来，已经睡着了。

若歆将之前点亮的单支蜡烛拿到另一边墙角，她不能忍受穿着白天的衣服睡觉，所以每夜都把身上的衣服脱下晾起，换上粗布睡衣，裹上羊毛披肩。现在她就裹着披肩脱衣服。

不远处有口井，每天早上若歆会汲一桶井水，存放在当桌子用的平坦大石块旁边，晚上就用当抹布用的方巾沾水擦身子，再用披肩角拭干。如果这场战争能有结束的一天，圣母啊，请让我活久一点，让我再洗一次热水澡，然后我就可以从容就死，上天堂了。

“若歆。”

她听见他唤她，连忙裹紧披肩转过身去，“我以为你睡了。”

“睡了一下，又醒了。我…… 水……”

“噢，这个水不能喝，我还有一点麦酒，或者再煮点茶。”

“不，我不是那个意思，我…… 我能不能洗一下。”

“噢，我居然没想到，我…… 当然，当然可以。”

她拎起水桶，走到他身边，跪下来，先沾水帮他擦脸、手和胳臂。“我第一次见你那天晚上，芙萝西跟我说过你有多么喜欢好东西和干净东西，她帮我洗澡的时候好用力，差点搓破我的皮。”

“真好。”他喃喃地说，“水在脸上，感觉真好。”

“明天，如果你愿意，我可以帮你把这脸脏兮兮的胡子刮掉。”

他伸手摸摸脸。“好，拜托你了。”这些日子里历经苦难和奇迹，他讲话一直不像自己，忽然间，他回到了平常的样子，说：“你还是这么美。”

她忙着帮他擦澡的时候太过专心，连披肩滑落了都没发现，也没注意自己身上一丝不挂。“大不如前了。”她低下头，低声说，“皮肤都垮了，还有皱纹。”她拉起披肩，裹回身上。

“你好美。”他说。

若歆本想睡在帐门旁边，离他远些，外头要是有动静也能听得清楚些。不过制糖厂俘虏那么多，没人会注意到少了一个，也没人会想到要跑到这里来找，太荒谬了。但话说回来，过去这几年来发生的事，又有哪件不荒谬。

事已至此，又何必再顾什么礼节，管他得体不得体。

“来吧。”她掀开他身上的毯子，“我来帮你保暖。”

摩根转身面对她，什么也不想，全依直觉，将嘴贴在她胸前，含住乳头。

他们就这样过了一夜。

这是第 17 鞭了。“说，你这个浑蛋，给我说！”坎宁安擦擦脸上的汗，转头对一旁伺候的男孩说，“再去多拿点盐来！”

那男孩年纪还小，连胡子都还没长齐，双眼中充满惧意，一听宪兵司令下达指示，立刻冲出去照办。长凳上绑了个全身赤裸的男人，坎宁安弯腰凑近他说：“你这面没剩多少好皮了，等会儿盐来了以后，在伤口上撒一撒……”

那人发出呻吟，声音小得几乎听不见。

“然后呢，我们再解开铁链，帮你翻个身。鞭子打在老二和卵蛋上是很有意思的，非常有意思。相较之下，现在这样实在算不了什么。”坎宁安用指甲在那人皮开肉绽的背上刮过去。

那人又发出声音，但比之前也大不了多少。这浑蛋个头挺大，宽肩金发，据说来自桑莫塞特，意志力挺强，嘴挺硬。他们一开始嘴都很硬，最后总会软的。“当然啦，也不一定要那样，你不想受苦就快说实话。达西瓦番婆那辆该死的黑马车今天晚上为什么会出现在莱茵兰德制糖厂外头？今晚你当班，不是吗？啊，那小子回来了，带盐回来了。”

接下来10分钟里，他背上撒了盐，胸前肚子上又挨了十几鞭，然后，私处才挨一鞭，呻吟就转为惨叫。“够了！够了！我说！”

“我就知道，小子，我就知道你一定会招，你们这些人不管嘴有多硬，到了最后都得乖乖认输。”

坎宁安把鞭子扔到一边。鞭子带来的快感有限，而且最近越来越不够力。不过今天整这家伙除了开心，还有别的目的。“我还在等啊，小子，快点说，达西瓦番婆的马车来杜恩街干吗？”

“我不知道她，我只……噢，天啊……能不能给我水喝？我没……”

坎宁安跪下来，抓住卫兵的金发，将他的头往后用力一拽，瞪着他眼睛说：“你以为现在这就叫惨，以为不会比这更惨了？你这个王八蛋，想得美！等下我就给你水，我会把水从你鼻孔和屁眼灌进去，灌到你全身鼓起来爆掉！快说！”

“她要我带一个俘虏出去。”

“达西瓦番婆？她会要一个半死不活、满身虱子的臭俘虏？哪一个？”

“不知道，只知道是躺在蒸馏室旁边的那一个，她说……”他话说到一半，胸部就发出怪声，嘴角流出血来。

“你这婊子养的，快说！”坎宁安吼道，“达西瓦番婆要的人是谁？”

“金基尼……50个，够我回桑莫塞特买熔铁炉……”卫兵两边嘴角都流血，再也讲不出话来，接着就屎尿齐流，一命呜呼了。

“婊子养的！大屎袋！”坎宁安气得要命，满头大汗，明知人已经死了，还是拿他的头在长凳上猛敲，敲到迸出脑浆，“你这个没用的王八蛋！”

男孩站在旁边目击了一切。他是号手，才12岁，入伍一年了，待过嶙石岬，见过叛军胜利时英军的惨状，当时他奉令吹起撤退的号声，但叛军仍不断追杀红外套。他不是没见过可怕的场面，可从没见过这种场面。

卫兵的头给捣成了泥，宪兵司令站起身来，怒气未消。达西瓦番婆是全纽约最有权势的女人，和城中的达官显要都有来往，何必付钱叫卫兵去…… 是摩根·特纳！她不知用什么方法发现她儿子在莱茵兰德制糖厂，只有这种事没办法向克林顿开口。这下子好了，这下子她非得和宪兵司令好好谈谈不可。她一定不希望有人满城搜查逃脱的叛军吧？50个金基尼是吗？就算乘上10倍，达西瓦番婆也付得起。

坎宁安转过身去，看见缩在角落的男孩。“小子，干吗吓得像只小老鼠似的，没什么好怕的，过来。”

坎宁安原本就裸着上身，这时更解开纽扣，让裤子滑落地上。“跪下。”他双手抓住男孩头两侧，“要是让我感觉到一点点牙齿，我保证把你所有的牙全都打掉。”

最大的卧底

1

卡夫独自骑马走在百老汇大道上，身上的法兰绒外套、粗布衬衫和皮裤是他的军服，加入起义军后几乎一直穿在身上。他两眼直视前方，只看路。其他人在城里忙得团团转，也没空注意他，大家都有自己的事要担心或伤心。

英国撤军的时间定在 11 月 3 日，也就是两天后，但归心似箭的爱国者等不了那么久，提前好几个星期就赶回纽约。只是，天啊，你看看家乡都成了什么样子!

街道上到处都是垃圾，灰蒙蒙的空气中弥漫着排泄物的臭味。有些人的房子被拿来当成了马厩，有些更惨，变成了厕所。不再适宜人居的屋子就成了鸟类和鼠类的家。曼哈顿的树大部分都砍掉了，就连百老汇大道上的树多半也没能幸免于难，有的当柴烧掉，有的做成了路障。少女巷这里就有个路障，没人有闲工夫去移开。

卡夫掉转马头，向东行去，他得一直走到河边，再转个弯，家就在不远处。转弯之前，他望着那废弃的渡船头，望了一会儿，当初他和若歆就是从这里坐船去布鲁克林，那天是他们第一次发生关系。船资一人一便士，他拿钱让她去付，好让大家以为他是她的奴隶。其实那和事实也相去不远。

每次一想到布鲁克林海边的事，他就浑身颤抖，直到现在他还记得当时的感觉，第一次趴在她身上，下头是海沙，心里明白自己正在开启一道不该开启的门，却无法住手。他并不真的后悔，两人在一起也二十多年了。最后这七年，离家在外，他和别的女人睡过，黑的白的都有。他向来游移于两个世界之间，受两个世界排挤，大多时候这并不重要。大多时候，那些女人也并不重要，重要的只有若歆。

渡船头两侧海岸都荒废破败。七年来他忍饥受冻，凭着不易令人起疑的肤色冒险潜入许多其他起义军进不了的地方。这一切是为了什么？就为了回这荒芜的家乡？他想起将军临别前的话，那是两年前的事了，当时约克镇围城刚刚结束，康沃利刚投降。

华盛顿紧紧握着他的手说："革命尚未结束，卡夫，我要请你留下来陪拉斐特将军和法国军队。他们需要有个能进出敌营的同志，你愿不愿意留下？"

"愿意，长官，如果这是命令，我就留下。"

"这是命令。但是，卡夫，我永远不会忘记你，你的国家欠你太多。"

他的国家？也许是吧。但将军在弗吉尼亚的家中也蓄奴，这算不算他们的国家？

到了华尔街，他将马头转向西边，往三一教堂的方向骑去，从前曾那么热闹的教堂农场区现在已成焦土，上头盖起了"帐篷镇"，住了些穷困的幸存者。

帐篷这么多，怎么知道哪一个是他的？将近三年前，也就是卡罗莱纳之役刚打赢的时候，他们派他潜进纽约待一两天，他回来和若歆睡了一夜，拿刀在门口烧焦的梁上刻下了：

> 小提琴与木鞋酒馆
> 所有人暨地主　卡夫

墙角坐着一个小男孩，有玫瑰色的胖脸颊和红色的卷发，顶多一两岁。卡夫问："是克莱儿的儿子？"

若歆摇头。

"不然是谁的？"

她转过身，背对他。他进家门后她只碰过他一次，那是匆促的一个欢迎之吻，接着就说她好高兴能见到他之类的，好多温柔的客气话。但回答这问题却只用了两个字："我的。"

卡夫轻声说："但不是我的。"

天啊，这句话是哪里冒出来的？他真想收回，却又说了一次。"不是我的。"声音来自内心深处，每一个字都痛。

她无声地哭了，眼泪扑簌簌落下，"对，卡夫，他不是你的。"

卡夫快不能呼吸了。别傻，他叫自己别犯傻，7 年来他只回家 4 次，所以也许她和别人睡过一次，就算两次好了，也不是什么不能原谅的错，可是……"你该不是故意怀这孩子来羞辱我的吧？你明明知道拿掉孩子的法子，用那种海草就行了呀，不是吗？"

"你居然还记得，你居然记得海草的事。"

"我记得，我记得那天发生在海边的每一件事。这孩子……你根本不必……"

"这孩子是我想生的。"若歆走到孩子身旁，搂住他，生怕被卡夫抢走似的。

这动作比她承认和别人上床更令人生气。"老天，若歆，我不会伤他，你不了解我吗？我有可能会伤害小孩吗？"

"我知道你不会。"说点别的，她想叫自己说点别的，说什么都好，一定要转移话题，不让他问那最难答的问题，"卡夫，你饿不饿？渴不渴？家里吃的不多，但……"

"不用，我不想吃。他叫什么名字？"

"喜悦帕特里克。"

"怪名字。"

"也许吧。喜悦代表我的感受，帕特里克表示他有爱尔兰血统。"她摸摸孩子的红头发。

"就这样，就叫喜悦帕特里克？没有姓？"

圣母啊，请帮帮我，别让我当个懦夫，再说谎就对卡夫太不公平了。她轻声说："喜悦帕特里克·特纳。"

世界突然停止转动，卡夫的心也停止跳动，一切都暂时消失，只留下愤怒，只留下痛苦，过了好久好久，卡夫才终于说："是摩根的儿子。"

他望着她，等着她说，"不，不是摩根的小孩。"就算明知她说谎，他也会相信，因为他想信，从以前到现在，一直是这样。

"是的。"她说，"他是摩根的儿子。"

他从来没打过她，连想都没想过。可是愿主垂怜，他现在真的好想打她。

卡夫的大手握紧了拳头，努力想喘过气来，也许只要能呼吸到一口凉爽的空气，就能止住胸中的翻搅。

但这次不行，他咽不下这口气。看着若歆搂着摩根的儿子，他气愤难消。“克莱儿也不是我的孩子，对不对？”这话烫伤了他的喉咙，“克莱儿……这么多年来我……克莱儿也不是我女儿，对不对？”

“对，卡夫，她不是你亲生的女儿，但她当你是父亲，像爱亲爹一样爱你。”

“她是摩根·特纳的孩子，那天去布鲁克林的时候……她已经在你肚子里了。你两个孩子都是摩根的。”

“对，可是……卡夫，看在上帝分上，别那个脸！事情不是你想的那样。摩根离开后的那么多年，还有他回来以后，我对你都是忠实的，卡夫，真的，我发誓。”

“对我忠实？你对我忠实？若歆，在心里也是吗？还是只有两腿之间忠实？噢，当然了，和摩根睡觉，让他在你身上下种的时候例外。”

“那段时间我身心都是你的，卡夫，你是我这辈子见过的男人中最好的一个，我从来没出过轨，直到……可是在那之前从没有过，我发誓。”

“那为什么……”他明明想吼她，可就是没办法对她凶，话出口时声音还是软的，“为什么我们在一起这么多年，你从来不生我的小孩？我占有过你多少次？我把我半黑的老二放进你身体里多少次？为什么你从没怀过我的孩子，只有摩根的白小孩才配让你怀孕？若歆，你是不是不愿意怀卡夫有黑人血统的种，一发现有孕，就把它拿掉，是不是这样？”

“噢，圣母啊，不是的，我没有，卡夫，上帝明鉴，我没有。我们在一起这么多年，我从来没怀过你的孩子，我敢拿我母亲的……我说的是实话，卡夫，我发誓。”那有部分是实话，但并非毫无隐瞒，所以她才不敢拿母亲的灵魂来发誓。他们没有结婚，所以她和圣母约定，如果她一直怀不上卡夫的小孩，就表示圣母准许她和他睡，“我跟你说的是实话。”

孩子感觉到大人之间紧绷的气氛，哀哀哽咽起来。若歆将他抱到腿上，摸他头发，轻声抚慰。

卡夫摇摇头。他渐渐不气了，变得麻木，他知道等麻木也过去，剩下的就只有空虚和痛苦。他所失去的，再也回不来。“我还以为摩根死了。”他说，“我们都这么以为。”

她说：“差点就死了。先是关在‘泽西’号，后来移到莱茵兰德，被我发现。他妈妈出钱贿赂守卫，才救了出来。之后他回华盛顿将军身边继续服役。噢，卡夫，坐下，你得坐下，你看起来好像……”

“我不要坐，你还没回答问题，我的老朋友摩根·特纳现在人在哪里？”

“卡夫，你不会做蠢事吧？答应我，别做蠢事。英国人差点就杀了他。”

卡夫向她和孩子走近一步，“我不明白的是，摩根·特纳那么有钱，你们为什么还住在这里？”

“摩根想要帮我们找别的住处，我拒绝了；克莱儿和瑞夫搬到汉诺威广场的时候，邀我同住，我也不肯。原因都是同一个，卡夫，我得留在这里，守住属于你的地盘。爱国者纷纷回来了，一个个都说这是他的、那是他的，只要认为那东西疑似属于托利党人，就动手抢。可是他们夺不走‘小提琴与木鞋’，我在这里守着，卡夫，这地方还是你的。”

“我什么都没有了。”他说，“没什么值得留的，我唯一拥有过的东西，已经被你扔到泥里踩烂了。”

11 月 3 日来了又去，红外套没走。大家都知道这只是时间问题，但在达西瓦番婆的长厅里，军官仍大放厥词，说他们会待到最后一个想走的托利党人离开为止。

“达西瓦夫人，你怎么办？叛军回来以后，肯定咬着你不放。你是不是应该放聪明点，回家去？”

“这里就是我的家啊，各位先生，我还要去哪里？”

“去伦敦呀，没错，上伦敦去！达西瓦夫人，在梅菲尔或皮卡迪利开店，我们都会捧场。你带着你的纽约小姐过去，一定红翻天。”

“这就说到重点了，各位，我们当然不愿和各位分离，但我们终究是纽约小姐。”看他们露出失望的神情，也不知是真是假，她挥挥扇子说，“祝你们永远快乐，各位，祝你们永远快乐。”

11 月 23 日，达西瓦番婆带着豪给她的望远镜爬上屋顶，渥勒保湾还有几艘破船，但听说船上已经清空了。不重要，今天她要看的不是那些船，她要看的是英军列队前往港边，由接驳船运送到停在港里的大船。

这几天她身体不太舒服，但现在感觉很好，非常好。亲爱的上帝，亲爱的上帝啊……历经了这一切，他们终究赢了，她终究赢了。摩根还活着，而且活得很好，虽然依旧恨她，至少嘴上还恨，但若歆说他不是那个意思，而且战争结束他们就会和好。就算儿子不理她，她还有喜悦帕特里克，他是全世界最可爱的孩子，是她的宝贝孙子，无论若歆走到哪儿都带在身边。

她合上望远镜，最后几个英国士兵正在上船，也就是说，华盛顿将军就快到了。上周詹姆斯那个浑球终于将公报刊头上的王家标志拿掉，报上说，将军正在城北等候，红外套一走，就要凯旋入城。她也该准备准备。

番婆走到矮墙边，旗杆几天前就插好了，就等这一刻。旗帜是她亲手缝的，当年妈妈常说她有双奇妙的手，做出来的女红总让人赞不绝口。那时候她还叫做珍妮特，现在想起来就像上辈子的事，像是另一个人的人生。

为了缝这旗子，她剪掉了两件连衣裙，一件红的、一件蓝的，另外还用掉三件白衬裙。样式是听来的，她没亲眼见过，但她知道要有13道平行的红白条，还有13颗白色星星衬着蓝底。大陆议会在七年前，也就是1777年，就已经投票定出了国旗的样式，但纽约城中从未挂过国旗，今天是第一天，而她家，苍天为证，她家将会是全纽约第一户升起国旗的人家。

她将旗升起，微风仿佛听命吹来，将旗子吹得挺挺的。番婆双手紧紧压在胸前，经过了这么多忧烦恐惧，冒过了那么大的险，这一刻太令人激动，难怪她的心跳得这么快。无论如何，他们赢了，感谢主，感谢主。

“夫人！您动作也太快了一点吧？”

番婆低头往下看，是比尔·坎宁安来了。他头戴假发，身穿猩红外套，抬头望着她。她瞪了他一会儿，决定下楼。

“宪兵司令，你现在还没走，不怕来不及？最后一艘船都已经离岸啰。”

坎宁安站在百老汇大道上这栋大宅子门口，端详眼前这名女子。去他妈的番婆婊子，他看见女人就觉得恶心，尤其这一个，更恶心。“我另有安排，再说，我还得来拿尾款。”

“尾款？你以为我还会给你钱？现在？今天？”

“当然。叛军就要回城了，要是有像我这样的人留着不走，把皇家军官在城里的最佳消遣场所告诉他们，该怎么办呢？你说，是不是该付钱封我的嘴，让我快点离开，别到处乱说话？”

“不，坎宁安先生，我不会那么做。另外，我还有一件事要告诉你这个禽兽不如的家伙，这么多年来我一直付钱给你，只是想省麻烦。我很清楚你并不知道摩根人在哪里，否则不管我付多少钱，你早就去抓他了。”

“你怎么可能知道我在想什么。”

“噢，我清楚得很。还有一件事你也不知道，皇家军官在我这里夜夜笙歌，对华盛顿将军来说可是件好事，他正好借此了解他们最隐私的想法。”

“他妈的红番婊子，我就知道你是叛徒。”

“没错，就是。宪兵司令先生，等你下地狱腐烂发臭的时候，要牢牢记住，别小看我。”她心跳得好快好猛，快要把胸腔撞破了，但她不在乎，眼前这人不是人，他在别人身上造成的痛苦不可计数，这仇不报不行。

金马头上的红宝石眼睛仿佛对她眨呀眨，她抓起手杖就用力一挥。

“该死的婊子！”坎宁安想抓住那根乌木手杖，没抓到，“居然想打我！我保证让你脱光光游街，你这个间谍、骗子……”手杖重重打在他脸上，坎宁安感觉到鼻子流血了。“贱货！”他吼道，“耶洗别！我非教你下地狱不可！”

在他脸上那记重击使手杖断成了两截，番婆握着马头那半截，朝他刺去。“我要挖出你这个恶魔的眼睛！就算瞎掉也抵不了你罪行的十分之一，我要……”

一阵痛楚袭来，她以为痛到极点之后就会退去，但这次没有。这次的痛点不断攀高，从胸部延伸到头部，还从后方刺她眼睛，夺走了她的视力，留下一片红霾。她叫出声来，后退几步，跌坐在楼梯上。

坎宁安大喜过望，这地方值钱的东西一定不少，说不定她身上就带着什么宝物。他正想动手搜身，就听见不远处号声、笛声和鼓声大作，还有欢呼声。龟儿子华盛顿进城了。这时候比尔·坎宁安再不快走，可就大大不智，让人撞见就惨了。他转身就跑，留下敞开的大门。

正午的阳光照进纽约最高档妓院的前厅，金马头上的红宝石闪闪发光，握在达西瓦番婆已经毫无生气的手里。

2

12月4日，卡夫返乡一个多月了，每天浑浑噩噩，连自己吃了什么、睡在哪里都不记得，大部分时间醉醺醺的，很久没洗澡了，闻起来像匹骡子。

“请进，全都帮你做好了。”

那是个黑女人，块头很大，大家都叫她跳跳杰西。他第一次来到纳苏街巷弄里这间小房子时，她跟他说过这外号的来历。“我年轻的时候呀，随时都可以跳起来唱歌跳舞，所以大家就这么叫我。现在不行了，老了，胖了，不该再叫这名字，但大家都已经叫习惯了。”

杰西这地方舒适温暖，她会在外间用麻绳帮你量身，缝制干净合身的衣服，然后请你进里间去沐浴更衣。她在里间准备了大大的铜澡盆，旁边的火好像永远没熄过，好让你在换上新衣服之前，可以好好地洗个真正的澡，如果需要帮忙，杰西还会帮你刮胡子剪头发。

战争和红外套带来的烂事好像一点也没伤到杰西，反而造就了她的新事业。返乡的美军一个个外表都惨不忍睹，制服也破烂不堪，极度需要干净衣服来遮住一身皮包骨，还得去掉一身臭味，闻起来不能像在馊水里打滚的猪。跳跳杰西收费不多，而且能确实帮他们解决问题。

“早啊。”她帮卡夫开门，“你还真早。”这时连 7 点都不到，微弱的冬阳还未升起。

“我的东西做好了？”

“当然，衣服全都做好了，只要付完尾款，就能取货啦。”

卡夫从口袋拿出钱包，这是一个法国上校给的。“卡夫先生，这是您的薪饷，这段日子以来，您做得好极了。”他没想到他们会给他钱，华盛顿的手下几乎都不领薪水，那个钱包里却有 10 个基尼。后来他才知道，这笔钱是几个法国军官自掏腰包凑的，他们认为自己多亏卡夫才能够活着打完这场仗。

他打开钱包，拿出 3 先令：“来，加上之前的订金，就有 5 先令了。”

跳跳杰西接过钱来，放到嘴边咬了咬，点点头：“没错，你可以进去，洗澡水已经放好了，要不要我帮你搓背？”

“不用，谢谢。衣服也在里面？”

“对，一切都照你说的做了，你这肤色不黑不白的家伙规矩还真多，打扮好了以后要上哪儿去啊？”

卡夫没有回答，径自向里间走去。“一个小时以内出来，也许会更快，我出来之前你不许进去。”

进门后他就把门关上闩好，之所以会选择跳跳杰西的服务，就是因为他先看过这里，知道门能上闩，别人无法打扰。

水很烫，蒸气袅袅，这一点是他坚持要求的。他泡进水里，发出满足的叹息。

肥皂只有一小片，而且是棕色的普通肥皂，上头还有制作时留下的一点灰，和若歆做的香皂不能比。现在克莱儿也做香皂，他知道，因为他去过克莱儿在汉诺威广场的店，看见她站在柜台旁边，柜台上堆放了各种各样的货物，其中就包括妈妈教她做的方形香皂。

克莱儿也看见他了，她一抬头看见他，就露出灿烂的笑容，冲过去开门。卡夫没进去，反倒跑掉，跑的时候还频频回头，想多看她两眼。克莱儿和他对望，大喊："爸爸！爸爸！"可是他没有应她，她一定也知道他不是她父亲吧，在内心深处，她一定和他一样清楚。

他起身去火边擦干身体，浴缸里的水已经冷了。跳跳杰西做的衣服穿在身上很舒服，不是给黑奴穿的衣服。整套包括麻布衬衫（不是粗布）、羊毛外套（不是法兰绒）、羊毛裤（不是皮裤）。全穿好后，卡夫在腰带上塞了把决斗用的手枪，用外套遮住，然后，才将门闩打开。

中午快11点的时候，卡夫走到布罗德街和珍珠街交会处，法朗西斯酒馆外表看来还跟以前一样，这几年来似乎没受什么摧残。据说华盛顿将军进城后在那里开了不少次庆功宴，如今将军就要回弗吉尼亚去了，行前邀请所有还在纽约的军官来这里喝一杯。

全城的人都知道这事，所以布罗德街上人好多，大家都想来祝华盛顿旅途平安。有群人就站在酒馆对面，卡夫站在他们后面，手放在外套里，握着枪，枪里装好了火药，随时可以发射。天啊，卡夫，你不会做傻事吧？答应我，不要做傻事。若歆的声音像平日一样萦绕在他脑际。

就这么过了10分钟，20分钟，群众起初安静无声，后来突然有人低声说："出来了。"接着酒馆的门打开，走出许多人，等在街上的老百姓就开始鼓掌。

最近大家鼓掌的机会很多，你可能会以为大家早就拍够了吧。并没有。这最终的喝彩每个人都尽了全力，掌声既大且长，仿佛永远不会停。

卡夫没拍手，他从腰带上拔出手枪，拿在身侧。他知道这时候街上的人注意力全在华盛顿和军官身上，没人会注意他。有些将领他一眼就认出是谁，例如亚历山大·汉密尔顿、菲利普·斯凯勒和理查德·瓦里克。可是有些他以为会在的人却不在，例如伯尔少校。看来传言不假，华盛顿十分信赖汉密尔顿，伯尔心怀妒意离开。摩根也不在，噢，不，他在，他跟在华盛顿身后出来。

将军一现身，大家就开始高喊。华盛顿举起帽子，一下子面向这边，一下子面向那边，向众人致意。摩根跟在他身后，走进阳光中，离将军五英尺左右，让出些距离来让群众对英雄表达敬意。可这还是太近，要向摩根开枪，就有可能会伤及华盛顿。

天啊，卡夫，你不会做傻事吧？答应我，不要做傻事。

这哪叫傻？他一直以来所做的才叫傻。他这么多年来明知事实却把事实憋在肚子里化脓，让摩根抢走他在乎的一切，那才叫傻。要是他还像从前一样，当摩根是主子，认为自己无权为这样的羞辱复仇，那才真是傻透了。

华盛顿回头对汉密尔顿说了几句话，汉密尔顿挥挥手，就有人牵了匹马来，将军上马，往百老汇大道的方向骑，众人如汹涌的潮水一般跟了上去。卡夫留在原地不动。

摩根也是。有几位军官过去和他握手，有一两个拍了拍他的背，但卡夫注意到，汉密尔顿没有任何表示。亚历山大·汉密尔顿和摩根·特纳之间似乎并无好感。可是汉密尔顿站得太近，还是有误伤的可能。

接着，有一个卡夫不认得的人走到摩根身边。不久，又来了一个。两个人都挡在卡夫和摩根那颗邪恶的心之间。

有两次卡夫的枪都举起来了，有一次只差一点点就开枪，却不知怎地分了心，卡夫也不知道是怎么回事，也许是只鸟吧，也或许是别的。

天啊，卡夫，你不会做傻事吧？答应我，不要做傻事。

最后，所有人都走光了。摩根过马路走向他："早安，卡夫。"

摩根走起路来一跛一跛的，若歆说他差一点就死在英国人手里，难怪现在得拿拐杖，有一边眼睛好像睁不太开，左手臂无力地垂在身侧。但这些都阻止不了他去睡若歆，在她肚子里下种，生下第二个小孩。

"那东西你是要用不要？"摩根在离卡夫一英尺的地方站定，直视着他。现在酒馆外就剩他们两个了，摩根指的是卡夫手中的枪，"我早就看见你了，一直在想，想不通。不如你告诉我吧，你打算杀我，还是不杀？"

"杀。"

"我想也是。那现在要动手了吗？"

卡夫没回答。

"如果我说对不起，有用吗？"摩根问。

"没什么用。"

"我知道。但是我和若歆都觉得很对不起你。如果没有这场战争，我们也许永远不会……我第一次回来的时候，卡夫，我刚知道她成了你女人的时候，我完全没打算要抢回来。就算我抢，她也不会理我，后来是……”他摇摇头，“都是因为战争，我不是要找借口，这真的就是原因。”

“你儿子几岁了？”

“18个月。喜悦帕特里克，这名字真够怪的，可是若歆坚持，也只好随她。”

卡夫点点头。手枪依然拿在身侧，好重。

“听说你妈死了。”

“是的，就在英军撤兵那天。”摩根举起手杖。木杖是新的，杖头是旧的，“认得吗？”

“是我埋在贝德罗岛的马头。”

“就是它。卡夫，你知道塞在里面的是什么？”

“我猜应该是纸之类的东西，因为很轻，太轻了。”

“但你没看？”

“没。那时候我一心只希望你妈会遵守承诺。”

摩根笑了，“真可惜，如果你看了，而且记得，那我们可就发财了。”

“那不是你自己写的吗？至少内容是你想出来的吧？”

“没错，你猜对了，那内容是我写的。可惜纸条不见了，而我现在……”摩根指着自己的头说，“现在的我记性没从前好了。”

“反正你妈一死你就已经是富翁了，你会去住她那栋大房子吧？带着若歆和你儿子？”

“不，我再也不会搬回去了，若歆也是。我把房子让给艾萨克·西尔斯了。你记得西尔斯上尉吧？”

“自由之子的那个？当然记得。那你和若歆接下来……”

“也不会住‘小提琴与木鞋’，卡夫，那是你的财产。我们再过几星期就要离开纽约，去中国了。”

“中国？”

“纽约人在西印度群岛没什么生意可做了，那边大农场的主人都是英国人，不会买我们的东西。但是独立之后，东印度公司再也无法阻止我们的船航向东方。所以，我们有几个人凑起来买了一艘三桅商船，装备齐全，美极了，叫做‘中国皇后’号。船上装满了毛皮和一种叫做‘人参’的东西，弗吉尼亚和宾夕法尼亚的森林里挖来的，若歆不太懂它有什么用，可是中国人认为它几乎什么病都能治，愿意花大钱买。现在只等纳洛斯海峡和港里的冰融干净，我们就要开船去广东了。”

该死的枪那么重，快把卡夫的胳臂拖垮了。你不会做傻事吧，卡夫，答应我，不要做傻事。他就是傻，真的很傻，居然站在这里说这么多，不赶快开枪报仇。“也就是说你又要当船长了？”

“不，这回我得住船东室。”摩根甩了甩他那条坏掉的胳臂，“状况不好，不能指挥全船，可是你可以，卡夫，仗打完了，你还和以前一样，完全没变。你……”

“你和若歆……会结婚吗？”她从没嫁给卡夫，没办法嫁，因为法律不允许白人和混血儿结婚。

“我们已经结婚了，一年多前就结了。”

天啊，卡夫喉头涌上苦水，好想吐，又怕当街吐个半死，岂不更加丢脸。可恶。

摩根说：“纽约有位耶稣会的神父，听说不久后还会有天主教的教堂。总之，这位史丁梅尔神父为我们主持了婚礼，那是若歆的信仰，我无所谓。卡夫，枪给我。”摩根伸出他没受伤的右手，“要是有人路过，看见你拿着这东西，会惹麻烦的。”

因为就算打了这场该死的仗，就算经过了那么多杀戮与死亡，这里依然有主奴之别，而且谁都看得出谁是主、谁是奴，卡夫没缴械，转身就走。

“卡夫，等一下，你要去哪里？我不……”

卡夫举起枪，高高举着，朝后开枪，子弹飞过两人头顶上方。

“卡夫！”

卡夫听见脚步追来，脚步声听起来也一拐一拐，很不平衡。只要卡夫不想被追上，摩根就追不上他。摩根现在是个瘸子了。这能让卡夫好过一点点，但还不够，摩根虽然是瘸子，依然拥有若歆。

3

3月，撤军日已经是3个月前的事了，救济院人满为患。英军离开几星期后，他们有了新的州议会、新的市长、新的市议会，一切重新上了轨道，各行各业的人也都各尽其职，各安其分。安德鲁依然掌管救济院里的市立医院，他想自己之所以还有这个位子，应该是因为一时找不到更合适的人，而且病人实在太多了。

贫穷、脏乱和疾病总是紧密相连，帐篷镇挤了太多人，有病就互相传染，也许那看不见的虫就在里面到处流窜。

不久前，他已将卢卡斯的日志和克里斯多夫的笔记从书桌里的秘密抽屉拿出来，放回了书架上。抽屉里现在只剩一样东西，就是从凯莱布·戴维里那里拿来的纸条。安德鲁至今仍相信那是通往宝藏的线索，也许有一天他会踏上寻宝之路。但是现在，如果能有几小时空当，他只想把医学数据从头到尾再看一遍，普雷布尔家那孩子输了血就好起来，红贝丝用的是同样的疗法，却在输血后死去 …… 他实在很想知道为什么。

“特纳医生,这是最后一个了。”派在这里打杂的男人指指最后一床病人，她刚从救济院的编织室送来，“喉咙痛，还发烧了，咳到根本无法工作。”只见那妇人又拼命咳了起来，就好像要替杂工的话作证。

安德鲁手都还没碰到她，就觉出了热度，但他还是把手放到她额上，好烫，那杂工说得没错。“你 ……” 外头有人大喊大叫，“怎么这么吵？”

杂工捧着托盘，托盘里放着安德鲁的工具和药品。他有点不安地说：“是外头在吵。”

“公有地那边？”

“是的，医生，来了好多人。”

“你没开窗吧？脏空气会 ……”

“没开没开，所有的窗都关着，特纳医生，一切都照着您说的做。”

安德鲁应了一声：“那怎么还听得见公有地那边的声音？”

“因为人太多了。”

“应该是。”他不理会外头的声音，继续看病。他想她肯定是肺里积水，当年和爷爷一起解剖的尸体中，这种例子很多。“要用酒石催吐。”他拿起药瓶和药匙，“请张嘴，我要帮您治病。”她吐了又吐，胃都吐空了。明天他会帮她放血，如果这样她还不死，就会康复。

“爷爷，病人活着的时候为什么不能把胸腔打开，要死了以后才行？”

“打开活人的胸腔做什么？”

“把肺里的液体吸出来啊。”

“能这样做当然很好，可是我在这间小解剖室所做的你都见过了，要削皮去肉打开胸腔，有时候还要锯开胸骨才能看得仔细，这种痛没人受得了，会死的。孩子，要记住卢卡斯的话，手术没有不痛的，所以我们永远无法打开腹腔和胸腔。”

“可是爷爷，如果可以呢？”

“如果可以，安德鲁，那就能救很多很多人了。”

安德鲁把酒石催吐剂放回托盘上。“接下来几小时你得陪着她。”那人显然认为这是苦差，“总比回去敲石头好吧？”

“医生，依您看，她会这样吐呀拉的好几个小时吗？”

“对，依我看是会。”安德鲁看看药瓶上的刻度，“一般来说，大部分的人都会。”

“那我还真不知道在这当差有没有比敲石头好哩。”

“安德鲁·特纳。”说话的人站在门口，用手帕捂着鼻子，病房里太臭了。

安德鲁回头说：“我就是特纳医生，先生，我认得您吗？”

“认不认得不重要，跟我走。”

“凭什么？”

“就凭这个。”那人回头指指跟在身后的两个人，身上都背着毛瑟枪，腰间佩着短剑。

安德鲁轻声说：“该死，我还以为军人都走光了。”

“红外套的军队确实走了，现在我们要把厚着脸皮留下来的托利党人也清干净。”

公有地上大约站着 100 个人，挤在火药库、监狱和救济院之间的平坦草地上，难怪医院的窗户全都关了，安德鲁还是听得见吵闹声。

“你们来这里干吗？想对我怎样？”

他们将他双手绑在背后，推到前面去，“等着瞧吧，很快就知道了，你的下场会和其他托利党人一样。”

他明知道应该告诉他们，他不是托利党人，从来就不是，可是话到了嘴边就是说不出来，他不想跟这些禽兽说。他冒着一家子的生命危险，在地狱里待了 7 年，做可耻的事，忍辱负重，为的是什么？就为让这帮疯子掌权，破坏所有正派人坚守的原则？要跟这些鼠辈解释，简直就脏了他的嘴。

更何况，说了他们也不会信。

带着毛瑟枪的那两个人推着他穿过人群，有人抓他、有人捅他、有人撕他衣服、有人扯他头发，还有人吐口水在他脸上。每一个人都高声骂他，男人女人都一样，怒气冲天，都想发在他身上，天啊！

在他正前方，立了一根柱子，一旁是熊熊火堆。

安德鲁腹中翻搅，心跳加快。他不愿求饶，就算要死得这么冤、这么惨，他也绝不愿低头，因为他很清楚，求饶也没用。

“下一个就是他。”有人喊道。

安德鲁僵住了，他希望自己走向火场时还能抬头挺胸。可是没人来拉他，也没人推他，下一个不是他，而是个头发稀少、挺着肚子的老人，身上穿的衣服原本应该很高级，但现在又破又脏。那人额上有伤，显然是石头砸的，血沿着脸颊流下来。

那人太狼狈了，安德鲁好一会儿才看出是谁，没错，是靠蔗糖发迹的财主莱姆斯特·哈蒙，在华尔街上有栋豪宅。他在战时旺得很，卖朗姆酒给英军，赚了大钱。真是个蠢蛋，还能逃的时候居然不知道要赶快逃，这些留着不走的托利党人全是蠢蛋。

哈蒙给绑到柱子上。有个看起来像头儿的走到火边，大概是要拿煤块去帮受刑人点火。群众的吼声震耳欲聋，哈蒙的嘴也在动，也许在祈祷吧，是了，一定是，莱姆斯特·哈蒙是天主教徒，难怪会留下，天主教徒在英国没有容身之所。但回英国再怎样惨，也惨不过在纽约让人活活烧死呀。噢，无所不能的上帝啊，请赐我勇敢赴死的力量，让我的妻女在听到消息时还能以我为荣。

群众静了下来，安德鲁闭上眼睛。

哈蒙开始惨叫，叫声凄厉，回声在空中萦绕。

群众发出满足的呻吟，那种愉悦听在安德鲁耳里就好像妓女叫春，“对，噢，很好！就是这样！”

他张开眼睛，想亲眼看看……

天啊，这太可怕了。

他们在莱姆斯特·哈蒙身上浇液态的沥青，一桶又一桶，有几个女人还冲上前去朝他撒羽毛。

“你这个黑心的托利叛徒，现在可以回你的豪宅去了，别忘了带上老婆！”

两个男人拖着裘西·哈蒙过来，安德鲁起先以为他们也要朝裘西浇沥青撒羽毛，但他猜错了，裘西早已受了更大的折磨。她背后的裙子被拉到了腰上，自己无力行走，全凭身旁两人架着。她两条肥腿背面全是血，又怕又痛，哭个不停。天啊，他们挑断了她的腿筋，切断了她的肌腱，她这辈子再也无法走路了。

禽兽。他在地狱7年，为的竟是这些禽兽。

“爸爸！爸爸！你们这些可恶的坏蛋，让我过去！爸爸！”

“卢卡斯！别过来，回家去，你妈妈还需要你照顾，快回家！”卢卡斯十八岁了，是他的长子。要是这些猪猡对他下手，把他弄跛弄瞎或怎样的话……

“安德鲁！是我，塞缪尔，你还好吗？”

安德鲁还来不及开口，带人去医院抓他的那个家伙就替他回答：“他现在很好，可是再过一两分钟就要不怎么好了。你等着瞧吧。”

“等着瞧？你对人施暴，我倒要等着瞧你怎么受审。”塞缪尔·戴维里的声音划破嘈杂，铿锵有力，“我会亲自出庭作证，证明你妨害了国家英雄的人身自由。”

塞缪尔边说话，边推开群众，挤到前面，卢卡斯紧跟在后。他走到安德鲁身边，对押着他的人说：“放开他，立刻放开。”

“英雄？你说他是英雄？我没有不敬的意思，但是戴维里医生，您疯了吗？你照顾我们的时候，他人在这里，他也应该要帮美军才对，可是……”

“可是他却留在这里。”戴维里的声音压过了对方，“他留在狮子的巢穴中，留在敌营，每一天都冒着生命危险，为华盛顿将军传送情报。”

“不可能！”

群众静了下来，倾听他们对话。

“奉上帝的名，你怎敢对我说这种话？”塞缪尔厉声说，“你说不可能？你错了，先生，你知道我是谁吗？”

“当然知道，我刚不就喊您了嘛，可是这回您也太过分啦！”

群众里有人大声喊道：“这位是塞缪尔·戴维里，他可在特伦顿救了我儿子的命哩！你让他说！”

“我要说的已经说了，安德鲁·特纳医生是独立战争的英雄，如果各位要看到华盛顿将军的亲笔信才肯相信，那得给我两个星期，让我去弗吉尼亚拿。但是如果各位不愿等候，硬要在今天下午做出让自己终生蒙羞的事，那么就请继续伤害这个为保护各位所爱而冒险犯难的英雄吧。”

一时之间没人讲话，过了好久，才有个女人喊道：“放他走！”

“对啦，快放了他。”另一人也说，“放了他，放了特纳医生，他真是英雄，真的是。”

把安德鲁抓来的人还在嘴硬，说什么特纳医生救过英军之类的废话，最后实在说不下去，就溜走了。带枪的人帮安德鲁松了绑。

“走吧。”塞缪尔低声说，“赶快离开这里，快点，免得待会儿有人要我拿出证据就惨了。”

安德鲁说：“咱们不能就这么走呀，其他人怎么办？他们怎么能做出这些事，太可怕了。”

塞缪尔拽住他胳臂：“不要跟我争，快走！”

“爸爸，求求您，快走吧。”

安德鲁看见卢卡斯眼中的惊恐，他自己又何尝不怕，可是……他低声说：“对不起。”然后转身面向群众。

“各位，请听我说，各位现在所做的，是……”安德鲁话没讲完，因为不用说了。塞缪尔之前的指责已经让大家泄了气，现场气氛明显有所改变，人群渐渐散去，有两个人开始往用来热沥青的火堆上倒沙，有些人开始拆木桩。

“走吧。”塞缪尔说，“梅格还在家里等着呢。”

回到安街之后，安德鲁问：“你怎么知道的？”梅格给他们送上了茶和饼干，卢卡斯为父亲和塞缪尔·戴维里斟上马德拉葡萄酒。这还是塞缪尔·戴维里第一回进特纳家的门。“卢卡斯，你怎么知道会出事？又怎么会想到要去找塞缪尔？”

“我当时人在炒牡蛎酒馆，听说公有地有人在托利党人身上浇沥青撒羽毛。我知道您在医院，就猜……”卢卡斯耸耸肩，没把话说完。

安德鲁点点头，喝口酒，缓和一下腹中的翻搅。“很好，但你怎么知道要去找塞缪尔？怎么会……”

塞缪尔说：“他早就知道了。他泪眼汪汪跑来我家，拉着我就跑，我正吃饭吃到一半，身上的面包渣都还来不及掸掉。不过也幸亏他赶成这样，咱们到得可一点也不早，下一个就是你了，不是吗？”

“是。可是到底……卢卡斯，我要听实话，你究竟是怎么知道的？”

卢卡斯长得没父亲高，肤色也比较黑，但有话直说这一点倒真像特纳家的男人。“我跟踪过您，这些年来，您每次半夜出去在各个不同地点留信的时候，我都跟在后面。”

“原来如此。”想到儿子冒过那么大的险，想到自己曾置儿子于险境，安德鲁不禁反胃，“所以，我和塞缪尔见面的时候，你也跟去了？”

“是的，爸爸，您是说去市政街老地窖的时候吧？我去了。”

“卢卡斯，你很可能会被人看见，那你和我和塞缪尔全都完了，华盛顿将军也会大受打击。”

“我知道，但当时没想那么多，我一心只想证明你不是他们所说的那种人，不是托利党人。爸爸，我得知道你不是反对独立的叛徒，我必须知道。”

“塞缪尔。”

“安德鲁。”

八点多，卢卡斯出去了，留下这对难兄难弟对坐。安德鲁说：“我欠你一命了，说不定还有这两条腿，我跟你说了没？他们把裘西·哈蒙那老太太的腿筋挑断了。”

“说了。”

“天啊，塞缪尔，咱们做这一切到底是为了什么？”

“我不相信你不知道答案。”

“我以为我知道，我以为那是为了争取我们自己的统治权，不再听令于千里之外的人，向他们缴税，他们对我们这边的状况根本就搞不清楚。可是最后呢？我们得到了什么？这些人就跟牛一样无知，不尊重私人财产，只想卖掉上流人士的地产牟利，德兰西家……”

“会首当其冲。”塞缪尔帮他接完这句，“奥利弗逃到伦敦去了，从他们家下手最简单。”

“奥利弗是狗屎，我咒他得天花。我并不同情德兰西家的人，我在意的是原则，纽约要保有原则，才能恢复成一个正派的城市。听说他们的脑筋还打到三一教堂头上，想动教堂的地产，教堂呀！塞缪尔，选进议会的那些狂热分子居然想抢教堂的东西，那下一个又会是谁？”

“所以你同意汉密尔顿的看法，认为应该就事论事，看在托利党人有用的分上，就原谅他们？”

“不然要怎样？你看看今天那些暴民，星期天作出一副虔诚的样子，不喝酒、不跳舞，到了周一却任意抓人，浇沥青、撒羽毛、断腿筋，另外还干了些什么坏事，就只有上帝知道。塞缪尔，我们努力这么久，到底成就了什么？”

塞缪尔为自己再斟一杯马德拉葡萄酒，喝上一口，才轻声说：“在我看来…… 重点在于民主。”

“民主！随便一个恶棍，只要有办法得到无知群众的选票，就能掌握政权？天啊，我可不想这样。”

梦想小径

1798年6月

根据卡纳西族的说法，知识属于长者与智者，如何运用却得年轻人自己决定。

长者希望年轻人在智慧小径上别走岔了路，年轻人却渴望能踏上梦想小径。

而真实，就存乎两者之间。

1

1798年6月的第二个星期，他从广东出发已经好几天了。海面平静，海风清新，父亲的话一遍又一遍在他心中重复说着："记住，在纽约，人人都为钱争先恐后，以前是这样，以后也不会改变。"

但他回纽约为的不是钱，还未满17岁的喜悦帕特里克独自踏上归途，为的是要当医生。

摩根刚听儿子提起这事时，说："天啊，你虽然在广东长大，但还真是个地道的特纳家人啊。你要当医生？不要当像妈妈那样的药剂师？愿她美丽的灵魂安息。"

"不太一样，爸爸，但一样是为人治病。"

摩根用他没坏的那只眼睛盯住儿子，"她临终那天下午跟你说的就是这个？若歆要你回去？"

"是的，但我心里头早就有这个打算。"

那天妈妈握着他的手，躺在广东山坡地家中的大床上，微风轻轻吹动窗帘，她说话的声音小到他得弯着腰才听得见，"我了解你，喜悦，我知道你一心想当医生，想为人治病，那是你真心想做的事，就去做吧。可是别在这里做，回家乡去，那里需要你。纽约才是你该大展身手的地方。"

"好吧。"摩根今年61岁，若歆的死几乎令他崩溃，无力与儿子多作争论，"好吧。"他态度平静，不肯表露出感情。"你就回去吧。带着我的祝福，还有她的，回去吧。我不跟你回去，我要留在这里，等我的死期到了，就和她埋在一起。"

"爸爸，我……"

"别担心，没问题的，我会写信给安德鲁，他和你妈在战时成了好友，看在她的分上一定会帮你，让你进你想进的那间学校学医，那间学校现在叫什么？对了，哥伦比亚学院，以前叫做国王学院。听说那些跟皇家沾上边的名字现在全都改了，很好。可是你得记住，在纽约，什么事都跟钱扯得上关系，以前如此，以后也是。”

父亲说过的话在喜悦脑子里响得好大声，有另一个人走到船头来站在他身边，他都没听见。这人和他一样，不怕刺人的海风和汹涌的海浪，也不怕头顶上紧绷的帆布不断发出嗡嗡的声音。“真是个美好的下午，对吧，喜悦帕特里克先生？”

“是啊，相当好。”

“昨晚你没事吧？”

喜悦将头转开，不太好意思面对他。昨天晚上他真是大大出糗。四个人，全是旅客，闻了那种奇怪的气体之后全都头昏眼花。他是其中最年轻也最昏的一个。“我没事，谢谢。”可恶，他知道自己脸红了。他很讨厌自己这么容易脸红，跟女孩子似的，这会被人家笑，也容易让人看穿。

“别那副表情。”那人说，“又没关系，年轻人第一次遇到这种状况，多少都会出点糗。”

喜悦说：“大家都倒在地上失去意识吗？我没想到……朗姆酒我喝过很多次，白兰地也是，可是……”

“你想不到的，那种气体很特别，我不是跟你说了吗？它是种神奇的东西，最近在伦敦的派对上红得很，能让大家都变成笑个不停的傻子。”

喜悦伸手摸摸额头，倒下时撞出的伤口还在隐隐作痛，伤挺深的，得缝，船医帮他缝好之后包扎了起来。“当时我没感觉，连自己受伤了都不知道。”

“昨晚你也这么说，还说你只想再多吸一点。”

喜悦的脸又红了：“你说的没错，那东西真神奇。”

“没错。”

“告诉我，既然伦敦有这等好东西，你为什么还要去纽约？”

“为什么去纽约？大家的目的不都一样？当然是为了发财呀。”

2

历经这许多邪恶、毁灭与荒芜，梦想不变，发财，发财。

到头来，即使有再多的反对意见，曼哈顿的商人终究还是战胜了务农的反联邦主义者。1788年7月，在纽约波基普西一场吵吵闹闹的会议中，最后的反对者也让步，在《权利法案》保障个人自由的前提下，同意认可宪法。纽约终于加入，成为美利坚合众国的一州。

于是新联邦政府所在地设在纽约，市政府成了首都大厦，新政府将在华尔街办公。纽约的商人都说："合适极了。"

1789年4月30日，乔治·华盛顿站在二楼阳台，这里原本是市政府，现在是联邦政府，是最新的权力中心。

华盛顿向南望去，这块地方从前是市政中心；望向旧市府方向，当年怀了身孕的莎莉·特纳最怕的浸水椅就在那里；望向堡垒，那个旧绞架上曾挂过雅各布·范德弗里斯，尸体上覆着沥青，在海风下荡来荡去。

站在联邦政府的阳台上，弗吉尼亚来的华盛顿先生只要转向东方，低头就能看见当年纽约人一块块敲碎罗宾骨头、吊死金索瓦、在安芭歌声中慢火烧死库瓦寇和巫医彼得的地方。在这个地方，杨恩·布凌克上枷后肩膀脱臼，另外还不知道吊死过多少人。就在这里，就在华尔街上，美国的第一任总统宣誓就职了。

纽约没时间回顾旧时噩梦，连旧的梦想都顾不得，在纽约讲究的是"新"，现在是欢欣鼓舞的时刻，成为首都就表示生意人要大展鸿图了。

纽约商人成了有钱人中的有钱人，因为他们的缘故，移入纽约的人川流不息，其中很多人都有现金和人脉，也有些人只抱着希望。很快地，3000多人挤在城里，把纽约给撑大了，向北延伸了二英里，把从前詹姆斯·德兰西那一大片农场都涵盖在内了。

德兰西街不再是城郊，格兰德街和奥利弗街也不是，这些路上都盖满了新财主的新房屋。

托马斯·杰弗逊是弗吉尼亚的精英，受不了纽约的繁华紧张，于是邀詹姆斯·麦迪逊和亚历山大·汉密尔顿这两位甚有影响力的人到少女巷的家中商议，最后取得了共识，要迁都他处。虽然该处目前还是沼泽，但他们会将它整为平地。在那之前，先离开这恐怖的曼哈顿，暂时将首都设在费城。

这三人的意见获胜了。阿比盖儿·亚当斯叹口气对约翰说："看来我们非走不可。我会尽可能在费城好好过，但那里怎样也不是百老汇。"

独立7年之后，百老汇大道变成了百老汇。在纽约，快是很重要的，动作快，发财就快。听说有人吃顿晚餐搭配15种红酒，餐后还有最好的苹果酒和各种麦酒可喝。

无论再怎么快，要创造出这等财富毕竟不是容易的事，奴隶帮了大忙。宾夕法尼亚、康涅狄格、马萨诸塞、佛蒙特和罗得岛都废除了奴隶制度。但在1798年，喜悦帕特里克·特纳乘船返乡时，纽约有3000名黑人，其中五分之四都还是奴隶。

同时，曼哈顿大部分地区都还和以前一样是蛮荒之地，北街以北就是郊区，林木茂密，通往东河岸的小径狭窄崎岖，春日多雨，小径上散落着高处滚下的碎石。

一个名叫拉妮亚的奴隶在路上就给绊了一两次，第三次还真的跌倒了，印花棉布裙扯破了，膝盖皮也破了，颊骨还撞得淤青。她平日走路很稳当，今天却急得跌跌撞撞，受伤了也顾不得。"莫莉小姐，你可别做傻事呀。"她喃喃地自言自语，"别做傻事，要做也得等我先找到你。"拉妮亚一遍遍重复着同样的话。6月下午的空气温暖潮湿，这路上除她之外一片静寂，"别做傻事，莫莉小姐，等等我啊。"

她听见了声音，不是夫人，也不是小姐，而是男人之间的呼喊。

"放这边，小心石头。"

她听见桨打进水中的声音，还听见有人高声叫某人接住绳子，"这里得弄个能系船的东西，特纳医生，有地方系船，进度会快上不少。"

拉妮亚向声音来处跑去，越跑越近，卢卡斯·特纳说的话她可以听得很清楚了。

"这间医院是暂时的，黄热病一离城，我们就要撤，绳子就先系在那边吧。还有多少？"

拉妮亚已经跑出了林区，来到一片空地，正午阳光照得她几乎睁不开眼。

"这边有4个，躺在那里半死不活，大船上还有9个，状况也好不到哪里去。"

拉妮亚看见一个男人跳下小船，两个人从离岸稍远的大房子跑出来。那房子和水岸隔着一片草地。其中一人喊道："特纳医生，屋子里快挤不下了。我们把地板清一清，还能再塞两个人，再多就真的不行了。"

“天啊，我们从星期天到现在到底收了多少病人？ 75 个？”

“94 个。”

“贝德罗岛的隔离病房也满了。”卢卡斯派人问过安德鲁，能不能分点人过去，父亲的回复是那边已经爆满，“天啊。”

站在浅水中那人依旧攀着船首，朝屋子里出来的人挥手。“快点，伙计，快把这些生病的家伙搬下我的船，我还有两趟得跑呢。”他朝着停在河中央的单桅帆船点点头。

卢卡斯说：“你不能再载病人来了，刚才他们不是说了吗，这一趟的病人我们都只能收两个。”

“这里有 4 个，大船上还有 9 个，太阳下山前都得送上岸。”

“不可能。”

“我没有不敬的意思，特纳医生，可是这事非得这么办不可，命令是市长和议会下的，这些病人留在城里会引起恐慌，去年的事件会重演。”

“都是些该死的笨蛋。”卢卡斯也不知道自己骂的是政客还是城里的老百姓，但也没人要问清楚，“好吧，今天送来的我就收下，可是回去告诉船长，叫他告诉市长跟议会，除非他们送帆布和人手来支帐篷，否则我们不能再收病患。告诉他们，这屋子快挤爆了。”

卢卡斯转身走向那所临时医院，这才看见那名黑人女孩站在空地上。他眯起眼睛看了一会儿，认出了她是谁，就向她走过去：“拉妮亚！是你吗？”

她不好意思走向他，只好呆呆站在原地。这和平日不同，平常她看见他，总是在汉诺威广场的药局，大家都知道卢卡斯·特纳之所以会去那边是为了要追求莫莉小姐，不过他比莫莉小姐大 12 岁，而且结过一次婚。他和拉妮亚分站柜台两边时总是要买东西，拉妮亚会觉得局面由她掌控。但在这里就不同了。“是的，特纳医生，我是瑞夫老爷家的拉妮亚。”

“嗯，你来这里做什么？”

她早就想好要怎么回答了。“莫莉小姐有东西忘了带。”拉妮亚举起手中的抽绳袋。

“莫莉？莫莉怎么会来这里，她去年就得过黄热病了，他们双胞胎兄妹俩都得过了呀。她今天来这里干吗？”

“我也不知道，那得问她。特纳医生，莫莉小姐有东西忘了带，我只是来送东西的。”

卢卡斯不耐烦地摇摇头，“你把我搞糊涂啦，我今天没空听你胡说。刚刚他们说的你也听见了吧？我有一整屋子的病人要照顾。”

拉妮亚看看那栋砖房，走廊很宽。“这屋子还真大，有几个房间？”

“14 间，有 4 个人负责洗衣、3 个人负责打扫，都住在里面，加上病人和来照顾的病人家属，人快满到屋椽上去啦。你去跟你家主人瑞夫讲讲，让他叫人送些草药之类的东西来卖，我保证生意会不错。”

“哎呀，特纳医生，草药之类的东西对黄热病没用，会好就是会好，不会好也只能认命。”

卢卡斯叹了口气，“我知道，可是大家都不愿意这么想，我想瑞夫·戴维里应该也想靠他们的恐惧和希望多赚几个钱。”

“等我找到莫莉小姐之后，我保证一定回去把您的话转给瑞夫老爷知道。”她朝房子走去。

“拉妮亚，那边你不能去。我说过了，莫莉小姐不在这里，我不懂你怎么会认为她在这里。”

拉妮亚之所以会这么认为，是因为市立医院和纽约医院她都去找过了，她想小姐若不在那两个地方，就一定在黄热病的这个隔离所。不过特纳医生在这里，也许莫莉小姐不会想来。莫莉小姐说他不是真心喜欢她，卢卡斯看她的时候，看见的只是个强壮的女人，能照顾好他的房子和 3 个没妈的孩子。“特纳医生，让我进去看一眼总行吧？看一眼又不会怎样。”

“那只会浪费时间而已，拉妮亚，没意义。”

她向红砖屋踏出一步，又停了下来。“你真的确定吗？特纳医生，莫莉小姐忘了带的东西……”她举起抽绳袋。

“我确定，拉妮亚，那间房子并没看起来的那么大，基普家还住这里的时候那房子连正屋都不算，只是农场的一部分，叫做美景屋，是用来看风景的。你觉不觉得这里风景真的挺美？”

拉妮亚看看宽广的河面和对岸长岛的绿树和山丘，“是很美。可是，特纳医生，您真的确定吗？您真的确定莫莉小姐不在那里？”

“我确定，拉妮亚，回家去吧，别忘了把我的话告诉瑞夫先生，你劝他拿东西到这里来卖，他一定会觉得你是个聪明的女孩。”

拉妮亚回头走的是另一条路，她穿过邮道向南走进西边的森林，太阳就快要下山，大概已经晚上七点了吧。

“这里？卢卡斯，我们要在这里埋……”玛丽特看看她的抽绳麻袋和卢卡斯的皮袋，“我们在这里有过那么多快乐时光，好像不应该……”

这是第三趟了，他们一趟一趟从城里把东西运到外城之外，一趟比一趟走得更远，深入曼哈顿的荒林，沿途弃置安克尔·杨森的尸块，小心用脚抹平填好的洞。现在他们到了积水塘，池水在阳光下闪闪发光，昆虫嗡嗡作响。

“就这里。”卢卡斯转身背对池塘，挑了个灌木丛旁边的位置，从袋中拿出小铲子，开始挖。

出来这么久，回去那么晚，恐怕要挨克莱儿夫人的鞭子了，拉妮亚好害怕。她伸手擦擦眼泪，擤擤鼻子，免得看不见路。哭是没用的，蠢蛋才会为无法改变的事掉泪，那只会把事情搞得更糟，噢，我该怎么办呢……

拉妮亚猛然停下脚步，她身处空地边缘，靠近从前的积水塘，前方有人，背对着她，但她一看就知道那是谁。她要找的是莫莉小姐，却遇见了莫莉的双胞胎哥哥乔内森先生。天晓得他怎么会在……

她倒抽一口气，那人听见，就转过身来。“拉妮亚！你来这里做什么？”

“我在找莫莉小……噢，我的天啊，我还以为你是乔内森先生哩！”

莫莉·戴维里把手放到头上。她全身上下就属头发最美，妈妈常说：莫莉·戴维里，你不是美女，可是如果你好好利用这头红发，就能找到好丈夫。“拉妮亚，我会不会剪太短了？”

“我不知道耶，莫莉小姐，剪短干吗？”

“当然有我的原因啊，操！”这是她第一次大声学男人说粗话，“拉妮亚，你说，我看起来像个男的，还是像头发很短很丑的女人？”

“你刚刚还没转过来之前，我还以为你是乔内森少爷呢。莫莉小姐，这身衣服……”她指指莫莉身上的马裤和麻布衬衫，“这明明是乔内森少爷的衣服呀。”

“才不是哩，这是我的。”莫莉指着一个皮背包说，“那里头还有一套。而且我还有外套，正要穿，过来帮我。”

玛丽特汗流满面，马甲都湿了。卢卡斯的衬衫也湿透了。夏天原本就热，更何况他们这样劳动。

“快好了。”卢卡斯正在挖这一区的第四个洞，“全部埋完以后，如果你想的话，我们可以游个泳。”

这里他们来过好多次，像孩子似的在清凉的池水中玩闹，她将自己愉悦地交付给他，毫无顾忌。如今，她却觉得安克尔的血会从土里渗进池里。“我不想游。”她低声说，“这里和从前不一样了。”

卢卡斯停下掘地的手，抬起头看着她说：“是不一样，一切都会比从前好，比从前好多了。”

她做这一切不但为他，也因为安克尔是个禽兽，没资格活下去。卢卡斯逼自己一定要这么想，不能有别的念头。

他袋子里还有两包东西，一只手，和那禽兽的头。卢卡斯拿起那只手。

拉妮亚放下她一整天带着到处跑的抽绳袋，拾起整齐折好放在草地上的外套，熟练地把衣服打开，帮莫莉小姐穿上。这事她天天做，只是平常帮的是瑞夫老爷和乔内森少爷。

“我看起来怎么样？”

拉妮亚勉强承认：“还真像个男的，跟乔内森少爷好像。”

“那好。你回家去吧，别……拉妮亚，不许哭，我看不得你哭。对了，你袋子里头装的是什么？”拉妮亚弯腰拾起抽绳袋，紧紧抱在胸前，仿佛那是她在这世间仅存的希望。

“是我的东西，里头只有我的东西，我没拿不属于我的东西。”

“你的……拉妮亚，你这是干什么？你要逃走？”

“我一直在找你，莫莉小姐，我找了一整天，市立医院、纽约医院，就连森林里那个新的隔离所都找过了，我到处问人，可是……”

“你跟特纳医生说上话了？”

拉妮亚点点头。

“他怎么说？”

“什么都没说，只说你没得黄热病，不会在那个‘美景屋’。”

“去他妈的大笨蛋。”噢，感觉真好，“去他妈的”是另一句穿裙子的人不能说的话，现在她可以大声说了，“他根本一点也不了解我。你到处找我，他没起疑心吧？”

“没有，小姐。”

“不要叫我小姐，要叫我少爷。拉妮亚，说说看，看着我，假装我是男的，对我说：‘没有，少爷。’”

“没有，先生，小……我不能说‘莫莉少爷’吧？”

“当然不行。”莫莉伸手从外套口袋掏出一封信，“你看，这是我爷爷卡夫寄来的。”

“在新斯科细亚的那位？你到现在都还没见过的那个爷爷？”

“没错，就是我那位黑白混血的爷爷。”她放柔了声音，说到这个，她一直不明白，妈妈明明就有黑人血统，为什么还让爸爸买黑奴。而拉妮亚……她认为拉妮亚不应该属于任何人。

卢卡斯拿出最后一个油布包，这一包形状很怪，因为那把切肉刀还插在头上。他没办法拔刀，刚才不行，现在也办不到，杨森那双猪眼睛直瞪着他，他看见尸体的时候杨森的眼皮已经硬了，怎么样也合不起来。

听见玛丽特进灌木丛中呕吐的声音，他也想吐。但这家伙那样对她，死有余辜。

他柔声说：“留在那边别过来，也别转头看这边，我马上好。”

得找个合适的地方，这东西很重，又连着切肉刀，需要一个大洞才放得下，还得够深，除非……

据说积水塘深得像海，从前他和玛丽特光着身子在池塘里游泳的时候，才离岸几英尺脚就够不着地了。

这一次，他捧着安克尔·杨森的头，服装整齐地下了水，放手的时候，因为有切肉刀的重量带着，那颗头悄悄地沉了下去。

“不游泳了。”他对玛丽特说，“至少今天不游。”

她点点头，不敢向池塘望。

莫莉说：“我爷爷卡夫写了两次信给我。你知道吗，拉妮亚，他还以为我是乔内森呢，他在信首写的是‘亲爱的小伙子’。”

“信上怎么说？”

“他说新斯科细亚那边很需要疡医，如果乔内森愿意去新斯科细亚执业，他会非常欢迎，非常开心。”

“噢，你要去？你要去那个叫做新斯科细亚的地方当疡医？”

“正是，拉妮亚，我就是打算这么做，非去不可。”莫莉伸出她那双强壮的大手，这双手一点女人味都没有，和男人的手一样稳。她刚开始用药局偷来的手术刀练习时，用的是玉米和苹果，之后就帮拉妮亚和其他付不起医药费的黑人处理小伤，手术刀在她手里顺极了，好像天生就该归她所用。“我要去新斯科细亚和我爷爷卡夫住，要成为疡医乔内森·戴维里。

你不会去告密吧？”

“当然不会，你知道的，我绝对不会出卖你。”

“我知道。可是你得赶快回去了，拉妮亚，再不快回去我妈会打你。”

“现在回去也来不及了。”拉妮亚抬头望天，太阳像个红色的火球，照在残存的积水塘上，“我跑出来一整天，她一定会打我，你得让我跟你一起走啊，小…… 不，少爷，乔内森少爷，我找你一整天，就是要跟你说，要走一定得带着我。”

已经变身成为乔内森的莫莉并没认真听拉妮亚说话，她跪在池塘边，想就着夕阳看看自己现在的模样，“不行，拉妮亚，你会拖慢我的行程，而且你可能 …… 噢！噢天啊！”她跳起来倒退两步，双手捂住嘴，差点尖叫。

“怎么了？”拉妮亚问，“你在水里看见什么？”她跑过来跪在池塘边，想看仔细，“你在 …… 噢，我的妈呀 ……”

“你也看见了吧？那不是我的幻想吧？”

“不是幻想，是真的。”

这些年来池塘渐渐萎缩，水浅了，原本沉在深处的骷髅头也看得见了，那把切肉刀还连在上面。

莫莉说：“这是谁啊？”

“我也不知道。”拉妮亚狼狈起身，在胸前画个十字。克莱儿夫人逼家里的奴隶全随她信天主教，这件事拉妮亚对夫人心存感激，因为这么一来，她死后就会上天堂，“我不知道他是谁，乔内森少爷。看，我记住了吧。”

“你真的记住了。”已经变身成为乔内森的莫莉走近池边，再看那连着刀的骷髅头一眼，太阳几乎完全下山了，很难看得清楚，“看起来死很久了，你说是不是，拉妮亚？”

“应该是。”

“不知道是哪个男人干的，不知道凶手抓到了没有。”

“凶手不一定是男人，也可能是女的呀。”拉妮亚说。

“也对，就算是女人，只要够壮，就杀得了人。”变身为乔内森的莫莉看看自己的手，“拉妮亚，人永远不知道自己会留下什么，对吧？”

“是啊，我想是吧，不知道自己会留下什么，也不知道会被谁找到。

乔内森少爷，你想要把我留下，让夫人打我吗？你要是走了，还有谁会为我求情？”

莫莉望池塘里的东西最后一眼。现在她是乔内森了，只要能当疡医，她打算一辈子都以乔内森的身份生活。她拾起背包，向前走。再也不用穿裙子了，真好，穿长裤的感觉好自由。她头也不回地说：“走吧，拉妮亚，快点，咱们有很长的路要走呢。”

致谢

若没有我那好丈夫的支持，这本书不可能完成。若没有我那两位模范经纪人 Henry Morrison 和 Danny Baror，各位就看不到这本书，除了专业上的协助，我更感谢他们的友谊。Sydny Miner 极佳的编辑为这本书添色不少。

除此之外，我最感谢的是，许多作者写下了无数讲述纽约政治、社会与医药的书。纽约公共图书馆的馆藏无与伦比，尤其尚伯格中心（Schomburg Center）有非常好的资源，我在那里研究黑人文化。纽约历史学会的图书馆和各大学的图书馆也都相当有用。对一个写历史小说的人来说，在纽约找纽约的资料，真是再方便不过了。

此次研究多亏许多文件管理器与图书馆员耐心协助，其中有两位特别值得一提：纽约大学医学中心宜尔曼医学图书馆（Ehrman Medical Library）的文件管理器 Adienne Millon，让我得知美景医院（Bellevue Hospital）在新阿姆斯特丹时期模糊且具争议性的过往；还有纽约医学史料中心的参考书管理员 Caroline Duroselle-Melish，为我打开了通往十七、十八世纪的大门，那些宝贵数据极其脆弱，我在查阅时大气都不敢喘一下。还有许多人提供我智能与指引。

我要特别谢谢了不起的都会历史学家 Hope Cook。还有 Ted Burrows 和 Mike Wallace，他们赢得普利策奖的历史著作《高谭市》（Gotham）正巧在我《梦想之城》写到一半的时候出版，于是《高谭市》成了我的北极星，成为我能仰赖的指引，非常感谢该书的两位作者。

许多女人为各种理由感谢她们的妇科医生，我的理由可能相当特别。

Judith Morris de Celis 提到海草，让我在剧情上写出了意想不到的转折。

至于网络，我该感谢谁呢？我在网络上遇见的人，丰富了这本书和我的人生，只要按按鼠标，他们就慷慨提供专业的服务与信息。我要特别感谢 Lee Salzman 写下许多关于原住民的得奖历史著作，尤其是针对曼哈顿原始居民的部分，让我的想法有了雏形，定出了故事的架构。这些数据都可以在 dickshovel.com 查到。

最后，本书虽得到这么多人的协助，但如有错误，当然不是他们的错，都是我的。

THE END